一笑

古龍自署

國際學術研討會

古龍武俠小說 領先時代半世紀

【記者賴素鈴／報導】江湖代有才人出，這廂古龍凋零二十載，那廂今朝懸賞百萬獎新秀，浪淘不盡，唯有武俠熱愛，不隨時間變易，在學術研討會上更見分明。以「一代鬼才：古龍與武俠小說」為主題，淡江大學第九屆文學與美學國際學術研討會昨起在國家圖書館，展開為期兩天的議程，紀念武俠小說家古龍逝世二十周年，新生代學者與古龍故舊齊聚一堂，以文論劍話武俠。

日前與淡大中文系教授林保淳共同發表《台灣武俠小說發展史》，武俠小說評論家葉洪生昨天在專題演講中，直批胡適1959年底發表「武俠小說下流論」是「胡說」，學界泰斗的不當發言以及隨即展開的「暴雨專案」，反而促成1960年起台灣武俠新秀的繁興，「武俠小說迷人的地方，恰恰在門道之上。」，葉洪生認定，武俠小說審美四原則在文筆、意構、雜學、原創性，他強調：「武俠小說，是一種『上流美』。」

集多年心血完成《台灣武俠小說發展史》，葉洪生認為他已為從十歲起迷上武俠小說的半世紀畫上完美句點，並且宣布他「以後決心退出武俠論壇，封劍退隱江湖」。

雖然葉洪生回顧武俠小說名家此起彼落，套太史公名言「固一世之雄也，而今安在哉？」，認為這是值得深思的嚴肅課題，昨天意外現身研討會而備受矚目的溫世禮，則為了紀念同是武俠迷的哥哥溫世仁，推出第一屆「溫世仁武俠小說百萬大賞」，即日起至今年10月3日截止收件，經兩階段評選後於明年12月7日公布首獎得主，預料將會是一場武林新秀的龍虎爭霸戰。

看明日誰領風騷？風雲時代出版社發行人陳曉林眼中的古龍，其實領先他的時代半世紀，以致如今雖然古龍逝世20年，陳曉林認為大家對古龍的了解仍然有限，預言未來世代更能和古龍的後設風格共鳴。

昨天這場研討會，也凸顯武俠小說作為一項文學研究門類，仍有待開發學習空間。多位與會者都指出，武俠小說的發表、出版方式和管道具考證難度，學術理論與論文格式的建立待加強。而武俠名家的版權之爭、市場競爭力，也增加出版推廣困難，古龍武俠小說的版權糾紛、司馬翎作品的版權官司也成為研討會的場外話題。

與

武俠小說

第九屆文學與美

古龍兄為人慷慨豪邁、跌蕩自如，變化多端，文如其人，且複多奇氣，惜英年早逝。余與古兄當年交好，且喜讀其書，今後不見其人，又無新作可讀，深自嘆惜。

金庸

一九九六．十．十一．香港

火併蕭十一郎

（上）

古龍精品集 48

火併蕭十一郎（上）

目錄

【導讀推薦】

小論《火併蕭十一郎》之優劣得失

著名武俠評論家
葉洪生

就書名來看，《火併蕭十一郎》兩組人物各自展開你死我活的鬥爭，其中又有主、次之分。主線是寫連城璧處心積慮要把蕭十一郎鬥倒鬥臭，徹底毀滅，變成「生不如死、無可救藥的畜生」！蕭在明，連在暗，前者只有一步步被誘入後者所設的陷阱中，難以自拔。副線則寫逍遙侯兄妹之間，因利害衝突而導致手足相殘。

然而吊詭的是，主線之《火併蕭十一郎》是慢火加溫，最後卻是雷大雨小的只有精神上的鬥爭，而乏實質上的拚戰，與一般所指的《火併蕭十一郎》定義有點不符。而其《火併蕭十一郎》之目的，原來是爲爭奪沈璧君在感情上的歸屬權，兼有愛恨交織及報仇雪恥之意；但作者未容終場，即將沈璧君作爲女主角的「戲份」去掉，沒有任何交代，令人奇詫！

同理，逍遙侯兄妹的《火併蕭十一郎》也成問題。按本書第廿六章「迷情」的說法，冰冰股上胎記，除了她母親之外，只有逍遙侯「一個人」知道；故那個算命瞎子肯定是逍遙侯無疑。但寫到第卅四章「真相大白」時，作者又改口說，是連城璧扮成算命瞎子（即逍遙侯），用以愚弄蕭十一郎，讓他誤以爲逍遙侯還活著（意為已死）。如此這般，由第卅二章「龍潭虎穴」裡所見逍遙侯兄妹「火併」至死的場景，乃是一大騙局——這一切全出於連城璧的巧妙設計，恐難自圓其說。

因此，「迷情」固然匪夷所思，而「真相大白」卻是霧裡看花。搞得讀者東倒西歪，如墜五里霧中。竊不知作者故弄玄虛，葫蘆裡賣的是那門子膏藥！

以上是所見所思《火併蕭十一郎》一書故事結構佈局、收線上的問題。此外，如《蕭十一郎》本傳中的「無瑕山莊」、「無瑕公子」，（編按，本版已予統一為「無垢」）在後傳中被改成「無垢公子」等筆誤，乃是小節，不必認真。

其實，《火併蕭十一郎》雖有那樣的缺失，亦非一無是處。它也有優於前傳的地方，僅舉其犖犖大者如次：

一、在文字上，較前傳更為精練有力；往往如詩如畫，意境悠遠，不啻為絕妙小品，閱來心曠神怡。而作者運筆不測，口語尤佳；其旁白富於人生哲理，為同輩武俠名家所不及。

二、在敍事風格上，一改前傳之平鋪直述，多採複式結構筆法；每在對白之後，以破折號（——）提出反問、反思或補充說法，往往有神來之筆，發人深省。此一寫法為歷來小說家所僅見，值得特別推崇。

三、在人物塑造上，對於女主角風四娘、沈璧君性格深化（加強內心獨白、自我反省及思想衝突）或變化，層層轉進，水到渠成；較前傳之平面描寫，生色多矣。特別是第十四章「造化弄人」，寫蕭十一郎與風四娘的「夢幻好合」，更令人喜出望外；而風四娘「初試雲雨情」之後所表現的落落大方，善體人意，正是「愛到深處無怨尤」的最佳寫照。至於風、沈二女互相體諒，成全對方，亦值得稱賞；反而蕭十一郎的「難得糊塗」，相形失色，是爲美中不足。

此外，《火併蕭十一郎》所營造的懸疑氣氛極爲成功；可惜作者過分執迷於「爲變而變」的奇情，弄出許多「無相天孫，身外化身」，搞得天下大亂；卒使自己也分不清孰真孰假、孰是孰非，以致留下若干未解之謎，實在遺憾之至。

總之，《蕭十一郎》是一部由劇本「還原」爲小說的奇書，環環相扣，幾乎無懈可擊；而其後傳《火併蕭十一郎》則逞奇弄險，馳情入幻，可謂瑕瑜互見。

一 七個瞎子

初秋，艷陽天。

陽光透過薄薄的窗紙照進來，照在她光滑如緞子般的皮膚上，水的溫度恰巧比陽光暖一點，她懶洋洋的躺在水裡，將一雙纖秀的腿高高蹺起，讓腳心去接受陽光的輕撫。

輕得就像是情人的手。

可是風四娘心裡並不愉快。

經過了半個月的奔馳後，能洗個熱水澡，雖然已幾乎可以算是世上最愉快的事，可是一個人心裡頭如有她現在這麼多心事，這世上也許就沒有任何一件事能讓她覺得愉快了。

風四娘通常並不是個憂鬱的人，但現在看來卻彷彿很憂鬱。

風在窗外輕輕的吹，外面是一片亂石山崗。

這地方她來過，兩年前來過。

兩年前，她也同樣在這屋子裡洗過個熱水澡，她記得那時的心情還很愉快。

至少比現在愉快得多。

從外表看來，她跟兩年前並沒有什麼分別。

她的胸還是很挺，腰還是很細，小腹還是平坦的，一雙修長的腿，也仍然同樣光滑堅實。

她的眼睛也還是嫵媚明亮的，笑起來還是同樣能令人心動。

可是她自己心裡知道，她已蒼老了很多，一個人內心的衰老，才是真正可怕的。

這兩年來，她還是沒有虧待自己。

她還是一樣騎最快的馬，爬最高的山，吃最辣的菜，喝最烈的酒，玩最快的刀，殺最狠的人。

她還是在盡量享受著人生。

只可惜無論什麼樣的享受，都已不能驅走她心裡的寂寞；一種深入骨髓的寂寞，就像是木柱裡的白蟻一樣，已將她整個人都蛀空了。

除了寂寞外，更要命的是思念。

對青春的思念，對往事的思念，所有的思念中，都只有一個人。

她自己雖不願承認，但世上卻永遠沒有任何人能代替這個人在她心目中的地位。

連楊開泰都不能。

她嫁給了楊開泰，但卻又在洞房花燭的那天逃走。

想起楊開泰那四四方方的臉，規規矩矩的態度，想起他那種真摯而誠懇的情意，她也覺得自己實在對不起這個老實人，但卻連她自己也無可奈何。

因爲她忘不了蕭十一郎！

無論他是在天涯，還是在海角，無論他是活，還是死，她都一樣忘不了他，永遠也忘不了。

一個女人若沒有自己所愛的男人在身旁，那麼就算每天都有千千萬萬個人在陪著她，她還是會同樣覺得寂寞。

對一個已經三十五歲的女人說來，世上還有什麼事比寂寞和思念更不可忍受？

她癡癡的看著自己光滑、晶瑩，幾乎毫無瑕疵的胴體，眼淚彷彿已將流了下來……

突然間，「砰」的一聲響，窗戶、門、木板牆壁，同時被撞破了七八個大洞。

風四娘笑了。

兩年前她在這裡洗澡時，也發生同樣的事——歷史爲什麼總是會重演的？

和兩年前一樣，她還是舒舒服服的躺在盆裡，用一塊絲巾輕拭著自己的手。

但這次她的臉色卻已變了，她實在覺得很奇怪。

這次來偷看她洗澡的人，竟全都是瞎子！

七個大洞裡，已有七個人走了進來，漆黑的長髮，漆黑的衣裳，眼睛也都已只剩下兩個黑黝黝的洞，左手提著根白色的明杖，右于卻拿著把扇子。

七個人圍著風四娘洗澡的木盆，七張蒼白的臉，都完全沒有表情。

風四娘又笑了：「連瞎子都要來看我洗澡，我的魔力倒真不小。」

七個人不但是瞎子，而且還像是啞巴，全都緊緊的閉著嘴。

過了很久很久，其中才有個人忽然道：「你沒有穿衣服？」

風四娘大笑，道：「你們洗澡的時候穿衣服？」

這瞎子道：「好，我們等你穿起衣服來。」

風四娘道：「你們既然看不見我，那我又何必穿衣服？」她眼波流動，忽又嘆了口氣，道：「我真替你們可惜，像我這麼好看的女人在洗澡，你們居然看不見，實在是件很遺憾的事。」

這瞎子冷冷道：「不遺憾。」

風四娘道：「不遺憾？」

這瞎子道：「瞎子也是人，雖然不能看，卻可以摸，不但可以摸，還可以做很多別的事。」

他說的本是很下流的話，但是他臉上的表情卻很嚴肅。

因爲他說的是真話。

風四娘忽然覺得有點冷了，她知道這種人，只要說得出，就一定做得到。

這瞎子又道：「所以你最好老實些，我們叫你穿衣服，你最好就趕快穿衣服。」

風四娘道：「你們是想要我幹什麼？」

這瞎子道：「要你跟著我們走。」

風四娘道：「有眼睛的人，反而要跟著沒有眼睛的人走？」

這瞎子道：「不錯。」

風四娘道：「無論你們到哪裡，我都跟你們到哪裡？」

這瞎子道：「不錯。」

風四娘道：「你們若是掉進糞坑裡去，我也得跟著跳下去？」

這瞎子道：「不錯。」

他臉上的表情居然還是很嚴肅，風四娘卻又忍不住笑了。

這瞎子道：「我說的並不是笑話。」

風四娘道：「但我卻覺得很好笑。」

這瞎子道：「很好笑？」

風四娘道：「你們憑什麼認爲我會聽你們的話？」

這瞎子道：「不憑什麼。」

風四娘道：「你們雖然瞎，卻並不聾，難道從來也沒有聽說過，風四娘洗澡的時候，身上也一樣帶著殺人的利器，也一樣能殺人的？」

這瞎子道：「我們聽說過。」

風四娘道：「可是你們一點也不怕？」

這瞎子道：「對我們說來，天下已經沒有可怕的事了。」

風四娘道：「死你們都不怕？」

這瞎子道：「我們已不必怕。」

風四娘道：「爲什麼？」

這瞎子臉上突又露出種很奇怪的表情，冷冷道：「因爲我們都已死過一次。」

沒有人能死兩次的。

這本是句很荒謬的話，但是從這瞎子嘴裡說出來，就絕不會有人覺得荒謬了，因爲他說的是真話。

風四娘忽然覺得很冷，就好像坐在一盆快結冰的冷水裡。

但若就這樣被他們嚇住，乖乖的穿起衣服來跟著他們走，那就不是風四娘了。

風四娘嘆了口氣，道：「偷看我洗澡的人，眼睛都一定會瞎的，只可惜你們本來就已經是瞎子了。」

這瞎子冷冷道：「實在可惜。」

風四娘道：「幸好我雖然沒法子讓你們再瞎一次，卻可以要你們再死一次。」

她的手輕輕一拂，蘭花般的纖纖玉指間，突然飛出了十幾道銀光。

風四娘並不喜歡殺人，但若到了非殺不可的時候，她的手也絕不會軟。

她的銀針雖然不如沈家的金針那麼有名，卻也很少失手過。

銀針一發十四根，分別向七個瞎子的咽喉射過去。

瞎子們手裡的摺扇突然揚起、展開，十四根銀針就突然全都不見了。

只見七柄扇子上，都寫著同樣的六個字：「必殺蕭十一郎！」

鮮紅的字，竟像是用血寫成的。

無論誰若肯用血寫在扇子上，那當然就表示他的決心已絕不會改變，而且也不怕讓人知道。

風四娘嘆了口氣，苦笑道：「可憐的蕭十一郎，爲什麼總是有這麼多人要你死呢？」

這瞎子冷冷道：「因爲他該死！」

風四娘道：「你們都跟他有仇？」

這瞎子臉上的表情，已變得充滿了怨毒和仇恨。

他已用不著回答，無論誰都可以看得出，他們之間的仇恨很深。

風四娘道：「難道你們的眼睛，就是因爲他才會瞎的？」

這瞎子恨道：「我說過，我們都已死過一次。」

風四娘道：「哦？」

這瞎子道：「因爲我們現在都已不是以前那個人，那個人已死在蕭十一郎手裡！」

風四娘道：「你們以前是什麼人？」

這瞎子道：「以前我們至少是個有名有姓的人，現在卻已只不過是個瞎子。」

風四娘道：「所以你們也想要他死一次？」

這瞎子道：「非死不可。」

風四娘又笑了，道：「既然如此，你們就應該找他去，爲什麼來找我？我又不是他的娘。」

這瞎子冷冷道：「你是來幹什麼的？」

風四娘道：「這裡是亂石山，亂石山是強盜窩，我恰巧有個老朋友也是強盜。」

這瞎子道：「快刀花平？」

風四娘道：「你們也知道他？」

這瞎子冷笑道：「關中群盜的總瓢把子，江湖中有誰不知道？」

風四娘鬆了口氣，道：「你們既然知道他，就應該讓我去找他。」

這瞎子道：「不必。」

風四娘道：「不必？不必是什麼意思？」

這瞎子道：「這意思就是說，你若要見他，我隨時都可以叫他來。」

風四娘笑了笑，道：「他難道也很聽你們的話？」

這瞎子道：「因爲他知道瞎子也殺人的。」他忽然揮了揮手，沉聲道：「送花平進來。」

這句話剛說完，門外就有樣東西飛了進來，風四娘伸手接住，竟是個烏木盒。

風四娘道：「看來這好像只不過是個盒子。」

瞎子道：「是的。」

風四娘道：「花平好像並不是個盒子。」

花平當然不是盒子，花平是個人。

瞎子道：「你爲何不打開盒子來看看？」

風四娘笑道：「花平難道還會藏在這盒子裡？」

她的笑容突然凍結，她已打開盒子。

盒子裡當然不會是人，但卻有隻手，一隻血淋淋的右手。

花平的手。

花平已沒有手！

刀，一定要用手才能握住的。

一個以刀法成名的人，兩隻手若都已被砍斷，他怎麼還能活得下去？

風四娘嘆了口氣，黯然道：「看來我只怕已永遠見不到這個人了。」

瞎子道：「現在你總該明白，你若要一個人去死，並不一定要砍下他腦袋來的。」

風四娘點點頭，她的確已明白。

瞎子道：「所以我們只要毀了你這張臉，你也就等於死了。」

風四娘道：「所以我最好還是乖乖的穿起衣服，跟你們走？」

瞎子道：「不錯。」

風四娘忽然大笑，道：「你們這些瞎了眼的王八蛋，你們真看錯人了，你們也不打聽打聽，風四娘活了三十……歲，幾時聽過別人話的？」

她罵人的時候也笑得很甜，這瞎子卻已被她罵得怔住。

風四娘道：「你們若想請我到什麼地方去，至少也該先拍拍我的馬屁，再找頂轎子來抬我，那麼我也許還可以考慮考慮。」

她沒有再說下去。

就在這時，山谷間忽然響起一陣奇異的吹竹聲。

接著，門外又傳來「叮」的一聲響。

瞎子們皺了皺眉，其中四個人突然將手裡的明杖在木盆邊緣上一戳，只聽「篤」的一聲，明杖已穿進了木盆，交叉架起。

這四個人就像是抬轎子一樣，將風四娘連人帶盆抬了起來。

四個人同時出手，同時抬腳，忽然間就已經到了門外。

門外也有個人站在那裡，面對著藍天白雲下的亂石山崗，手裡也提著根短棍。

但這人不是瞎子，卻是個只剩下一條腿的跛子。

他手裡的短棍在石地上輕輕一點，又是「叮」的一聲響，火星四濺。

這短棍竟是鐵打的。

短棍一點，他的人已到了七八尺外，卻始終沒有回過頭來看風四娘一眼。

風四娘嘆了口氣，喃喃道：「想不到我居然會在這裡遇見一個君子，居然好像從來也沒有看見過女人洗澡的君子。」

山風吹過，這跛子的衣袂飛揚，眨眼間就已走出了很遠。

這個只有一條腿的殘廢，竟遠比有兩條腿的人走得還快。

四個瞎子左邊兩個，右邊兩個，架著風四娘和那大木盆，跟在他身後，山路雖崎嶇，但他們卻走得四平八穩，連盆裡的水都沒有一點濺出來。

那跛子短杖在地上一點，發出「叮」的一響，他們就立刻跟了出去。

風四娘終於明白。

「這跛子原來是帶路的。」

可是他明明知道有個赤裸的絕色美人在後面，居然能忍住不回頭來看，這種人若不是世間少有的真君子，就一定是自恃身分，不肯做這種讓人說閒話的事。

這跛子本來難道也是個很有身分的人？

難道他也死過一次？

秋已漸深，山風中已有寒意。

風四娘已開始在後悔了，她本來的確應該先穿上衣服的。

她現在已真的覺得有點冷，卻又不能赤裸裸的從盆裡跳起來。

何況，她也實在想看看，這些奇怪的瞎子，究竟想把她帶到哪裡去，究竟想幹什麼？

她的好奇心已被引了起來。

她本就是個喜歡刺激，喜歡冒險的女人。

瞎子倒還是緊緊的閉著嘴。

風四娘忍不住道：「喂，前面那位一條腿先生，你既是個君子，就該把身上的衣服脫下來給我穿。」

跛子還是不回頭，好像不但是個跛子，而且還是聾子。

風四娘就算有天大的本事，遇見這樣幾個又啞又瞎，又聾又跛的人，也沒有法子了。

這條路本來是往山下走的，轉過一個山坳，忽然又蜿蜒向上。

前面一片楓林，楓葉已被秋色染紅。

風四娘索性也不理這些人了，居然曼聲低吟起詩來：「停車愛看楓林晚，霜葉紅於二月花……」

楓林中忽然有人銀鈴般嬌笑，道：「風四娘果然是風四娘，這種時候，她居然還有心情吟詩。」

聲音如黃鶯出谷，說話的顯然是個很嬌媚的年輕少女。

那跛子本已將走入楓林，突然凌空翻身，倒縱回來，沉聲叱問：「什麼人？」

他落在地上時，居然還是背對著風四娘，也不知是他不敢看風四娘，還是不敢讓風四娘看見他。

瞎子們的腳步也停下，臉上的表情，似又顯得很緊張。

楓林中笑聲如銀鈴般響個不停，已有個梳著條烏油油大辮子的小姑娘，笑嘻嘻的走了出來。

秋天的夕陽照在她白生生的臉上，她的臉看來就像是春天的花朵。

風四娘忍不住道：「好漂亮的小姑娘……」

這小姑娘嬌笑道：「只可惜這個小姑娘在風四娘面前一比，就變成個小醜八怪了。」

風四娘嫣然道：「像這樣一個又聰明、又漂亮的小姑娘，總不會是跟這些怪物一路的吧？」

小姑娘盈盈一拜，道：「我叫心心，是特地來送衣服給風四娘的。」

「心心，好美的名字，簡直就跟人一樣美。」

風四娘忽然覺得愉快起來了。

她已看見這心心姑娘身後，果然還跟著兩個垂髫少女，手裡托著個金盤，上面果然有一套質料高貴，顏色鮮艷的新衣裳。

心心又笑道：「我們雖然不知道四娘衣裳的尺寸，可是這麼好身材的人，無論穿什麼衣裳，都一定會好看的。」

風四娘嫣然道：「像這麼樣好心的小姑娘，將來一定能找得到如意郎君的。」

心心的臉紅了紅，卻搖著頭道：「好心的不是我，是我們家的花公子。」

風四娘道：「花公子？」

心心道：「他知道四娘來得匆忙，沒有穿衣裳，山上的風又大，怕四娘著了涼，所以特地要我送這套衣裳來。」

風四娘道：「看來這位花公子，倒是一個很體貼的人。」

心心抿著嘴笑道：「他本來就是的，不但體貼，而且溫柔極了。」

風四娘道：「但我卻好像並不認得這樣一位花公子呀！」

心心笑道：「現在雖然還不認得，但以後就會認得的。」

風四娘也笑了，道：「不錯，又有誰是一生出來就認得的呢？能認得這樣一個溫柔體貼的男人，無論什麼樣的女人都不會反對的。」

心心笑得更甜，道：「花公子本來也只希望四娘能記得世上還有他這樣一個男人。」

風四娘道：「我絕對忘不了。」

那兩個垂髫少女，已捧著金盤走了過來。

那跛子突然道：「站住！」

少女們沒有說話，風四娘卻已瞪起了眼，道：「你憑什麼要人家站住？」

跛子不理她，卻瞪著心心，道：「你說的花公子，是不是花如玉？」

他的聲音低沉嘶啞，說不出有多麼難聽。

心心道：「除了花如玉花公子外，世上還有哪位花公子會這麼溫柔體貼？」

跛子道：「他在哪裡？」

心心道：「你問他幹什麼？難道你想去找他？」

跛子好像嚇了一跳，竟不由自主，向後退了兩步。

心心悠然道：「我也知道你不敢去找他的，所以我告訴你也沒有用。」

跛子長長吸了口氣，厲聲道：「這衣服你帶回去，花如玉碰過的東西就有毒，我們不要。」

風四娘道：「你們不要，我要！」

心心道：「既然四娘要，你們還不趕快把衣服送過去？」

垂髫少女遲疑著，好像還有點怕。

心心淡笑道：「怕什麼？這些人的樣子雖然兇，但卻絕不敢攔住你們的……」

那跛子突然冷笑一聲，手裡的短棍已閃電般向她咽喉點了過去。

這一著又急又狠，用的竟彷彿是種很辛辣的劍法，不但劍法很高，而且一出手就是殺著。

他居然用這種厲害的招式，來對付一個十六七歲的小姑娘，風四娘已經看不順眼了。

風四娘若是已經對一個人看不順眼，這個人遲早總要倒楣的。

跛子看來很快就要倒楣了。

他一棍刺出，心心的人忽然間就已從他肋下鑽了過去，就像水裡的魚一樣，甚至連魚都沒有她靈活。

風四娘卻吃了一驚，她實也沒想到，這小姑娘竟有這麼樣一身好功夫。

但跛子的應變也不慢，身子不轉，「倒打金鐘」短棍已從肋下反刺了出去。

心心冷笑道：「這是你先出手的，你自己要找倒楣，可怨不得我。」

三句話說完，跛子已攻出十五招，竟把手裡這條短棍當做劍用，劍法辛辣狠毒，已無疑是當代一流劍客的身手。

心心卻輕輕鬆鬆的就避開了，身子滴溜溜一轉，手裡突然多了柄寒光四射的短刀。

跛子第十六招攻出，心心反手一撩，只聽「叮」的一聲，這根精鋼打成的短棍，已被她一刀削斷了。

心心笑道：「我是不是說過你要倒楣的，你現在總該相信了吧？」

她笑得雖可愛，但出手卻很可怕，短刀已化成一道寒光，縱橫飛舞。

風四娘用最快的速度穿起了那身鮮艷的繡袍，跛子手裡一根三尺多長的鐵棍，已只剩下了一尺二三。

刀光已將他整個人籠罩住，每一刀刺出，都是致命的殺手。

風四娘本來在爲心心擔心，現在卻反而有點爲他擔心了。

她自己不喜歡殺人，也不喜歡看著別人在她面前被殺。

何況，她總覺得這跛子用的劍法很熟悉，總覺得自己一定知道這個人。

只不過這小姑娘好心替她送衣服，現在她總不能幫著這跛子說話。

奇怪的是，那七個瞎子反而不著急，還是動也不動的站著，就好像七個木頭人一樣。

忽然間，「嗤」的一響，一片淡淡的血珠濺起，跛子肩上已被劃了道七八寸長的血口。

心心吃吃的笑著，道：「你跪在地上，乖乖的叫我三聲姑奶奶，我就饒了你。」

跛子急攻七招，又是「叮」的一響，他手裡一尺多長的短棍，又被削斷了一截。

他無疑已可算是江湖中的一流劍客，但在這小姑娘面前，他的劍法卻好像突然變成了第八流的。

心心的出手不但又急又快，招式之詭秘變化，每一招都令人不可思議。

風四娘實在想不通，她小小年紀，這一身武功是怎麼練出來的。

心心道：「我問你，你究竟肯不肯叫？」

跛子突然發出野獸般的怒吼，用力地把手中一截斷棍擲在地上，伸出一雙骨節猙獰的大手，撲過去抓心心的咽喉。

心心似已被他這淒厲的吼聲嚇住了，手中刀竟忘了刺出。

突然間，這一雙大手已到了她面前。

心心反而笑了，嫣然道：「你真忍心殺我？」

她笑得比春花還燦爛，比蜜還甜。

跛子似也看得癡了，出手竟慢了下來，就在這時，心心的笑容突然冷了，雪亮的刀鋒已刺向他咽喉。

他實在不忍殺這小姑娘，但這小姑娘若是殺了他，卻連眼睛都不會眨一眨。

就在這時，楓林彷彿忽然捲起了陣狂風，一條四五丈長的長鞭，就像是長蛇般，隨著狂風捲過來，鞭梢在心心手腕上輕輕一搭，心心手裡的刀已沖天飛起。

接著，她的人也被捲起，凌空翻了四五個筋斗，才落下來，又在地上打了幾個滾，才勉強站住，握刀的手已變得又紅又腫。

風四娘自己也是用鞭子的。

她知道鞭子愈長，愈難施展。

她從來也沒有見過這麼長的鞭子，也從來沒有見過這麼靈活的鞭子。

無論誰能將這麼長的鞭子，運用得這麼靈活，都一定是個非常可怕的人。

她忽然覺得今天的日子很不吉利，今天她遇見的人，好像沒有一個不是非常可怕的怪物。

等她見到這個人時，她才知道真正的怪物是什麼樣子的。

這個人才是個真正的怪，怪物中的怪物。

對心心來說，今天的日子當然更不吉利。

她用另一隻手捧著被打腫了的手，疼得已經要哭出來，但等她看見這個人時，她卻似已嚇得連哭都不敢哭出來。

這個人並不是走來的，也不是坐車來的，當然更不是爬來的。

他是坐在一個人頭上來的，坐在一個巨人般的大漢頭上。

這大漢身長九尺，精赤著上身，卻戴著頂大帽子。

帽子就像是方桌一樣，是平穩的，這個人就坐在帽子上，穿著件繡滿了各式各樣飛禽的五色彩袍，左面的袖子卻是空的。

他的臉看來倒不怪，蒼白的臉色，帶著種很有威嚴的表情，一雙眼睛炯炯有光，漆黑的頭髮上，戴著頂珍珠冠。

事實上，若是只看這張臉，他甚至可以算是個很英俊的男人。

但是他身上卻彷彿帶著種說不出的陰險詭秘之氣，仔細一看，才知道他並不是坐著，而是站著的，只不過兩條腿都已從根上被割斷了。

這個人的四肢，竟已只剩下一隻右手，那條五尺長的鞭子，就在他右手裡。

風四娘倒抽了口涼氣，只覺得今天的日子實在很不吉利。

心心的臉上，更已連一點血色都沒有了，忽然大聲道：「是他先動手的，你不信可以問他自己。」

這人冷冷的看著她，過了很久，才慢慢的點了點頭，道：「我知道。」

他的聲音居然也很清朗，很有吸引力，他沒有殘廢的時候，顯然是個對女人很有吸引力的男人。

心心道：「我只不過是奉花公子之命，來送衣裳給風四娘的。」

這人道：「我知道。」

心心鬆了口氣，勉強笑道：「既然你全都知道，我是不是可以走了？」

這人道：「你當然可以走。」

心心一句話都不再說，掉頭就跑。

這人居然也沒有阻攔，風四娘又不禁覺得他並沒有想像中那麼可怕了。

誰知心心剛奔出了楓林，忽然又跑了回來，本來已經腫了的手臂，現在竟已腫得比腿還粗，一張春花般鮮艷的臉，也似已變成了灰色，嘶聲道：「你的鞭子上有毒？」

這人道：「是有一點。」

心心道：「那……那怎麼辦呢？」

這人道：「你知不知道我這兩條腿，一隻手，是怎麼斷的？」

心心搖搖頭。

這人道：「是我自己砍斷的。」

心心道：「你爲什麼要砍斷自己的手？」

這人道：「因爲我手上中了別人的毒。」

心心就像是忽然又挨了一鞭子，站都站不住了，失聲道：「你……你難道也想要我變成個殘廢？」

這人冷冷道：「殘廢又如何？這裡的人豈非全都是殘廢？」

心心指著面前的大漢，道：「他就不是殘廢。」

大漢突然咧開嘴一笑。

心心又怔住了。

這大漢雖然四肢俱全，不瞎也不跛，但嘴裡卻沒有舌頭。

心心仰起臉看著他，忽然間已淚流滿面，道：「你真要我自己把這隻手砍下來？」

這人道：「手上有毒，就要砍手，腿上有毒，就要砍腿。」

心心流著淚，道：「可是……可是我捨不得。」

這人道：「我若也捨不得，現在已死過三次。」

風四娘忍不住衝過來，大聲道：「她怎麼能跟你比，她是個女人。」

這人冷冷道：「女人也是人。」

風四娘道：「你也是人，你憑什麼要坐在別人的頭上？」

這人道：「因爲我本就是人上人。」

風四娘道：「人上人？」

這人道：「吃得苦中苦，就是人上人。」

風四娘道：「你吃過苦中苦？」

這人道：「你若也割下自己兩條腿，一隻手來，你就知道我是不是吃過苦中苦了。」

風四娘也不能不承認，這人的確是吃過苦中苦的。

二 怪物中的怪物

所以他就是人上人。

那柄寒光四射的短刀，已掉在地上，就在心心的腳下。

心心慢慢的彎下腰，撿起了這柄刀，流著淚，看著風四娘，淒然道：「你現在總該已看清他是個什麼樣的人了。」

風四娘咬著牙，道：「現在我只不過有點懷疑，他究竟是不是人？」

心心道：「就因爲他自己是個殘廢，所以就希望看著別人跟他一樣變成殘廢，可是我……我就算要砍斷這隻手，也偏偏不讓他看見。」

她忽又轉過身，頭也不回的走了。

風四娘跺了跺腳，忽然大聲道：「像你這麼漂亮的女孩子，就算少隻手，也一樣有人喜歡的，你用不著難受。」

她叫別人不要難受，可是她自己的眼圈都已紅了。

人上人看著她，冷冷道：「想不到風四娘居然是個心腸很軟的女人。」

風四娘也抬起頭，瞪著他，冷冷道：「可是你就算把這最後一隻手也砍下來，我也不會難受。」

人上人道：「你同情她？」

風四娘道：「哼。」

人上人道：「你知道她是怎樣的人？」

風四娘道：「她是個女人，我也是個女人。」

人上人道：「你身上所穿著的，就是她送給你的衣裳？」

風四娘道：「不錯。」

人上人道：「你最好趕快脫掉。」

風四娘道：「脫什麼？」

人上人道：「脫衣服。」

風四娘笑了，道：「你想看我脫衣服？」

人上人道：「一定要脫光。」

風四娘突然跳起來，大聲道：「你在做夢。」

人上人嘆了口氣，道：「你自己不脫，難道要我替你脫？」

風四娘道：「你敢？」

人上人又嘆了口氣，道：「若連女人的衣服我都不敢脫，我還敢幹什麼？」

他的手輕輕一抬，長鞭忽然像毒蛇向風四娘捲了過來。

風四娘從來也沒有看見過這麼可怕的鞭子，鞭子上就好像長著眼睛一樣，鞭梢忽然間已捲住了她的衣服。

這鞭子本身就好像會脫女人的衣服。

鞭梢已捲住了風四娘的衣服，只要輕輕一拉，這件嶄新的、鮮艷的繡袍，立刻就會被撕成兩半。

風四娘要脫衣服的時候，都是她自己脫下來，這世上從來也沒有一個男人脫過她的衣服。

但這次卻好像要破例了。

她既不敢去抓這條鞭子，要閃避也已太遲。

心心的手剛才被鞭梢輕輕一捲，就已腫得非砍下來不可，風四娘是親眼看見的。

她雖不願被人脫光衣服，卻也不願砍掉自己的手。

只聽「嘶」的一聲，衣襟已被扯破。

風四娘突然大聲道：「等一等，要脫我自己脫。」

人上人道：「你肯？」

風四娘道：「這麼漂亮的一件衣服，撕破了實在可惜。」

人上人道：「風四娘也會心疼一件衣服？」

風四娘道：「風四娘也是女人，漂亮的衣服，又有哪個女人不心疼？」

人上人道：「好，你脫。」

鞭子在他手裡，就像是活的，說停就停，要收就收。

風四娘嘆了口氣，道：「其實我已是個老太婆了，脫光了也沒有什麼好看的，可是你一定要我脫，我也只好脫，誰叫我打不過你？」

她慢慢的解開兩粒衣鈕，突然飛起一腳，踢在那赤膊大漢的肚子上。

射人先射馬，只要這大漢一倒下去，人上人也得跟著跌下來，就算不跌個半死，至少也沒功夫再來脫女人的衣服。

風四娘的武功本來就不太可怕，她可怕的地方並不是武功。

她一向獨來獨往，在江湖中混了十幾年，若是單憑她的武功，衣服也不知被人脫過多少次了。

她的腳看來雖然很秀氣，但卻踢死過三條餓狼、一隻山貓，還曾經將盤據祁連山多年的大盜滿天雲，一腳踢下萬丈絕崖。

這一腳的力量實在不小，誰知她一腳踢在這大漢的肚子上，這大漢卻連動也不動，竟像是連一點感覺都沒有。

風四娘自己的腳反而被踢痛了。

她雖然吃了一驚，可是她的人卻已藉著這一腳的力量，向後翻了出去。

「打不過就跑。」

一個在江湖中混了十幾年的人，這道理當然不會不懂的。

可是她自己也知道這次未必能跑得掉。

她已聽見鞭梢破風的聲音，像響尾蛇一樣跟著她飛了過來。

她的身法再快，也沒有鞭子快。

就在這時，突聽弓弦一響，兩道銀光閃電般飛來，打在鞭子上。

長鞭就像是條被人打中七寸的毒蛇，立刻軟軟的垂下。

楓林外一個人冷冷道：「光天化日下，就想在大路上脫女人的衣服，未免將關中的武林道太不看在眼裡了吧？」

風四娘已經坐在一棵楓樹上面，恰巧看見了這個人。

這人高大魁偉，滿面紅光，一頭銀絲般的長髮披在身上，穿著大紅斗蓬，手裡倒挽柄比人還長的金背弓，在斜陽下閃閃發光。

他整個人都彷彿在閃閃發著光。

等他抬頭，風四娘才看出他臉上滿佈皺紋，竟已是個老人。

可是他說起話來還是聲如洪鐘，腰桿還是標槍般挺得筆直，全身還是充滿了力量。

風四娘從來也沒有看見過這麼年輕的老人。

這時那兩道銀光也落在地上，滴溜溜的打滾，竟是兩粒龍眼般大小的銀丸。

人上人眼睛盯著這兩粒銀丸，忽然皺了皺眉，道：「金弓銀丸斬虎刀？」

銀髮老人道：「追雲捉月水上飄！」

人上人道：「厲青鋒？」

銀髮老人突然縱聲長笑，道：「三十年不走江湖，想不到居然還有人記得我。」

笑聲穿雲裂石，滿林楓葉都像是快要被震得落下。

風四娘也幾乎從樹上掉下來。

她沒見過這個人，但卻知道這個人。

「金弓銀丸斬虎刀，追雲捉月水上飄」厲青鋒縱橫江湖時，她還是剛出世的孩子。

等她出道時，厲青鋒早已退隱多年了，近三十年來的確從來也沒有人見過他。

但風四娘還是知道江湖中有這麼樣一個人，也知道他就是當今天下武林中，手腳最乾淨，聲名最響亮的獨行大盜。

若不是後來又出現了個蕭十一郎，他還是近百年來，江湖中最了不起的獨行盜。

據說他有一次到了京城，京城裡的富家千金們，只爲了想看他一眼，竟不惜半夜裡坐在窗口，開著窗子等他。

這當然只不過是傳說，風四娘從來也不相信的。

可是現在她卻已有點相信了。

一個六十多歲的老人，若還有這種精神，這種氣派，他若年輕三十歲，連風四娘都說不定會在半夜裡打開窗子等他的。

就好像她常常坐在窗口等蕭十一郎一樣。

厲青鋒忽然抬起頭看了她一眼，道：「你就是風四娘？」

風四娘嫣然道：「你三十年不走江湖，想不到居然還知道江湖中有個風四娘。」

厲青鋒道：「好，風四娘果然名不虛傳，我若早知道江湖中有你這樣的一個人，我說不定早十年就已出來了。」

風四娘道：「我若早知道你在那裡，說不定十年前就已去找你了。」

厲青鋒大笑，道：「只可惜我來遲了十年。」

風四娘笑著道：「誰說你來遲了？你來得正是時候呢！」

厲青鋒眼睛更亮，道：「那怪物剛才欺負了你，現在我既已來了，你要我怎麼對付他，只管說。」

風四娘眼珠子轉了幾轉，道：「他要我脫衣服，我也想叫他脫光衣服看看。」

厲青鋒大笑，道：「好，你就在樹上等著看吧。」

他大笑著，忽然抽刀，抽出了他那柄五十七斤重的斬虎刀，一刀向面前的楓樹上砍了過去。

只聽「咔嚓」一聲，這棵比海碗都粗的楓樹，竟被他一刀砍斷了，嘩啦啦倒下。

幸好風四娘距離還遠，忍不住道：「這棵樹又沒有欺負你，你為什麼砍它一刀？」

厲青鋒道：「它擋了我的路。」

風四娘道：「無論什麼東西擋住你的路，你都要給它一刀？」

厲青鋒道：「不錯！」

風四娘嘆了口氣，喃喃道：「像這樣的男人，現在爲什麼連一個都沒有了，否則我又怎麼會直到現在還是個女光棍？」

她說的聲音不大，卻恰好能讓厲青鋒聽見。

厲青鋒好像又年輕了十歲，一步就從斷樹椿上跨了過去。

人上人冷冷的看著他，悠然道：「這麼大年齡的人，居然還要在女人面前逞威風，倒真是件怪事。」

厲青鋒沉下了臉，道：「你不服？」

人上人道：「我只奇怪，像你這種人，怎麼能活到現在的。」

厲青鋒厲聲道：「幸好你是現在遇見我，若是三十年前，此刻你已死在我刀下。」

人上人道：「現在你只不過想要我脫光衣服，然後再帶風四娘走。」

厲青鋒道：「我本來還想砍斷你一隻手的，只可惜你已剩下一隻手。」

人上人道：「這隻手卻不是用來脫衣服的。」

厲青鋒冷笑道：「難道你這隻手還能殺人？」

人上人道：「殺的也不多，一次只殺一個。」

他的手一抖，長鞭已毒蛇般向厲青鋒捲了過來。

厲青鋒的斬虎刀也砍了出去。

這兩種兵刃，一剛一柔，但柔能剋剛，厲青鋒一刀砍出，已知道自己吃虧了。

忽然間，鞭梢已捲住了他的刀，繞了七八個圈子，那赤膊大漢立刻跟著向前跨出兩步，一掌向他胸膛上打了過去。

這大漢看來很笨重，但出手卻又快又狠，用的招式雖然一點花梢也沒有，卻非常有力，也非常有效。

厲青鋒掌中刀被纏住，左手的金弓卻推出，弓弦擋住了大漢的手，只聽「噹」的一聲，大漢的鐵拳竟已被割破道血口。

這弓弦竟利如刀鋒。

大漢怒吼一聲，伸手去抓他的弓，誰知厲青鋒的手一轉，弓梢急點大漢的胸膛。

這大漢鐵打般的身子，竟被點得連站都站不穩了，他的人一倒，人上人當然也得跟著跌下。

誰知人上人凌空翻身，從厲青鋒頭頂上掠了過去。

厲青鋒本來是對付一個人的，想不到這個人竟然分成了兩個，一個在前，一個卻到了他身後。

他皺了皺眉，四丈長的鞭子，中間一段已繞上了咽喉。

他臨危不亂，斬虎刀向上揮出，長鞭立刻像弓弦般繃直，本來是鞭梢纏住刀的，現在卻變成刀拉住了鞭子。

兩人交手數招，看來雖然也沒有什麼花梢，但變化之奇，出手之急，應變之快，你若沒有在旁邊看著，簡直連想像都無法想像。

你若能在旁邊看著，每一招都絕不肯錯過。

只可惜在旁邊的卻是七個瞎子，那個跛子雖不瞎，居然也一直背對他們，好像生怕被風四娘看見他的臉。

風四娘呢？

風四娘竟已不見了。

這個女人有時真就像是風一樣不可捉摸。

泉水就像是一條銀線般，從山巔流下來。

夕陽滿天。

風四娘坐在一塊石頭上，將一雙腳泡在冷而清澈的泉水中。

這是雙纖秀而美麗的腳，她一向都保養得很好，腳上甚至連一個疤都找不出來。

她常常喜歡看自己的腳，也知道大多數男人都很喜歡看她的腳。

但這雙腳剛才卻已被粗糙的山石和銳利的樹枝割破了好幾塊。

現在她不但腳很疼，心也很疼。

厲青鋒並不是個討厭的男人，而且是去救她的，對她好像並沒有什麼惡意。

但風四娘卻已發現他也並沒有什麼好意。

像他這樣的男人，若是對一個女人大獻慇懃時，通常都絕不會有什麼好意的。

何況，他顯然也是為了她而來的，而且也要將她帶走。

他就算能將那個人上人打成人下人，對風四娘也並沒有什麼好處。

風四娘當然也並不是真的想看那個畸形的殘廢脫光衣服。

世上絕沒有任何人想看他脫光衣服。

「既然這兩個人都不是好東西，為什麼不讓他們自己去狗咬狗？」

所以風四娘一有了機會，就絕不肯留在那裡再多看一眼。

就算那兩個人能打出一朵花來，她也絕不肯再多看一眼。

風四娘一看就知道是個很聰明的女人，從來沒有判斷錯誤過，所以直到現在，還沒有任何一個男人脫過她的衣服。

但對她說來，今天的日子實在很不吉利。

今天她非但遇見了很多倒楣事，而且每件事都很奇怪。

泉水清冷，從她的腳心，一直冷到她心裡。

現在她已冷靜多了，已可將這件事，從頭到尾再仔細想一遍。

她到這亂石山來，當然不是湊巧路過的，但她卻從未向別人說過，她要到這裡來。

她的行蹤，也跟風一樣，從來也沒有人能捉摸。

但現在至少已有三個人是來找她的——花如玉、人上人和厲青鋒。

他們怎麼會知道她在這裡呢？怎麼會知道她要到這裡來？

風四娘一向是個很喜歡享受的女人，她什麼都吃，就是不肯吃苦。不肯吃苦的人，武功當然不會很高，幸好她很聰明，有時雖然很兇，但卻從來也沒有真的跟別人結下過什麼深仇大恨。

這也正是她最聰明的地方。

她不但聰明，而且很美，所以她總是有很多有力量的朋友。

她潑辣的時候，像是條老母狗，溫柔的時候，卻又像是隻小鴿子。

她有時天真如嬰兒，有時卻又狡猾如狐狸。

像這麼樣一個女人，若不是真正有必要，誰也不會來惹她的。

但現在卻忽然有三個人找上她了，而且是三個很不平凡的人。

有些女人也許會因此而很得意，但風四娘卻不是個平凡的女人。

她知道一個能忍心砍斷自己一雙腿、一隻手的人，若是要找一個女人時，絕不會只爲了想要脫光這女人的衣服。

一個已在江湖中銷聲匿跡了三十年的大盜，若是對一個女人大獻慇懃，當然也絕不會只爲了這女人長得漂亮。

他們來找她，究竟是爲了什麼？

風四娘想來想去，只有一個原因——

蕭十一郎！

蕭十一郎，這個要命的蕭十一郎，爲什麼總是會惹上這麼多的麻煩呢？

這個人好像天生下來就是找麻煩的，不但別人要找他麻煩，他自己也要找自己的麻煩。

風四娘第一次見到他的時候，他就正在找自己的麻煩。

那時他還是個大孩子，居然想迎著勢如雷霆般的急流，衝上龍湫瀑布。

他試了一次又一次，跌得頭暈眼花，皮破血流，但卻還要試。

他究竟想證明什麼呢？

這種事除了笨蛋外，還有誰能做得出？

連風四娘有時都認爲他是個笨蛋，但他卻偏偏一點也不笨。

非但不笨，而且聰明得出奇。

他只不過時常會做一兩件連笨蛋都不肯做的笨事而已。

所以這個人究竟是笨？還是聰明？究竟可愛？還是可恨？連風四娘都分不清楚。

她只知道自己是永遠也忘不了這個人的了。

有時她想他想得幾乎發瘋，但有時卻又不想看見他，不敢看見他。

這兩年來，她一直都沒有見過他。

自從那天他和逍遙侯一起走上了那條絕路後，她就沒有再見過他。

她甚至以爲永遠再也見不到他了。

因爲這世上所有活著的人，還沒有一個能戰勝逍遙侯。

沒有人的武功比逍遙侯更高，沒有人能比他更陰險、更毒辣、更可怕。

但蕭十一郎卻偏偏要去找他，偏偏要去跟他決一死戰。

這一戰的結果，也從來沒有人知道，大家只知道蕭十一郎是絕不會再活著出現了，甚至連風四娘都已幾乎絕望。

但是就在這個時候，她偏偏又聽到蕭十一郎的消息。

所以她來到亂石山，所以她的腳才會破，才會遇見這些倒楣的事。

所以她現在才會像個呆子般抱著腳坐在這裡想他，想得心都疼了……

這個要命的蕭十一郎，爲什麼總是令人忘也忘不了呢？

風四娘忽然覺得餓了。

她在想蕭十一郎的時候，從來也不會覺得餓的。

可是她現在已決定不再想下去。

這裡是什麼地方？距離那強盜客棧有多遠？她全不知道。

她的衣服、行李和武器，全都在客棧裡，她自己卻在荒山裡迷了路。

現在已是黃昏，正是該吃晚飯的時候，四下卻看不見炊煙。

她忽然發覺這滿天絢麗的夕陽，原來竟不如廚房煙囪冒出來的黑煙好看。

就算她知道路，她也不願意走回去，這倒並不是因爲她怕那些人再回去找她，而是她實在不願再冒腳被割破的險。

在她看來，這雙腳實在比她的肚子重要得多。

可是她的肚子偏偏不聽話，已經在表示抗議，「咕咕」的叫了起來。

應該怎樣來安慰這肚子呢？

風四娘嘆了口氣，正想找看附近有沒有比她更倒楣的山雞和兔子。

她沒有看見兔子，卻看見了六個人。

四個精神抖擻的錦衣壯漢，抬著頂綠絨小轎，兩個衣著更華麗的年輕後生，跟在轎子後面，從山坡下走了上來。

山路如此崎嶇，真難爲他們怎麼把這頂轎子抬上來的。

轎子裡坐著的是什麼人？氣派倒真不小，在這種地方，居然還坐轎？

風四娘很少坐轎子，她覺得坐在轎子裡氣悶，她喜歡騎馬，騎最快的馬。

但她卻坐過花轎。

她又不禁想起了那天，她正坐在花轎裡準備去拜天地，忽然看見蕭十一郎和沈璧君在路旁，她居然穿著鳳冠霞帔，就從轎子裡跳了出來，幾乎將楊家迎親的那些人活活嚇死。

從此，她就又多了一個外號，叫做「嚇死人的新娘子」。

於是她又不禁想起了蕭十一郎，想起了那個可憐又可愛的美人沈璧君，想起了他們悲傷的遭遇。

若不是爲了沈璧君，蕭十一郎就絕不會和逍遙侯結下冤仇，絕不會去找逍遙侯拚命。

但若不是爲了蕭十一郎，沈璧君也絕不會有那種悲慘的遭遇。

一個武林中最受人尊敬、最被人羨慕的女人，竟愛上了江湖上名聲最狼藉的大盜。

她本來幾乎已擁有這世間所有值得別人羨慕的事，她不但有很好的出身，有一個年少英俊、文武雙全的丈夫，而且還已經快有孩子了。

但她爲了蕭十一郎，卻放棄了這所有的一切，使得很多人都跟著她受苦。

這怪誰呢？

風四娘絕不怪她，因爲風四娘自己本來也是這樣的女人。

爲了這一分真情，她們是不惜犧牲一切，放棄一切的。

若不是爲了蕭十一郎，她自己怎麼會變成現在這樣子？

現在她本應穿著緞子衣服，坐在楊家金碧輝煌的客廳裡，等著奴僕傭人們開晚飯的。

風四娘嘆了口氣，決定不讓自己再想下去。

她抬起頭，才發現轎子早已停了下來，那兩個長得漂亮的年輕後生，已經掀起轎簾。轎子裡卻沒有人。

他們從轎子裡捧出了卷紅氈，鋪在地上，直鋪到風四娘面前。

風四娘張開眼睛，吃驚的看著他們，忍不住問道：「你們是來接我的？」

這兩個漂亮的年輕後生點了點頭，笑得比女孩子還甜。

風四娘立刻又問：「是誰叫你們來接我的？」

「金菩薩。」

風四娘笑了，她本該早就想起這是金菩薩叫人來接她的。

除了金菩薩外，誰有這種氣派？

她微笑著嘆了口氣，道：「看來我的運氣還不錯，總算遇見個人了。」

她剛才遇見的都不是人，她今天簡直就好像沽見了鬼。

金菩薩是個什麼樣的人呢？

他是個矮矮胖胖的人，一天到晚總是笑瞇瞇的，就像是彌勒佛一樣。

所以別人才叫他「菩薩」。

別人從來也不知道他的家財有多少，只聽說他有個金山，只要他高興，隨時都可以把一串串的金子往家裡送。

所以他又叫「金菩薩」。

爲了急人之難，他就算一下子花掉成千上萬兩的金子，也絕不會皺一皺眉頭的。

但是他一下子殺掉十七八個人時，也絕不會眨一眨眼。

他有個最寵愛的姬妾，叫紅紅，因爲她總是喜歡穿紅衣服。

有一次他大宴渤海龍王，紅紅爲客人斟酒時，無緣無故的笑了笑，笑得很輕佻，很無禮。

金菩薩就笑瞇瞇的叫她退下去，一個時辰後，紅紅再回來的時候，身上還是穿著很鮮艷的紅衣服，臉上還是抹著脂粉，但卻是坐在一個大銀盤子裡，被人捧上來的，捧到桌上。

因爲她已被蒸熟。

金菩薩居然還笑瞇瞇的割下她身上一塊最嫩的肉，請渤海龍王下酒。

渤海龍王本是想來跟他爭一爭鋒頭，鬥一鬥豪闊的。

但這頓飯吃過後，這位乘興而來的武林大豪，就連夜走了。

金菩薩就是這麼樣一個人。

風四娘認得金菩薩已很久，她對這個人的印象不錯。

因爲金菩薩也一向對她不錯。

「你對我好，我就對你好。」

這就是風四娘的原則。

她是個女人，女人通常總有她們自己一套原則的——一種男人總是想不通的原則。

可是金菩薩又怎麼會知道她在這裡？怎麼會忽然到這裡來了呢？

這些問題風四娘並沒有想。

現在她心裡想著的，是一碗用雞汁和火腿燉得很爛的魚翅。

金菩薩的眼睛本來就很小，看見風四娘時，更笑得瞇成了一條線。

他笑瞇瞇的看著風四娘，從頭到腳都仔細的看了一遍，忽然嘆了口氣，道：「我不該請你來的。」

風四娘道：「爲什麼？」

金菩薩道：「我每次看見你的時候，心裡都會覺得很難受。」

風四娘說道：「像我這麼漂亮的女人，你看著會難受？」

金菩薩說道：「就因爲你太漂亮了，我看著才會難受。」

風四娘道：「我不懂。」

金菩薩說道：「你應該懂得的……你現在是不是很餓？」

風四娘嘆道：「已經快餓瘋了。」

金菩薩道：「你若看著一大碗紅燒肉擺在你面前，卻偏偏吃不到，你難受不難受？」

風四娘笑了。

她在她不討厭的男人面前笑起來的時候，笑得總是特別好看，笑聲也總是特別好聽的。

金菩薩忽又問道：「你還沒有嫁人？」

風四娘道：「還沒有。」

金菩薩道：「你爲什麼總是不肯嫁給我？」

風四娘眨了眨眼，道：「因爲你的錢太多了。」

金菩薩道：「錢多又有什麼不好？」

風四娘道：「太有錢的男人、太英俊的男人，我都不嫁。」

金菩薩道：「爲什麼？」

風四娘道：「因爲這種男人每個女人都喜歡的，我怕別的女人來搶。」

金菩薩道：「你不搶別人的丈夫，已經很客氣了，誰能搶得走你的丈夫？」

風四娘道：「就算搶不走，我也會覺得很緊張。」

金菩薩道：「爲什麼？」

風四娘道：「你若抱著一大碗紅燒肉，坐在一群餓鬼中間，你緊張不緊張？」

金菩薩也笑了，眼睛又瞇成了一條線。

風四娘眨著眼道：「其實我心裡是喜歡你的，只要你肯把你的金山送掉，我馬上就嫁給你。」

金菩薩道：「有了金山，就要不到你這樣的美人，我若將金山送給別人，豈非害了他？」

他用力搖著頭，道：「害人的事，我是從來也不做的。」

風四娘大笑，道：「幾年不見，你還是跟以前一樣有趣，難怪我總是想要見你。」

金菩薩嘆道：「只可惜我的錢太多了。」

風四娘道：「實在可惜。」

金菩薩道：「所以我們只能做朋友。」

風四娘道：「我們一直都是好朋友。」

金菩薩笑道：「能聽到這句話，簡直比吃紅燒肉還開心。」

風四娘眼珠子轉了轉，道：「就因爲我們是朋友，所以我有句話要問你。」

金菩薩道：「我早就在等著你問了。」

風四娘道：「你是不是特地來找我的？你怎麼會知道我在這裡？」

金菩薩瞇著眼，沉吟著道：「你要我說實話？還是要我說謊？」

風四娘道：「我本來是很喜歡聽男人說謊的，因爲謊話總比實話好聽。」

金菩薩的眼睛裡露出讚賞之意，嘆道：「你的確是個聰明女人，只有最笨的女人，才總是會逼著男人說實話。」

風四娘道：「但這次我卻想聽實話。」

金菩薩笑瞇瞇道：「只不過要聽實話，總是要付出點代價的。」

風四娘道：「我知道。」

金菩薩道：「你還是要聽？」

風四娘道：「嗯。」

金菩薩又考慮了半天，才緩緩道：「我來找你，是爲了一個人。」

風四娘道：「爲了誰？」

金菩薩道：「蕭十一郎。」

蕭十一郎，又是蕭十一郎。

只要聽見這名字，風四娘心裡就會有種說不出的滋味，也不知是甜？是酸？是苦？

但是她臉上卻偏偏要作出很冷淡的樣子，冷冷道：「原來你是爲了蕭十一郎才來找我的？」

金菩薩道：「你要我說實話的。」

風四娘冷笑道：「蕭十一郎跟我又有什麼關係？我又不是他的娘。」

金菩薩道：「但你們也是朋友。」

風四娘不再否認，也不能再否認。

蕭十一郎的仇敵遠比朋友多，江湖中幾乎已沒有人不知道她是蕭十一郎的朋友。

金菩薩道：「兩年前，他去找逍遙侯拚命的時候，聽說你也在。」

風四娘冷冷道：「他不是去拚命，他是去送死。」

金菩薩道：「所以自從那次之後，江湖中每個人都以爲他死了。」

風四娘道：「江湖中就不知道有多少人希望他趕快死。」

金菩薩道：「但他卻偏偏沒有死。」

風四娘說道：「你怎麼知道他沒有死？你看見過他了？」

金菩薩道：「我沒有，我只不過已聽到他的消息而已。」

風四娘道：「什麼消息？」

金菩薩道：「他非但沒死，而且還忽然走運了。」

風四娘道：「像他那麼倒楣的人，也會有走運的時候？」

金菩薩道：「一個人運氣來了時，本就連城牆都擋不住的。」

風四娘道：「他走了什麼運？桃花運？」

金菩薩嘆道：「他桃花運已走得太多了，所以才常常倒楣，但這次卻幸好不是。」

風四娘道：「哦？」

金菩薩道：「至少你現在是更不會嫁給他的了。」

風四娘板著臉，道：「就算天下的男人都死光了，我也不會嫁給他。」

她嘴裡這麼說的時候，心裡卻好像有根針在刺著。

金菩薩笑眯眯的看著她，道：「你當然不會嫁給這種人的，他不但很年輕，很英俊，而且據說還忽然變成了天下最有錢的人。」

風四娘道：「比你還有錢？」

金菩薩道：「當然比我有錢多了。」

風四娘道：「他的錢難道是從天上掉下來的？」

金菩薩道：「天上雖然不會掉下錢來，地上卻可能長出來。」

風四娘道：「哦！」

金菩薩道：「江湖中人都知道這世上有三筆最大的寶藏，卻一直沒有人找得到。」

風四娘道：「難道他找到了？」

金菩薩嘆了口氣，道：「我說過，運氣來了時，連城牆都擋不住的。」

風四娘冷笑道：「好幾年前，就有人說他發了大財，但他身上卻常常連請我吃麵的錢都沒有。」

金菩薩道：「我也知道以前有關他的謠言很多，但這次卻不是。」

風四娘道：「你怎麼知道不是？」

金菩薩道：「有人親眼看見他在開封輸了幾十萬兩銀子，而且全都是十足十的紋銀，是一箱箱抬去輸的。」

風四娘道：「他本來就是個賭鬼。」

金菩薩道：「還有人親眼看見他用十斗珍珠，將杭州最紅的一個妓女買下來，又花了五十萬兩銀子，替她買了座大宅院。」

風四娘咬了咬嘴唇，冷冷的道：「他本來就是個色鬼。」

金菩薩道：「但他卻只不過在那裡住了三天，就把那個女人甩掉了。」

風四娘臉色已好看了些，卻還是冷冷道：「這也不稀奇，他本來就是無情無義的人。」

金菩薩道：「看見他的這些人，都是以前就認得他的，而且絕不會看錯，何況就算他們看錯了，另外還有些人卻是絕不會看錯的。」

風四娘道：「另外還有些什麼人？」

金菩薩沒有回答這句話，卻反問道：「你剛才是不是見到了七個瞎子？」

風四娘點點頭。

金菩薩道：「你知不知那些瞎子本來是什麼人？」

風四娘搖搖頭。

金菩薩道：「別人我也不知道，我只知道其中有兩個是崑崙四劍中的老大和老三，還有一個就是點蒼的新任掌門人謝天石。」

風四娘的眉又皺了起來。

蕭十一郎惹禍的本事，好像已愈來愈大了。

金菩薩道：「至少他們這幾個人是絕不會認錯，因爲他們都是在蕭十一郎刀下被逼刺瞎自己的眼睛，何況……」

他的眼睛好像忽然變大了兩倍，慢慢的接著道：「他們就算認錯他的人，也絕不會認錯他手裡的那把刀，誰也不會認錯那把刀。」

風四娘動容道：「割鹿刀？」

金菩薩的眼睛裡閃著光，說道：「不錯，就是割鹿刀。」

風四娘道：「他們以前看見過割鹿刀？」

金菩薩道：「沒有。」

江湖中真正看見過割鹿刀的人，至今還不多。

風四娘冷笑說道：「既然沒有看見過，怎麼能認得出？」

金菩薩道：「割鹿刀的形狀本來就和一般的刀不同，何況，謝天石的松紋劍，交手只一招就被削斷了。」

江湖中能削斷松紋劍的刀也不多。

風四娘眼珠子一轉，道：「可是割鹿刀也是人人都可以用的，你若用割鹿刀去殺人，難道就是蕭十一郎？」

金菩薩又瞇起眼笑了，道：「蕭十一郎若長得像我這副尊容，那位武林中的第一美人就絕不會看上他了，他的麻煩也就少得多了。」

提起沈璧君，風四娘心裡彷彿又被針在刺著。

金菩薩道：「何況謝天石以前本就見過蕭十一郎的，以他現在的身分地位，我想他絕不會說謊。」

風四娘道：「蕭十一郎為什麼要逼著他刺瞎自己的眼睛？」

金菩薩道：「聽說是因為他在無意中多看了沈璧君兩眼。」

風四娘道：「只因為他看了沈璧君兩眼，蕭十一郎就要挖出他的眼睛來？」

金菩薩道：「不錯。」

風四娘道：「錯了，一定錯了，蕭十一郎絕不是這種人。」

金菩薩道：「他是的。」

風四娘道：「不是！」

金菩薩道：「是。」

風四娘的眼睛突然發直，臉上的表情也忽然變得很奇怪，用力咬著牙，像是在勉強忍耐著一種突發的痛苦，又像是已氣得說不出話來。

金菩薩道：「蕭十一郎和逍遙侯那一戰，究竟是誰勝誰負，江湖中至今還沒有人知道，只不過蕭十一郎的確還沒有死，這已是絕無疑問的事。」

風四娘瞪著他，一雙靈活明亮的眼睛，竟已變得死魚般的呆滯。

金菩薩道：「他現在雖然還活著，但遲早還是要死的。」

風四娘的嘴唇動了動，好像想說什麼，卻沒有說出來。

金菩薩道：「因為他身上帶著三樣武林中人人都想要的寶藏，那就是他的寶藏、他的割鹿刀，和他項上的人頭。」他嘆了口氣，接著道：「無論誰身上帶著這樣三件寶貝，在江湖中行走都危險得很。」

風四娘的手似已在發抖。

金菩薩道：「我若是他，我無論要到什麼地方去，都絕不會讓人知道，所以我實在不懂，他爲什麼要約你在這裡相見？爲什麼要將這消息告訴別人？我……」

這句話還沒有說完，風四娘突然跳起來，抓起面前的一把椅子，用力摔了出去，接著又扯下了自己的頭髮，倒在地上打起滾來。

金菩薩怔住，他實在想不到風四娘會做出這種事。

風四娘是不是瘋了？

風四娘忽然又從地上跳起來，站在金菩薩面前，咯咯的笑個不停。

金菩薩也笑了，道：「我們是老朋友，也是好朋友，有什麼都可商量，你又何必氣成這樣子？」

他相信風四娘絕不會真的忽然發瘋的，她一定是在裝瘋，誰知風四娘突然怪叫一聲，伸出手來扼他的脖子，金菩薩這才吃了一驚。

幸好他雖然愈來愈胖，反應卻還是很快，身手也不慢，一閃身，就避開了七八尺。

風四娘沒有扼住他的脖子，竟反手扼住了自己的脖子，而且扼得很用力，額上竟已暴出了青筋，連舌頭都吐了出來，她頭髮本已披散，再加上這舌頭一吐出來，實在像是個活鬼。

金菩薩吃驚的看著她，這才發現她好像竟是真的瘋了。

一個像風四娘這麼愛美的女人，若不是真的瘋了，怎麼會在別人面前露出這種醜態？女人通常是寧死也不願意被別人看見自己這種醜態的。

金菩薩的臉也不禁有點發白，正想想個法子安慰安慰她。

誰知風四娘竟又直挺挺的倒了下去，而且一倒下去，就動也不動了。

金菩薩忍不住喚道：「四娘，四娘……」

風四娘還是不動，一張臉竟已變成了死灰色，眼珠子似也凸了出來。

金菩薩更吃驚，慢慢的走過去，伸手探了探她的鼻息，她竟已連呼吸都停止。

風四娘不但瘋了，而且竟已死在這裡。

金菩薩又怔住，他實在不相信這是真的，他自己也像連動都不能動了。

就在這時，只聽衣袂帶風聲響，他面前忽然出現了一個人，滿頭銀髮，手持長弓，正是「金弓銀丸斬虎刀」厲青鋒。接著，又有一陣沉重的腳步聲響起，人上人也來了。

風四娘一走，他們就沒有再打下去的理由。

他們都不是血氣方剛的年輕小伙子了，無緣無故的拚命，他們絕不幹。

他們的目的是要找風四娘，現在終於找到這裡來，兩個人吃驚的看著風四娘，都忍不住要問：「這是怎麼回事？」

金菩薩道：「也沒有什麼事，只不過死了一個人而已。」

厲青鋒道：「她真的死了？」

金菩薩道：「看來好像不假。」

厲青鋒怒道：「你殺了她？」

金菩薩嘆了口氣，道：「我怎麼捨得殺她？」

厲青鋒沒有再問，因爲他知道這句話不假——風四娘活著的確比死了有用得多。

金菩薩又嘆道：「我現在才知道，原來一個人真是會被活活氣死的。」

厲青鋒道：「她是氣死的？」

金菩薩苦笑道：「除此之外，我實在想不出別的原因來。」

人上人忽然道：「你若脫下她的衣服來，就能想得出了。」

厲青鋒怒道：「她的人已經死了，你還要脫她的衣服？」

人上人冷冷道：「你若早點讓我脫下她的衣服來，也許她就不會死了。」

厲青鋒皺了皺眉，金菩薩已經彎下腰，掀起風四娘的衣角，深深吸了口氣，突然變色道：「她的衣服上有毒。」

人上人道：「衣服本不是她的。」

厲青鋒道：「是誰的？」

人上人道：「花如玉這個人你聽說過沒有？」

厲青鋒動容道：「這衣服本是花如玉的？」

人上人點點頭，冷笑道：「我早知道只要花如玉碰過的東西，都一定有毒。」

厲青鋒道：「但我也知道，若是沒有好處的事，花如玉絕不肯做的。」

人上人道：「不錯。」

厲青鋒道：「他殺了風四娘，又有什麼好處？」

人上人道：「不知道。」

厲青鋒皺眉道：「風四娘活著，對他才有好處，他本不該下這種毒手的。」

金菩薩嘆道：「有了風四娘，就有了蕭十一郎，這好處實在不小。」他的眼睛忽又瞇了起來，笑道：「兩位既然是爲此而來的，現在不妨就將她帶走。」

人上人道：「我們要的是活風四娘，不是死的。」

厲青鋒道：「她既然死在你這裡，你至少也該替她收屍。」

金菩薩沉下了臉，說道：「死在我這裡，這是什麼話？」

厲青鋒道：「至少她跟你見面時，還是活生生的一個人。」

金菩薩冷冷道：「可是她來的時候就已中了毒，那時兩位都跟她在一起，兩位若是想將責任推在我身上，就未免太不公道了。」

突聽外面有個人輕輕嘆息了一聲，道：「她活著時人人要搶，現在她屍骨未寒，三位就已恨不得將她餵狗了，像這樣無情無義的人，風四娘地下若有知，只怕是一定不會放過他的。」

三　憐香惜玉的花如玉

夜色已臨。

一個人施施然從外面的黑暗中走了進來，頭上戴著頂紫緞鑲嵌珍珠頂冠，身上穿著件刻絲萬字錦底滾花袍，外面套著紫緞子繡五彩坎肩，腰上圍著松石大革帶，鑲著二十四顆上好珍珠，珠光圓潤，每一顆都大如龍眼。

他的臉也像是珍珠般光滑圓潤，挺直的通天鼻樑，眸子漆黑，嘴唇卻紅如櫻桃，不笑時臉上也彷彿帶著三分笑意。

在燈光下看來，就算是豆蔻年華的美女，也沒有他這麼樣嫵媚姣好。

但每個人看見他時，臉色卻好像全都忽然變了。

「花如玉！」

就算沒有見過他的人，也知道他是花如玉。

他的確是個如花似玉的人。

不是女人，是男人。

花如玉自己也知道，像他這樣的男人，世上並沒有幾個。

所以他的態度溫柔優雅，眉宇間卻又帶著三分傲氣。

他微笑著走進來，卻連看都沒有向金菩薩他們看一眼，只是凝視著地上的風四娘，柔聲道：「可憐你活著時千嬌百媚，死了後卻無人聞問，但願你一縷芳魂，早登極樂，別的人雖然無情無義，我花如玉卻一定會好好照顧你。」

人上人忍不住冷笑道：「你照顧她？」

花如玉長嘆道：「我跟她雖然非親非故，卻也不忍眼見著她死後遭人如此冷落。」

人上人冷冷道：「你幾時變成這麼好心的？」

花如玉道：「我本就是個憐香惜玉的人。」

人上人道：「聽你說得這麼好聽，她難道不是死在你手上的？」

花如玉這才抬起頭看了他一眼，淡笑道：「她若是死在我手上的，你難道還想替她報仇不成？」

人上人不說話了，他當然不會爲了一個死人和花如玉拚命。

花如玉笑了笑，道：「金菩薩菩薩心腸，是不是肯替她料理後事？」

金菩薩不開口。

花如玉道：「厲青鋒人稱俠盜，難道也不肯？」

厲青鋒閉著嘴。

花如玉嘆了口氣，道：「三位既然全不要她，她的後事，也只好由我來照料了。」

他揮了揮手，外面立刻有兩個青衣少女閃身而入，抬起了風四娘的屍骨，很快的退出門外，又一閃身就消失在夜色中。

花如玉黯然自語道：「人情冷暖，世情炎涼，我今日收了她的屍身，等他日我死了後，卻不知有誰會來葬我？」

他嘆息著，慢慢的走了出去，他的腳步雖輕，但只要他走過的地方，立刻就現出個很深的腳印。

厲青鋒本來想追出去，看到了地上的腳印，立刻又忍住。

金菩薩搖了搖頭，喃喃道：「這個人長得雖如花似玉，心腸卻如狼似虎，我實在不懂他怎麼會來替風四娘收屍？」

人上人冷冷地說道：「也許他想換換口味，吃個死人。」

花如玉真的連死人都吃？

風四娘沒有死，她睜開眼睛的時候，就看見了心心。

心心的手也沒有斷，她兩隻手非但還是完整的，而且是柔美纖秀，連一點傷痕都沒有。

風四娘吃驚的看著她，道：「你的手……」

心心嫣然道：「我的手沒有風四娘美。」

風四娘道：「你還有兩隻手？」

心心道：「我一直都有兩隻手。」

風四娘嘆了口氣道：「我還以爲你有三隻手哩。」

心心道：「怎麼會有三隻手？」

風四娘道：「若沒有三隻手，剛才中了毒的那隻手怎麼不見了？」

心心嫣然道：「若是連那麼一點點毒我都受不了，我就算有三十隻手，現在也早就全都不見了。」

風四娘道：「那只不過是一點點毒？」

心心道：「很少的一點點。」

風四娘道：「可是你剛才……」

心心道：「我剛才只不過想讓四娘知道，那怪物是個什麼樣的人而已。」

風四娘盯著她看了半天，道：「我剛才是不是說過，你一定能找得到個如意郎君的？」

心心道：「嗯。」

風四娘又嘆了口氣道：「現在我倒真有點替你那如意郎君擔心了，像你這樣的老婆，男人怎麼吃得消呢？」

屋子裡佈置得精緻而華麗。

風四娘四下看了一眼，又忍不住問道：「我怎麼會到這裡來的？」

心心道：「是我們抬你來的。」

風四娘道：「抬我來的？」

心心道：「你剛才已死過一次。」

風四娘眨了眨眼，道：「我怎麼死的？」

心心道：「我送去的那套衣服上有毒。」

風四娘道：「連衣服上都能下毒？」

心心道：「別人不能，花公子能。」

風四娘道：「他爲什麼要毒死我？」

心心抿著嘴一笑，道：「因爲他怕別人把你撕成好幾半。」

風四娘苦笑道：「剛才來搶我的人實在不少。」

心心道：「可是你一死，那些人就全都連沾都不敢沾你了。」

風四娘道：「所以你們就把我抬了回來？」

心心柔聲道：「無論你是死是活，我們都一樣會照顧你的。」

風四娘道：「你們連死人都能救得活？」

心心道：「別人不能，花公子能。」

風四娘嘆道：「看來你們這位花公子，真是個了不起的人。」

心心嘆了口氣，道：「說老實話，我還真的沒看見過比他更了不起的人。」

風四娘眼波流動，道：「爲什麼不讓我看看他？」

心心笑說道：「就算我想不讓你看他，他也不答應的。」

只聽珠簾外已有人道：「公子傳話，四娘若是已醒了過來，就請到前廳用酒。」

前廳佈置更富麗堂皇，看來就像是個用錦繡堆成的世界。

桌上也已堆滿了酒菜。

心心道：「今天的菜是我準備的，有肥雞燒鴨子、雲片豆腐一品、燕窩火燻雞絲、攢絲鍋燒雞一品、肥雞火燻燉白菜一品、三鮮丸子一品、鹿筋燉肉一品、清蒸鴨子糊豬肉一品、炒雞一品、燕窩鴨條、鮮蝦丸子、膾鴨腰、溜海參各一品、外加雞泥蘿蔔醬、肉絲炒翅子、醬鴨子、鹹菜炒茭白、四碟下酒菜，還有野雞湯一品、酥油茄子一品、粳米膳一品、竹節捲小頭一品、蜂糕一品……」

她還沒有說完，風四娘已聽得怔住了。

心心又道：「這桌菜是我按照御膳房的菜單準備的，不知道夠不夠吃。」

風四娘道：「你還不知道夠不夠吃？」

心心道：「嗯。」

風四娘說道：「你以爲我是誰？是個大肚子的彌勒佛？」

心心嫣然一笑，說道：「我只不過知道你一定餓得很。」

風四娘嘆了口氣，苦笑著說道：「我本來的確餓得很，可是這麼多雞鴨魚肉，我別說吃，就算看，也看飽了。」

她剛坐下，就看見一個人掀起珠簾走進來。

連風四娘都沒有看見過這麼好看的男人——她見過的男人本已不少。

花如玉已微笑著向她一揖，卻又突然皺起了眉，道：「今天的菜是誰準備的？」

心心道：「是我。」

花如玉嘆了口氣，道：「你真是個粗人，把這麼多雞鴨魚肉堆在桌子上，四娘莫說吃，就算看，也要看飽了。」

風四娘忍不住笑道：「想不到花公子居然還是風四娘的知己。」

花如玉道：「能有四娘這樣的紅粉知己，花如玉死而無憾。」

風四娘嫣然道：「你不會死的，連死人你都能救活，你自己怎麼會死？」

花如玉嘆道：「看來又是心心多嘴。」

風四娘道：「但她卻還沒有告訴我，這裡究竟是什麼地方？」

花如玉笑道：「四娘本是到什麼地方來的？」

風四娘道：「亂石山。」

花如玉道：「這裡就是亂石山。」

風四娘眼珠一轉，說道：「亂石山有這麼漂亮的地方？」

心心搶著道：「這地方本來並不漂亮，可是我們公子一來，就漂亮了。」

花如玉笑了笑，道：「我只不過從不願虐待自己而已。」

風四娘又笑了，道：「看來你不但是我的知己，還是我的同道。」

花如玉道：「只要四娘不把我看成金菩薩他們的同道，我就已心滿意足了。」

風四娘盯著他，過了很久，才緩緩道：「你不是他們的同道？」

花如玉微笑說道：「金菩薩一心只想謀財，人上人和厲青鋒一心只想害命，四娘看我像是個謀財害命的人麼？」

風四娘笑道：「你不像，但他們都是想謀誰的財，害誰的命呢？」

花如玉嘆道：「蕭十一郎，當然是蕭十一郎。」

風四娘道：「你是不是爲了蕭十一郎來的？」

花如玉道：「不是。」

風四娘道：「真的不是？」

花如玉微笑道：「莫說只有一個蕭十一郎，就算有十個蕭十一郎，也無法打動我，要我到這種窮山惡水的地方來。」

風四娘道：「是什麼打動了你？」

花如玉道：「是一個人。」

風四娘道：「誰？」

花如玉道：「你。」

風四娘又笑了，道：「我喜歡聽男人說謊，謊話總是叫人聽著舒服的。」

花如玉卻嘆了口氣，道：「只可惜這次我說的不是謊話。」

風四娘道：「哦？」

花如玉道：「除了四娘外，世上還有什麼人能要我到這種地方來？」

風四娘瞪著眼道：「我好像並沒有要你到這種地方來。」

花如玉道：「只可惜我還是非來不可。」

風四娘道：「非來不可？爲什麼？」

花如玉又嘆了口氣，道：「做丈夫的若知道妻子有了危急，當然非來不可。」

風四娘笑了，道：「原來花大哥是爲了花大嫂而來的。」

花如玉道：「嗯。」

風四娘道：「我們這位花大嫂，想必也一定是位如花似玉的美人了。」

花如玉點了點頭，一雙眼睛眨也不眨的盯在她臉上，忽又嘆了口氣，道：「這位花大嫂的確是個如花似玉的美人兒，我真不知道是幾生才修來的好福氣呢？」

風四娘道：「所以你最好還是小心點。」

的。」

花如玉道：「小心什麼？」

風四娘嫣然一笑，道：「小心你的眼睛，她若知道你這麼樣盯著我看，說不定會吃醋

花如玉道：「她不會。」

風四娘道：「難道這位花大嫂從來也不吃醋？」

花如玉說道：「她常常吃醋，但是卻絕不會吃你的醋。」

風四娘道：「爲什麼？」

花如玉說道：「因爲花大嫂就是你，你也就是花大嫂。」

風四娘怔住。

花如玉微笑道：「其實我自從跟你成親之後，就再也沒有看過別的女人了，無論誰有了你這麼樣如花似玉的嬌妻，都絕不會再將別的女人看在眼裡的。」

風四娘終於長長吐出口氣，道：「原來我就是花大嫂。」

花如玉道：「你本來就是的。」

風四娘道：「我是什麼時候嫁給你的呢？」

花如玉道：「你自己難道忘了？」

風四娘道：「我忘了。」

花如玉嘆道：「其實你不該忘記的，因爲那天正好是五月初五。」

風四娘道：「端午節？」

花如玉說道：「不錯，我們就是端午節那天成的親。」

風四娘的心已沉了下去。

今年端午的前後幾天，她心情很不好——每到過年過節的時候，她心情總是不太好的。

所以她也跟往年一樣，找了個地方，一個人躲了起來。

那幾天她既沒有見過別的人，也沒有任何人有見過她。

她自己當然知道她絕沒有嫁給花如玉，但除了她自己之外，就再也找不到另外一個人能替她證明了。

花如玉看著她，笑得更愉快，又道：「我們的婚事雖倉促，但總算辦得還風光，而且還有媒有證，你就算想賴，也是賴不掉的。」

風四娘忽然又笑了，道：「能嫁給你這樣的如意郎君，我歡喜還來不及，爲什麼要賴？」

花如玉道：「你假如真的喜歡我，爲什麼要在洞房花燭夜那天晚上偷偷溜掉？」

風四娘笑道：「因爲我已經習慣了，每到洞房花燭夜的時候，我總是要溜一次的。」

花如玉道：「但現在我既然又找到了你，就絕不會再讓你溜了。」

風四娘忍不住嘆了口氣，苦笑道：「我知道。」

她的確知道這次是絕對溜不掉的。

所以她忽然間就已經糊裡糊塗的變成花如玉的老婆了，你說這件事有多妙。

無論怎樣看，花如玉都應該算是個非常好看的男人，不但年少多金，而且溫柔體貼，無論誰能嫁給這麼樣的一個男人，都應該覺得很愉快了，但風四娘現在卻只覺得連哭都哭不出來。

花如玉還是在深情款款的看著她，就好像恨不得趕快將這嬌滴滴的新娘子抱進洞房去。

風四娘卻恨不得一下子就把他活活捏死，只可惜她也知道，要捏死這個人，並不是件容易的事。

花如玉微笑著柔聲說道：「洞房我已經又再準備好了。」

風四娘道：「哦？」

花如玉道：「這些東西你若不喜歡吃，我們現在就可以先進洞房去。」

風四娘眼珠子轉了轉，道：「這麼好的菜，不吃豈非可惜？」

她果然大吃起來，而且從來也沒有吃得這麼多。

因為她知道這一頓吃過後，下一頓就不知要到什麼時候才能吃得到嘴了。

花如玉笑瞇瞇的在旁邊看著、等著。

風四娘用眼角瞟著他，忍不住冷笑道：「娶了個這麼能吃的老婆，你還笑得出？」

花如玉道：「怎麼會笑不出？」

風四娘道：「你不怕我把你吃窮？」

花如玉笑道：「能娶到你這麼有福氣的老婆，我怎麼會窮？」

風四娘牙癢癢的，真想咬下他一塊肉來，可是她就算咬下來也吞不下去了。

她已連一錢肉都吞不下，無論人肉豬肉都一樣吞不下。

花如玉道：「你吃完了？」

風四娘只好承認，道：「今天我胃口不好，少吃一點。」

花如玉柔聲道：「那麼現在……」

風四娘立刻打斷了他的話：「現在我想喝酒，你難道不陪我喝幾杯？」

花如玉道：「我當然陪你。」

風四娘的眼睛又亮了，道：「我喝多少，你就喝多少？」

花如玉微笑道：「別人不來灌我，新娘子難道反而想灌醉我？」

風四娘也微笑著道：「洞房花燭夜的時候，新郎倌豈非總是要喝醉的？」

她笑得實在有點不懷好意，她的確是想把這個人灌醉。

誰知花如玉看起來雖然很秀氣，喝起酒來卻像是個酒桶。

像風四娘這樣的女人，想灌醉她的男人也不知道有多少。

她酒量若沒有兩下子，也不知要被別人灌醉多少次了——那麼她的衣服也不知要被人脫下多少次了。

她喝酒還有個最大的本事，別人酒一喝多，眼睛就會變得迷迷糊糊，可是，她愈喝得多，眼睛反而愈亮，誰也看不出她是不是真喝醉了，所以她酒量雖然並不太好，也很少有人敢跟她拚酒。

誰知花如玉也一樣，酒喝得愈多，他看來反而愈清醒。

風四娘的眼睛已亮得像是盞燈，一直瞪著他，忍不住道：「你喝醉過沒有？」

花如玉笑道：「喝酒的人，誰沒有喝醉過？」

風四娘道：「所以你也喝醉過？」

花如玉道：「我常醉。」

風四娘說道：「可是你喝起來並不像常會喝醉的樣子。」

花如玉道：「誰說的，去年我就醉過一次。」

風四娘道：「去年？」

花如玉道：「五年前我也醉過一次。」

風四娘道：「你這一輩子只醉過兩次？」

花如玉道：「兩次已經很多了。」

風四娘嘆了口氣，苦笑道：「有些人一天醉兩次，也不嫌多。」

花如玉悠然道：「其實我也想多醉幾次，只可惜酒總是不夠。」

風四娘道：「要多少酒才夠？」

花如玉道：「我自己也不太清楚，只知道去年那次我只不過喝了十二罈竹葉青，就已不省人事了。」

風四娘又怔住，十二罈竹葉青，就算要往盆裡倒，也得倒上老半天的。

花如玉道：「這次我們來得匆忙，帶來的酒也不多，好像一共只有十二罈，若是你覺得不夠，我現在就可以叫人下山去買。」

風四娘又嘆了口氣，道：「十二罈酒別說喝下去，就算把我泡在裡面，也足夠淹死我了。」

花如玉道：「你還想喝多少？」

風四娘道：「一點也不喝了。」

花如玉的眼睛也像金菩薩一樣眯了起來，柔聲道：「那麼現在……」

風四娘忽然跳了起來，說道：「現在我們就進洞房去。」

於是風四娘就跟這個陌生的男人進了洞房。

這是她第二次進洞房，她走進去的時候，看來就好像烈士走上戰場。

這個洞房看來也跟別的洞房沒什麼兩樣，屋子裡紅燭高燃，被子上繡著鴛鴦。

但這個新娘子看來卻跟別的新娘子很不一樣，她從頭到腳，簡直沒有一個地方看來像是個新娘子。

心心吃吃的嬌笑著，唱著喜歌：

「今宵良辰美景，

花紅柳綠成蔭。

明年生個胖娃娃，

抱在懷裡見親娘。」

風四娘忽然拍手道：「唱得好，新娘子有賞。」

心心嫣然道：「賞什麼？」

風四娘道：「賞你一個大耳光。」

她真的一個耳光打了過去，只可惜心心這小狐狸竟似早已防到了這一著，早已溜了出去，還替他們在外面掩起了門。

花如玉微笑著，悠然道：「其實你用不著趕她走，她也會走的。」

風四娘咬著嘴唇，道：「誰說我用不著趕她走？我已經急死了。」

花如玉瞇起眼睛，道：「急什麼？」

風四娘也瞇起了眼睛，道：「你猜呢？」

她好像已有些醉了，忽然轉了個身，就倒在繡著鴛鴦的枕頭上，瞇著眼睛，看著花如玉，忽又問道：「你今年多大了？」

花如玉道：「二十一。」

風四娘咯咯的笑了起來，道：「我若早點成親，兒子說不定已有你這麼大了。」

這句話說得雖然有點殺風景，卻又別有一種撩人的風情。

但花如玉也笑了，道：「我一向喜歡年紀比我大的女人，年紀大的女人才懂得風情。」

他微笑著，慢慢的向風四娘走過去。

風四娘眨著眼道：「你呢？你懂不懂風情？」

花如玉道：「你很快就會知道的。」

風四娘的臉似也有點紅了，紅著臉，閉起了眼睛。

花如玉的呼吸似已愈來愈近。

風四娘輕輕呻吟了一聲，輕輕的道：「小弟弟，你是我的小弟弟，姐姐喜歡你……」

花如玉看來也已昏了，癡癡的笑著，道：「你喜歡我什麼？」

風四娘道：「我喜歡你去死。」

她的人忽然從床上彈了起來，眨眼間已攻出了七掌，踢出了三腳。

一個男人在發昏的時候，本來是絕對躲不過去的，連一招都躲不過去。

誰知花如玉突然又一點都不昏了，他一出手，就握住了風四娘的腳，好快的出手！

風四娘只覺得腳底一麻，全身的力氣，忽然間都已從腳底心溜了出去。

花如玉竟已脫下了她的鞋子，輕撫著她的腳心，微笑著道：「好漂亮的一雙腳。」

風四娘全身都已軟了。

又有哪個女人腳心不怕癢的。

她忽然又想起那次為了割鹿刀，落在獨臂鷹王司空曙的手裡，那個殘廢的怪物也脫下她的鞋子，而且竟用鬍子來刺她的腳。花如玉雖然沒有鬍子，可是他這雙手卻比鬍子還要命，他的手至少比鬍子要靈活得多。

那次是蕭十一郎去救了她，這一次呢？天知道蕭十一郎現在在哪裡？

風四娘氣得想哭，卻又癢得想笑，她哭也哭不出，笑也不能笑，忍不住叫起來。

花如玉卻微笑道：「你這麼鬼叫，若是被外面的人聽見，你猜人家會怎麼想？」

風四娘果然連叫都不敢叫了，咬著嘴唇，道：「算我服了你了，你放開我好不好？」

花如玉道：「不好。」

風四娘道：「你……你想怎麼樣？」

花如玉道：「你猜呢？」

風四娘不敢猜，她連想都不敢想。

花如玉道：「其實我早就知道你一定會出手的，我一直都在等著，想不到你居然能這麼沉得住氣，居然能一直等到現在。」他輕輕嘆了口氣，又道：「只可惜你現在出手還是嫌太早了些。」

風四娘道：「我應該等到什麼時候再出手？」

現在她只希望能逼他多說幾句話了。

花如玉道：「你本該等我上了床的。」

風四娘嘆了口氣，她本來的確是想等到那時候的，她也知道那時候的機會要好得多，只可惜她太怕，怕男人碰到她。

她看來雖然是個很隨便的女人，其實卻還沒有被男人真正碰到過。

花如玉嘆息著，又道：「由此可見，你還不能算是個真正厲害的女人。」

風四娘道：「你卻是個真正厲害的男人。」

花如玉微笑道：「一點也不錯。」

風四娘道：「為了這件事，你已計劃了很久？」

花如玉道：「也有兩三個月了。」

風四娘說道：「你知道我在過年過節的時候，總是會一個人躲起來的，所以才說是在端午節那天跟我成的親。」

花如玉笑道：「所以你就算想賴，也賴不掉的。」

風四娘道：「你也知道我從洞房裡溜掉過？」

花如玉道：「這件事有很多人都知道，所以你這次若是想賴，我也可以說你又犯了老毛病。」他微笑著，又道：「我還可以說，你本來是想嫁給我的，但一聽到蕭十一郎的消息，就又想反悔了。」

風四娘道：「所以我無論怎麼否認，別人都一定不會相信。」

花如玉笑道：「所以你已命中注定，要做我的老婆了。」

風四娘說道：「可是……可是你為什麼要做這種事呢？」

花如玉道：「因爲我喜歡你。」

風四娘說道：「你若真的喜歡我，就不該這樣子對我。」

花如玉道：「就因爲我真的喜歡你，所以才要這樣子對付你。」

風四娘道：「你……你難道真的要……要……」下面的話，她簡直連說都不敢說出來。

花如玉的手已在解她的衣襟。

她忍不住又大叫起來。

花如玉嘆了口氣，道：「難怪有人說洞房如屠宰場了，你這樣叫真像是在殺豬。」

風四娘道：「你……你真敢脫我衣服？」

花如玉柔聲道：「我不但要脫你衣服，而且還要脫光。」

風四娘連叫都叫不出來了，她忽然發現自己全身上下，都已赤裸裸的呈現在花如玉面前，她全身都已緊張得起了一粒粒雞皮疙瘩。

花如玉看著她，眼睛裡充滿了讚賞之意，微笑著道：「你緊張什麼？」

風四娘咬著牙，全身不停的發抖。

花如玉道：「我知道以前也有男人看見過你洗澡的，那時候你好像一點也不緊張。」

那種情況當然和現在不同，他當然也知道，那些男人最多也只不過看兩眼而已，可是他……

風四娘恨恨道：「現在我也已讓你看過了，你還想幹什麼？」

花如玉道：「這裡是洞房，你是新娘子，我是新郎倌，你應該知道我想幹什麼的。」

風四娘道：「你真的想娶我？」

花如玉道：「當然是真的。」

風四娘道：「你……你難道看不出我已是個老太婆了！」

花如玉道：「我看不出，你看來簡直還像是個十六七歲的小姑娘。」

風四娘忽然發現他的手已放在她的腿上，而且還在輕輕的移動，他的手又輕又軟。

風四娘只覺得自己全身也都已軟了，又熱又軟，她畢竟是個女人，畢竟是個三十五歲的女人。

花如玉看著她，微笑著道：「你看來好像真的緊張得很，難道從來也沒有男人碰過你？」

風四娘咬著牙，眼淚已沿著面頰流下。

花如玉笑得更得意，道：「原來真的沒有男人碰過你，能娶到你這麼樣的女人，我真是好福氣……」

他的人已爬了下去。

風四娘閉上眼睛，流著淚，道：「你總會有一天要後悔的，總有一天……」

這本來是威脅，是警告，可惜她口氣卻已軟了，無論多硬的女人，到了這時候，也會變得軟弱的，何況，花如玉畢竟是個很好看的男人。

四　寸步不離

女人到了無可奈何時，本就都會接受自己的命運的，現在她已準備接受這種命運。

誰知花如玉卻忽然嘆了口氣，道：「用不著等到以後，現在我就已後悔了。」

風四娘忍不住道：「你後悔什麼？」

花如玉道：「後悔我爲什麼不是個男人。」

風四娘又怔住了。

花如玉輕輕嘆息著，輕輕摸著她，道：「我若是個男人，現在豈非開心得很？」

風四娘終於忍不住又叫了起來：「你……你也是個女人？」

花如玉道：「你要不要我也脫光了讓你看看？」

風四娘氣得連臉都紅了：「你……你……你見了鬼了。」

花如玉噗哧一笑，道：「我是個女人，你爲什麼反而氣成這樣子，你是不是覺得很失望？」

她的手還在動。

風四娘紅著臉，道：「快把你這隻手拿開。」

花如玉吃吃的笑道：「我若是個男人，你是不是就不會叫我把手拿開了？」

風四娘咬著嘴唇，道：「你是不是見了活鬼？」

花如玉大笑。

風四娘恨恨道：「我問你，你既然是個女人，爲什麼要做這種事？」

花如玉笑道：「因爲我喜歡你。」

她的手居然還不肯拿開，笑嘻嘻的又道：「像你這麼誘惑的女人，無論是男是女，都一樣喜歡的。」

風四娘道：「你的手拿不拿走？」

花如玉道：「我偏不拿走，莫忘記你還是我的老婆，反正你這輩子已命中注定要做我的老婆，想賴也賴不掉的。」

風四娘嘆了口氣，忽然發現了一個真理。

女人無論嫁給什麼樣的男人，至少都總比嫁給一個女人好得多。

女人若是也嫁給了一個女人，那才真是件要命的事。

現在連這個洞房看來也不像是個洞房了。

風四娘忽然道：「你真的還想娶我？」

花如玉笑道：「當然是真的。」

風四娘道：「你爲的究竟是什麼？」
花如玉眨著眼，說道：「我說句真話給你聽，好不好？」
風四娘道：「當然好。」
花如玉道：「你現在既然是我的老婆，至少就不能再嫁給別人了。」
風四娘道：「別人是誰？」
花如玉道：「蕭十一郎！當然就是蕭十一郎！」
風四娘的臉立刻沉了下去，道：「你不要我嫁給蕭十一郎？」
花如玉道：「嗯。」
風四娘道：「是不是因爲你自己想嫁給他？」
花如玉笑了笑，道：「我既然是你的丈夫，當然也不能再嫁給他。」
風四娘道：「你難道是爲了別人？」
花如玉道：「嗯。」
風四娘道：「這個別人是誰？」
花如玉道：「你應該知道的。」
風四娘道：「沈璧君？」
花如玉嘆了口氣，道：「我覺得她實在太可憐了，蕭十一郎若是娶了你，她一定會發瘋。」

他。」

風四娘冷笑道：「其實你根本不必擔心的，就算天下的男人全都死光了，我也不會嫁給

花如玉道：「你說的是真心話？」

風四娘連話都不說了，她知道女人說的謊話，只能騙得過男人。

在花如玉這樣的女人面前，無論她怎麼說，都沒有用的。

花如玉又嘆了口氣，道：「不管怎麼樣，你知道蕭十一郎要約你到這裡來，你就立刻來了。」

風四娘冷冷道：「你豈非也是爲了他來的？」

花如玉道：「這亂石山本來是個很荒涼的地方，雖然是關中群盜的總舵，最多也只不過是個強盜窩而已，但現在這地方卻有很多了不起的大人物來了。」

風四娘道：「那個坐在別人帽子上的怪物，難道也是個了不起的大人物？」

花如玉道：「無論誰能狠得下心，砍斷自己的一條手臂和兩條腿，都可以算是個了不起的大人物。」

風四娘也不能不承認，那個人上人的確很有種。

有種的人就是強人。

花如玉道：「厲青鋒跟他一樣，到這裡來都是爲了要蕭十一郎項上的人頭的。」

風四娘道：「厲青鋒跟蕭十一郎又有什麼仇恨？」

花如玉道：「厲青鋒就是厲剛的老子，厲剛就是死在蕭十一郎手上的。」

風四娘恍然，道：「難怪厲剛從來不肯說自己的家世，原來他老子竟是個獨行大盜。」

花如玉冷笑道：「但老子卻比兒子強得多。」

風四娘也承認：「厲青鋒至少還不是個偽君子。」

花如玉道：「金菩薩到這裡來，當然也不懷好意，除了他們外，不懷好意的人還有很多，只有我跟他們不同。」

風四娘冷笑道：「你難道還是個好人？」

花如玉道：「我本來就是個好人。」

風四娘道：「你這好人到這裡來幹什麼呢？」

花如玉道：「好人當然是來做好事的。」

風四娘道：「做什麼好事？」

花如玉沒有直接回答這句話，卻反問道：「你是來幹什麼的？」

風四娘道：「你明明知道是蕭十一郎約我來的。」

花如玉道：「是不是他自己約你來的？」

「不是。」

自從那一天分別之後，直到現在，她還沒有見過蕭十一郎的面。

花如玉道：「你只不過聽別人說，他在江湖揚言，要你到這裡來跟他見面而已。」

風四娘道：「因為他也找不到我，這兩年來，我們根本就失去了連絡。」
花如玉道：「既然如此，你又怎麼知道那傳言是真的？」
風四娘嘆了口氣，她的確不知道。
她只不過是到這裡來碰碰運氣而已。
花如玉道：「說不定那只是別人故意放出的消息，誘你到這裡來，然後再用你做餌，來釣蕭十一郎上鈎。」
風四娘苦笑道：「現在我仔細想想，的確好像是上了別人的當了。」
花如玉嘆了口氣，道：「每個人都難免會上當的，所以上當的也不止你一個。」
風四娘道：「除了我還有誰？」
花如玉道：「沈璧君。」
風四娘道：「她也會到這裡來？」
花如玉道：「她一定會來。」
風四娘道：「難道她並沒有跟蕭十一郎在一起？」
花如玉道：「沒有，這兩年來，她也跟你一樣，一直都在找蕭十一郎。」
風四娘皺眉道：「謝天石豈非就因為多看了她兩眼，眼睛才會瞎的？」
花如玉道：「謝天石看見的那個女人，並不是沈璧君。」
風四娘道：「不是？」

花如玉道：「世上的美人，並不止沈璧君一個，蕭十一郎身邊的美女，也並不一定就是沈璧君。」

風四娘咬了咬嘴唇，冷笑道：「這個人好像一直都在走桃花運。」

花如玉道：「所以他遲早總難免要倒楣的。」

風四娘又忍不住嘆道：「他已倒了一輩子楣了。」

花如玉道：「但這次沈璧君卻比他更倒楣。」

風四娘道：「哦？」

花如玉道：「要釣這條大魚，用沈璧君來做餌，當然也很好。」

風四娘苦笑道：「魚餌的確比魚還倒楣。」

花如玉道：「一點也不錯，魚還沒有上鈎的時候，魚餌就已經在鈎子上了。」

風四娘道：「她現在已經在鈎子上？」

花如玉嘆道：「還不止一個鈎子，她已經在兩個鈎子上了。」

風四娘道：「兩個鈎子？」

花如玉道：「兩個大鈎子。」

風四娘可以想像得到：「大鈎子才能釣得上大魚。」

花如玉嘆道：「沈璧君雖然已被他們緊緊鈎住了，自己卻一點也不知道。」

風四娘用眼角瞟著她，道：「你對她的事好像很關心？」

花如玉道：「我是個好人。」

風四娘道：「好人有時候也會不懷好意的。」

花如玉又笑了：「你在吃醋？」

風四娘沒有笑：「我只不過有點奇怪而已。」

花如玉道：「其實我不但對她關心，對蕭十一郎也很關心。」

風四娘道：「哦？」

花如玉說道：「所以我希望你能幫著我，把沈璧君從鈎子上放下來，鈎子上若果沒有餌，魚也就不會上鈎了。」

風四娘道：「我爲什麼要幫你？說不定你也是個鈎子呢？」

花如玉道：「你應該相信我的。」

風四娘道：「爲什麼？」

花如玉嫣然道：「因爲我是你的老公，一個女人若連自己的老公都不相信，還能相信誰呢？」

風四娘看著她，終於嘆了口氣，道：「幸好你是個女人，否則我不被你迷死才怪。」

花如玉笑道：「我現在就要迷死你。」

她的手指又在動，她的手動得真要命。

風四娘只覺得全身的骨頭都好像快要酥了，忍不住大叫：「你再不把你這鬼手拿開，我就要……就要……」

花如玉吃吃的笑著，道：「你就要怎麼樣？」

風四娘用力咬著嘴唇，道：「我就要送頂綠帽子給你戴了。」

現在花如玉又穿上了她那套華麗如帝王般的衣服，這使她看起來更容光煥發，出群脫俗，就像是隻展開了花翎的孔雀。

她面對落地的穿衣銅鏡，左照照，右照照，顯然對自己的儀表覺得很滿意。

風四娘忍不住笑道：「難怪別人都說女人最喜歡照鏡子，尤其是剛穿上一身漂亮衣服的女人。」

花如玉也笑了，道：「這本來就是我的毛病，飯可以不吃，漂亮的衣服卻不能不穿。」

她又解釋著，道：「因爲很多人都是先看你的衣服，再看你人的。」

風四娘道：「別人只顧看你衣服時，往往就會忘記分辨你究竟是男是女了。」

花如玉笑道：「一點也不錯，所以雖然有很多人都覺得我有點像女人，卻從來也沒有人會想到，我真的是個女人。」

風四娘道：「可是你爲什麼總是要打扮成像個男人呢？」

花如玉道：「因爲我喜歡女人，女人卻偏偏喜歡男人。」

風四娘笑道：「你平常睡覺的時候，也總是穿得這麼整齊？」

花如玉道：「我睡覺的時候總是脫光的，但現在我並不想睡覺。」

風四娘道：「現在難道不是睡覺的時候？」

花如玉道：「不是。」

風四娘用眼角瞅著她，道：「你還想幹什麼？」

花如玉道：「去作客。」

風四娘道：「現在已半夜三更了，還有人請客？」

花如玉道：「在這種地方，白天才是睡覺的時候。」

風四娘道：「這裡的人難道全是夜貓子？」

花如玉道：「因為他們白天根本見不得人。」

風四娘眼珠子轉了轉，道：「你是不是要我也陪著你去？」

花如玉笑道：「新婚的小兩口子，當然是寸步不離的，何況，請客的這個人，又是你的老朋友。」

風四娘道：「我的老朋友？金菩薩？」

花如玉道：「不對。」

風四娘道：「不是他是誰？」

花如玉道：「這裡是關中十三寨的地盤，請客的人，當然也就是地盤的主人。」

風四娘道：「快刀花平？」

花如玉道：「對了。」

風四娘道：「可是他兩隻手好像都已被砍斷了。」

花如玉笑了笑，道：「沒有手的人，好像也一樣能請客的。」

風四娘道：「他還有請客的心情？」

花如玉道：「不管怎麼樣，帖子上出名的人總是他。」

風四娘道：「看來他最多也只不過是在帖子上出個名而已，幕後必定還另有其人。」

花如玉嘆道：「你真是個鬼靈精。」

風四娘盯著她，道：「幕後這個人是誰？」

花如玉道：「是我。」

風四娘笑了笑，道：「我早已想到是你了，若不是你自己請客，又有誰能請得動你？」

花如玉嘆了口氣，道：「一個女人若要討男人的歡喜，本該裝得糊塗點的。」

風四娘嫣然道：「除了你之外，客人還有誰？」

花如玉說道：「只要是在這裡的人，好像全都請了。」

風四娘道：「人上人、厲青鋒、金菩薩，他們也會去？」

花如玉道：「一定會去。」

風四娘道：「爲什麼？」

花如玉道：「因爲今天晚上還有位特別的客人。」

風四娘道：「誰？」

花如玉道：「沈璧君。」

風四娘怔了怔，長長吐出口氣，道：「看來今天晚上這宴會，一定熱鬧得很。」

花如玉眼睛裡帶著種奇特的笑意，緩緩道：「一定熱鬧極了……」

快聚堂上，燈光輝煌。

「快刀」花平披著件鮮紅的斗篷，坐在中間的虎皮交椅上，臉色卻蒼白得可怕。

他動也不動的坐著，就好像一個人坐在另外一個世界裡，蒼白的臉上，完全沒有表情，別人在他面前進進出出，來來去去，他也像是完全沒有看見。

他看來實在不像是個好客的主人，客人們看來也不像是愉快的客人。

除了金菩薩外，每個人的臉色，都難看得很，人上人居然還高高的坐在那大漢頭上，厲青鋒手裡緊緊握著他的金背弓，像是隨時都在準備著出手。

沒有人開口，也沒有人跟主人客套招呼。

他們本就不是爲了這主人而來的，他們也並不想掩飾這一點。

本來應該很熱鬧的大廳，卻冷冰冰像是個墳墓。

然後風四娘和花如玉忽然出現了，就像是雞群中忽然飛來了兩隻孔雀。

無論在什麼宴會裡，風四娘本就一向是個最出鋒頭的客人。

今天晚上她看來更容光煥發，誰也看不出她已是三十五歲的女人，而且剛死過一次。

看見了她，每個人的眉毛好像都提高了兩寸，眼睛也放大了一倍。

能親眼看見一個剛死的人又活生生的從外面走進來，這種經驗畢竟是很難得的。

風四娘眼波流轉，嫣然道：「才半天不見，你們就不認得我了？」

金菩薩忽然開始咳嗽，就好像忽然著了涼一樣。

風四娘道：「你病了？」

金菩薩勉強笑道：「我假如病了，一定是相思病，我每次看見你的時候，都會生這種病的。」

風四娘笑道：「你以後千萬不能再有這種病了，否則我先生會吃醋的。」

金菩薩愕然道：「你先生？」

風四娘道：「先生的意思就是丈夫，你不懂？」

金菩薩道：「你……你嫁人了？」

風四娘道：「每個女人遲早總要嫁人的。」

金菩薩忍不住問道：「你嫁給了誰？」

花如玉道：「我。」

金菩薩怔住。

每個人都怔住。

風四娘又抬起頭，對人上人一笑，道：「現在我們已扯平了。」

人上人道：「什麼事扯平了？」

風四娘道：「現在我已死過一次。」

人上人好像也要開始咳嗽。

風四娘笑道：「死和嫁人，本來都是很難得的經驗，我居然在一天之中全都有過了，你們說奇怪不奇怪？」

能在一天中得到這兩種經驗的人，世界上還真沒有幾個。

風四娘已走到花平面前，微笑道：「又是兩年不見了。」

花平慢慢的點了點頭，道：「兩年，整整兩年。」

風四娘道：「算起來我們已經是十多年的老朋友了。」

花平冷冷道：「我不是你的朋友，我沒有朋友。」

風四娘道：「你就算已沒有手，也還是一樣可以有朋友的，沒有手還可以活下去，沒有朋友的人，才真正活不下去。」

花平蒼白的臉忽然扭曲，忽然站起來，頭也不回的衝了出去。

他本不是能接受同情和憐憫的人。

風四娘黯然嘆息了一聲，回過頭，去找那跛子，她剛才還看見他坐在人上人後面的，她想看看他究竟是什麼人。

但現在他竟已不見了。

「他為什麼總是要躲著我，為什麼總是不敢見我的面？」

風四娘沒有再想下去，也沒法子再想下去。

她和花如玉剛坐下來，就看見了沈璧君。

她第一次看見沈璧君的時候，就覺得沈璧君是她這一生中，所看見過的最溫柔、最美麗、風度最好的一個女人。

現在她還是有這樣的感覺。

但沈璧君卻已有些變了，變得更沉靜、更憂鬱，也變得憔悴了些，只不過這些改變卻只有使得她看來更美；一種令人心醉的美。

她的眼波永遠是清澈而柔和的，就像是春日和風中的流水，她的頭髮光亮柔軟，她的腰肢也是柔軟的，像是春風中的柳枝。

她並不是那種讓男人一看見就會衝動的女人，因為無論什麼樣的男人看見她，都會情不自禁，忘記了一切。

現在她正慢慢的走了進來。

她絕不做作，但一舉一動中，都流露著一種清雅優美的風韻。

她穿的並不是什麼特別華麗的衣服，也沒有戴什麼首飾，因為這些東西對她來說，都已是多餘的。

無論多珍貴的珠寶衣飾，都不能分去她本身一絲光采。

無論多高貴的脂粉打扮，也都不能再增加她一分美麗。

像這麼樣一個可愛的女人，爲什麼偏偏如此薄命？

忽然間，大廳裡所有的人，呼吸都似已停頓。

這就是武林中第一美人沈璧君。

他們終於見到了沈璧君。

有關她和蕭十一郎之間，那些淒涼而美麗的故事，他們不知已聽過多少次。

現在她的人已站在他們面前。

他們實在想多看幾眼，卻又不敢。

這倒並不是因爲他們生怕唐突了佳人，而是因爲她身後那兩雙刀鋒般的眼睛。

沈璧君並不是一個人來的。

她身後還有兩個人。

兩個瘦削、修長，就好像兩根竹竿一樣的老人。

他們身上穿著長袍，卻是華麗而鮮麗的，一紅一綠，紅如櫻桃，綠如芭蕉。

他們的神情看來彷彿很疲倦，鬚髮全都已花白，但他們一走入這大廳，每個人都忽然感覺到一股淩厲逼人的殺氣。

利器神兵，必有劍氣。

身懷絕技的武林高手，視人命如草芥，身上也必定帶種殺氣。

無論誰都可以隱隱感覺得到，這兩人一生中必已殺人無數。

看見這兩人，厲青鋒的臉色第一個變了。

他們本是屬於同一時代的人，厲青鋒當然知道這兩人的來歷。

風四娘也知道。

她忍不住輕輕吐出口氣，道：「鈎子。」

花如玉道：「兩個大鈎子。」

風四娘道：「我見過他們。」

花如玉道：「在逍遙侯的玩偶山莊裡？」

風四娘點點頭。

蕭十一郎和逍遙侯決戰的那一天，這兩個老人也在路上相逢。

花如玉道：「你現在總該知道，我說的話不假了吧？」

風四娘又點了點頭。

她並不知道他們和逍遙侯的關係，只知道他們也在逍遙侯門下。

逍遙侯門下的人，當然不會對蕭十一郎懷有什麼好意。

花如玉道：「所以你一定要想法子，讓沈璧君也知道。」

風四娘道：「我想不出法子。」

花如玉道：「我們後面有道門，你看見了沒有？」

風四娘看見了，門很窄。

花如玉道：「出了門，你就可以看到一間小木屋。」

風四娘在聽著。

花如玉道：「那裡是女人方便的地方，你若能將沈璧君帶到那裡去，就可以放心說話了。」

這裡的男人們自恃身分，當然絕不會到那種地方去偷聽。

風四娘嘆了口氣，道：「好，我想法子。」

他們本在耳語，新婚的夫妻們，本就常常會咬耳朵的。

可是那兩個老人的目光，卻已閃電般向她們掃了過來。

風四娘雖然明知他們絕對聽不見這裡說的話，卻還是不禁吃了一驚。

幸好這時她已看見了沈璧君溫柔的笑容。

沈璧君當然也已認出了這個「嚇死人的新娘子」正在微笑著向她示意。

風四娘也笑了。

那朱衣老人忽然道：「想不到『金弓銀丸斬虎刀，追雲逐月水上飄』厲青鋒也在這裡。」

綠袍老人道：「他一定也想不到我們會來的。」

厲青鋒的臉色鐵青，冷冷道：「兩位居然還沒有死，實在是令人意外得很。」

朱衣老人道：「但你卻已該死了的。」

綠袍老人道：「若不是我們手下留情，三十年前你就已該死了的。」

厲青鋒冷笑道：「不錯，我的確早就該死了，誰叫我一向獨來獨往，連個幫手都沒有。」

朱衣老人沉下了臉，道：「我與你交手時，他並未出手。」

綠袍老人道：「我一個人也隨時都可以對付你。」

厲青鋒道：「我若有個幫手，也不會叫他幫我兩個打一個的，只要他在旁邊吶喊助威就已夠了。」

朱衣老人道：「很好。」

綠袍老人道：「好極了。」

朱衣老人道：「是你出去，還是我出去？」

綠袍老人道：「這次該輪到我了。」

厲青鋒大笑，道：「很好，實在好極了，三十年前的那筆舊帳，你我正好就此結清。」

這三個人雖然都已有一大把年紀，竟是薑桂之性，老而彌堅。

三十年前的一點點仇恨，他們竟到現在還沒有忘記。

厲青鋒已霍然長身而起，綠袍老人也轉過了身。

沈璧君一直靜靜的在旁邊看著，忽然輕輕嘆了口氣，柔聲道：「前輩們若想在這裡殺人，就該將這裡的主人先殺了才是。」

她的聲音還是和昔日同樣溫柔優雅，可是她說的話裡卻已藏著鋒銳。

這兩年多來的流浪生活，畢竟已使她學會了很多事。

綠袍老人看了厲青鋒一眼，冷冷道：「你我既然都還沒有死，又何必急在一時？」

厲青鋒冷笑著，終於也慢慢的坐了下去。

風四娘又笑了。

她走出來，拉住了沈璧君的手，嫣然道：「我想不到你會來，你一定也想不到我會在這裡的。」

沈璧君微笑著，點了點頭。

風四娘笑道：「幸好我們之間，並沒有什麼舊債要算。」

沈璧君嫣然道：「你還是沒有變。」

風四娘道：「但你卻似已有些變了。」

沈璧君眸子裡的憂鬱更加濃了，淒然垂首，默默無語。

風四娘又笑道：「但我卻還是個嚇死人的新娘子，我每次見到你的時候，好像都是新娘子。」

沈璧君也覺得很驚奇，但卻並沒有問她怎麼會又做了新娘子。

這個出身世家，教養良好的典型淑女，還是和以前一樣，從不喜歡過問別人的私事。

風四娘眨著眼，看著她，道：「你一定走了很久的路，才到這裡的。」

沈璧君道：「嗯。」

風四娘道：「那麼你一定已經……」

她忽然附在沈璧君耳旁，低低說了兩句話。

沈璧君的臉紅了，紅著臉點了點頭。

風四娘卻笑道：「這又不是什麼丟人的事，我帶你去。」

她真的拉起沈璧君的手，走向旁邊的小門。

沈璧君的臉更紅，卻也只有垂著頭，跟著她走。

老人對望了一眼，眼睛裡卻不禁露出笑意，他們當然知道風四娘是帶沈璧君幹什麼去的。

他們都覺得風四娘實在是個很妙的女人，都覺得這實在是件很妙的事。

別人請來的客人剛進了門，她居然就拉著人家方便去。

這種事除了風四娘外，還有誰能做得出呢？

也只有風四娘做出這種事的時候，別人才會覺得有趣，不覺得詫異。

五　會走路的屋子

門外果然有間小木屋。

木屋外有個小小的梯子，風四娘拉著沈璧君走上梯子，走進了一扇很窄的門。

屋子很小，卻很乾淨。

風四娘又拉上門，才長長吐出口氣，她忽然發覺這實在是個女人們說悄悄話的好地方，就算膽子再大，臉皮再厚的男人，也絕不敢闖進來的。

她閂起了門，忍不住笑道：「現在我們隨便在這裡說什麼，都不怕被別人聽見了。」

沈璧君道：「你……你有話跟我說？」

風四娘笑道：「是有點悄悄話要跟你說，可是你若真的急了，我可以先等你……」

房子裡有個小小的木架，上面還蓋著漆著金漆花邊的蓋子。

沈璧君的臉更紅，頭垂得更低，只是看著這個很好看的蓋子發怔。

風四娘道：「快點呀，這地方雖然不臭，總有點悶氣。」

沈璧君終於鼓起勇氣，囁嚅著道：「可是你……你……」

風四娘又笑了，她終於明白：「你是不是要我出去？」

沈璧君紅著臉，點了點頭。

風四娘笑道：「我也是個女人，你怕什麼？難道我轉過臉去還不行？」

沈璧君咬著嘴唇，又鼓足勇氣道：「不行。」

她連做夢都沒有想到過，居然要她當著別人的面做這種事。

風四娘看著她臉上的表情，幾乎忍不住就要大笑出來。

幸好她總算忍住，只是輕輕嘆了口氣，道：「好，我就出去一下子，可是你最好也快一點，我還有要緊的話要告訴你。」

她拔開門閂，伸手推門。

她怔住。

這扇門竟已推不開了。

難道有人在外面鎖上了門，要把她們關在這裡？

這玩笑也未免開得太不像話了。

風四娘正覺得又好氣、又好笑，忽然發現這屋子竟在動。

往前面動，而且動得很快。

這屋子竟好像自己會走路。

門還是推不開，無論用多大力氣都推不開。

風四娘的手心裡也冒出了冷汗，她已發現這件事並不像是開玩笑了。

除了這扇門外，屋子裡連個窗戶都沒有。

女人方便的地方，本就應該很嚴密的。

風四娘咬了咬牙，用力去撞門，木頭做的門，被她用力一撞，本該立刻被撞得四分五裂。

誰知這扇門竟不是完全用木頭做的，木頭之間還夾著層鋼板。

她用力一撞，門沒有被撞開，她自己反而幾乎被撞倒。

沈璧君的臉色已經開始發白，忍不住問道：「這是怎麼回事？」

風四娘終於長長嘆了口氣，道：「看來我上了別人的當了。」

沈璧君道：「上了誰的當？」

風四娘恨恨道：「當然是上了個女人的當，能要我上當的男人，現在只怕還沒有生出來。」

沈璧君道：「這女人是誰？」

風四娘道：「花如玉。」

沈璧君道：「花如玉又是什麼人？」

風四娘道：「是我老公。」

沈璧君怔住。

她一向很少在別人面前露出吃驚的表情來，但現在她看著風四娘時，臉上的表情卻好像在看著一個不折不扣的瘋子一樣。

風四娘道：「我上了我老公的當，我老公卻是個女人……」她又嘆了口氣，苦笑道：「我看你一定以爲我瘋了。」

沈璧君並沒有否認。

風四娘道：「她要我把你約到這裡來，要我告訴你那兩個老頭子不是好人。」

沈璧君道：「他們不是好人？」

風四娘道：「因爲他們要用你做魚餌，去釣蕭十一郎那條大魚。」

她苦笑著又道：「我現在才知道，我才是條比豬還笨的大鰱魚，居然上了她的鈎。」

沈璧君輕輕嘆了口氣，道：「那兩位前輩絕不是壞人，這兩年來，若不是他們照顧我，我……我也活不到現在了。」

風四娘道：「可是他們對蕭十一郎……」

沈璧君道：「他們對蕭十一郎也沒有惡意，在那玩偶山莊的時候，他們就一直在暗中幫著他，因爲他們也同樣是被逍遙侯傷害的人。」

她雖然在盡力控制著自己，但說到「蕭十一郎」這名字的時候，她美麗的眼睛裡還是情不自禁露出種無法描敘的悲傷之意。

那些又辛酸、又甜蜜的往事，她怎麼能忘記？

這兩年來，她又有哪一天能不想他？又有哪一刻能不想他？

她想得心都碎了，一片片的碎了，碎成了千千萬萬片……

他的血、他的汗、他的俠膽和柔情，他那雙又大又亮的眼睛。

「蕭十一郎，你現在究竟在哪裡？」

她閉起眼睛，晶瑩的淚珠已珍珠般滾了下來。

風四娘癡癡的看著她，她知道她心裡在想什麼，因爲她心裡也正在想著同一個人。

「難道你也沒看見過他？也沒有他的消息？」

這句話她想問，卻沒有問出來。

她實在不想問了，實在不忍再傷沈璧君的心。

「那天我雖然跟著他走了，卻一直沒有找到他。」

這句話沈璧君也沒有說出來。

她的聲音已嘶啞，喉頭已哽咽。

——蕭十一郎，你知不知道這裡有兩個癡情的女人，想你想得心都碎成千萬片了？

——蕭十一郎，你爲什麼還不回來？

屋子還在動，動得更快。

風四娘忽然笑了，道：「別人是到這裡來方便的，我們卻到這裡來流眼淚，你說滑稽不滑稽？」

她笑得聲音很大，就好像一輩子從來也沒有遇見過這麼好笑的事。

可是又有誰知道她笑聲裡，藏著多少辛酸？多少眼淚？

一個人在真正悲傷時，本就該想個法子笑一笑的，只可惜世上能有這種勇氣的人並不多。

沈璧君忍不住抬起頭，凝視著她。

現在，她臉上的表情已不像是在看著個瘋子，她已知道她現在看著的，是個多麼可愛、多麼可敬的女人。

風四娘也在看著她，忽然道：「這麼好笑的事，你爲什麼不陪我笑一笑？」

沈璧君垂下頭，道：「我……我也想笑的，可是我笑不出。」

她的可愛，正因爲她笑不出。

風四娘的可愛，也正因爲風四娘能笑得出。

她們本是兩個完全不同的女人，可是她們的情感卻同樣真摯，同樣偉大。

一個女人若能爲了愛情而不惜犧牲一切，她就已是個偉大的女人。

風四娘心裡在嘆息。

她若是蕭十一郎，她也會爲這個美麗而癡情的女人死的。

她忍不住伸出手，輕摸著沈璧君的柔髮，柔聲道：「你用不著難受，我們一定很快就會看見他的。」

沈璧君又不禁抬起頭：「真的？」

風四娘道：「花如玉一定是想利用我們去挾持蕭十一郎，所以她一定會讓蕭十一郎知道我們已在她的手裡。」

沈璧君道：「你想他會不會來找我們？」

風四娘道：「他一定會來的。」

沈璧君道：「可是那個花如玉……」

風四娘笑了笑，道：「你用不著擔心她，她又能對我們怎麼樣？……不管怎麼樣，她畢竟也是一個女人……」

她臉上在笑，心卻在往下沉。

因爲她知道女人對女人，有時比男人更可怕。

她實在想不出花如玉會用什麼法子來對付她們，她甚至連想都不敢想。

就在這時，這個會走路的屋子忽然停了下來。

屋子終於不動了。

但外面卻還是沒有聲音。

屋子裡更悶，本來嵌在牆壁上的一盞燈，也突然熄滅。

四下忽然變得一片黑暗，連對面的人都看不見。

風四娘只覺得自己好像忽然到了一個不通風的墳墓裡，悶得幾乎已連氣都透不過來。

她反而希望這屋子能再動一動了。

可是這要命的屋子，不該動的時候偏偏要動，該動的時候反而一動也不動。

風四娘忽然又笑了，別人連哭都哭不出的時候，她居然還能笑得出。

她笑著道：「現在我已看不見你了，你總可以鬆口氣了吧！」

沈璧君不出聲。

風四娘道：「你若是再這麼樣憋下去，說不定會憋出病來的。」

沈璧君還是不出聲。

風四娘嘆了口氣，突聽一個人吃吃的笑道：「這真叫皇帝不急，急死太監，人家不急，你急什麼？」

聲音是從上面傳下來的，聲音傳進來的時候，風也吹了進來。

屋頂上居然開了個小窗子，窗子外有一雙發亮的眼睛。

「心心！」

心心還在吃吃的笑個不停。

風四娘簡直恨不得跳起來，挖出她這雙眼珠子。

心心笑道：「這上面的風好大，你們在下面一定暖和得很。」

風四娘咬了咬牙，道：「你是不是也想下來暖和暖和？」

心心嘆了口氣道：「只可惜我下不去。」

風四娘道：「你不會開門麼？」

心心道：「鑰匙在公子那裡，除了他之外，誰也開不了門。」

風四娘忍住氣，道：「他的人呢？」

心心道：「人還沒有回來。」

風四娘道：「爲什麼還不回來？」

心心道：「因爲他還要陪著別人找你們，他總不能讓別人知道，是他要你們走的。」

風四娘道：「他究竟想對我們怎麼樣？」

心心道：「他要我先送你們回家去。」

風四娘道：「回家？回誰的家？」

心心道：「當然是我們的家。」

風四娘道：「我們的家？」

心心輕笑道：「公子的家，豈非也就是大人你的家？」

風四娘笑道：「我們怎麼去？」

心心道：「坐車去。」

風四娘道：「你不放我們出去，我們怎麼坐得上車呢？」

心心道：「現在我們就已經在車上了。」

風四娘道：「你們已將這屋子抬上了車？」
心心道：「一輛八匹馬拉的大車，又快又穩，不出三天，我們就可以到家了。」
風四娘道：「要三天才能到得了？」
心心道：「最多三天。」
沈璧君突然呻吟了一聲，整個人都軟了下去。
沒有人能夠憋三天的，但若要她在別人面前方便，也簡直等於要她的命。
風四娘終於忍不住叫了起來：「你難道要我們在這鐵籠子裡耽三天？」
心心悠然道：「其實這鐵籠子裡也沒什麼不好，你們若是餓了，我還可以送點好吃的東西進去，若是渴了，車上不但有水，還有酒。」
風四娘忽然又笑了，道：「有多少酒？」
心心道：「你要多少？」
風四娘道：「有些什麼酒？」
心心道：「你要喝什麼酒？」
風四娘道：「好，你先給我們送二十斤陳年花雕來。」
一醉解千愁。
有時醉了的確要比清醒著好。

二十斤陳年花雕，用五六個竹筒裝著，從上面的小窗裡送了下來，還有七八樣下酒的菜。

竹筒很大，一筒最少有三斤。

風四娘給了沈璧君一筒，道：「一醉解千愁，若是不醉，這三天的日子只怕很不好過。」

沈璧君還遲疑著，終於接了下來。

風四娘道：「喝完這筒酒，你會不會醉？」

沈璧君道：「不知道。」

風四娘笑道：「原來你也能喝幾杯的，我倒還真看不出。」

沈璧君勉強笑了笑，道：「我很小的時候，老太君就要我陪著她喝酒了。」

風四娘道：「你醉過沒有？」

沈璧君點點頭。

風四娘笑道：「你當然醉過的，常跟那個酒鬼在一起，想不醉都不行。」

沈璧君垂下頭，心裡又彷彿有根針在刺著。

她醉過兩次，兩次都是爲了蕭十一郎。

她彷彿又聽見了他那凄涼而悲愴的歌聲，彷彿又看見他用筷子敲著酒杯，在放聲高歌：

「暮春三月，羊歡草長，天寒地凍，問誰飼狼？

人皆憐羊，狼獨悲愴，天心難測，世情如霜……」

「蕭十一郎，你不在我的身旁時，這世上還有誰能了解你的痛苦和寂寞？」

沈璧君忽然舉起了竹筒，將一筒酒全都灌了下去。

一個像她這麼樣的淑女，本不該這樣子喝酒的，可是現在……

管它的！管它什麼淑女？

她這一生，豈非就是被「淑女」這兩個字害的？害得她既不敢愛，也不敢恨，害得她吃盡了苦，受盡了委屈，也不敢在人前說一個字。

她看著風四娘，忽然吃吃的笑了起來：「你不是淑女。」

風四娘承認：「我不是，我根本從來也不想做淑女。」

沈璧君道：「所以你活得比我開心。」

風四娘笑道：「我活得比很多人都開心。」她嘴裡這麼說，心裡卻在問自己：「我活得真比別人開心麼？」

她也將一筒酒灌了下去。

酒是酸的。

一個人是不是能活得開心，也許並不在她是不是淑女。

風四娘道：「一個人只要能時常想開些，他活得就會比別人開心了。」

沈璧君道：「你若是我，你也能想得開？」

風四娘道：「我……」

她忽然怔住，她實在不知道該怎麼樣答覆。

沈璧君又吃吃的笑了，笑得比酒還酸，比淚還苦。

可是她卻在一直不停的笑。

風四娘忽然又問：「這次你若是找到了蕭十一郎，你會不會拋開一切嫁給他？」

這句話她平時本來絕不會問的，但是現在她忽然覺得問問也無妨。

沈璧君還在吃吃的笑：「我當然要嫁給他，我爲什麼不能嫁給他？他喜歡我，我也喜歡他，我們爲什麼不能永遠廝守在一起？」

她不停的笑，笑忽然變成了哭，到後來，已分不清是笑還是哭？

這次若是找到了蕭十一郎，她真的能嫁給他？

若是不能嫁，又何必去找？

找到了又如何？豈非更痛苦？

沈璧君長長嘆息了一聲，人生中本就有很多無可奈何的事，你若一定要去想它，只有增加苦惱。

但你若不去想，也是同樣苦惱。

相見不如不見，見了又如何？不見又如何？

風四娘道：「你醉了。」

沈璧君道：「我醉了。」

真的醉了，醉得眞快，一個人若是真的想醉，醉得一定很快，因爲他不醉也可以裝醉。

最妙的是，一個人若一心想裝醉，那麼到後來，往往連他自己也分不清究竟是在裝醉？還是真醉？

風四娘坐了下去，坐在地上：「我不喜歡楊開泰，因爲他太老實，太呆板。」

沈璧君道：「我知道。」

風四娘道：「但花如玉卻一點也不老實，一點也不呆板。」

沈璧君道：「他若真是個男人，你會嫁給他？」

風四娘道：「我不會。」

她忽然發現，你若是真的愛上了一個男人，那麼就算有別的男人比他強十倍，你還是會死心塌地愛著他的。

愛，的確是件很奇妙的事，既不能勉強，也不能假裝。

沈璧君忽然又問：「你是不是也想嫁給蕭十一郎？」

風四娘笑道：「你錯了，就算天下的男人都死光了，我也不會嫁給他。」

沈璧君道：「爲什麼？」

風四娘道：「因爲他喜歡的是你，不是我。」她雖然還在笑，笑得卻很淒涼：「所以你本來是我的情敵，我本該殺了你的。」

沈璧君也笑了。

兩個人笑成了一團，兩筒酒又喝了下去，然後她們就再也不知道自己做了些什麼事，說了些什麼話。

迷迷糊糊中，她們彷彿看見了蕭十一郎，蕭十一郎忽然又變成了連城璧，忽然又變成了楊開泰。

幾千幾百個蕭十一郎，變成了幾千幾百個連城壁、楊開泰。

到後來所有的人都變成了一個——花如玉。

花如玉微笑著，站在她們面前，笑得又溫柔、又動人。

風四娘掙扎著，想跳起來，但頭卻疼得像是要裂開一樣，嘴裡又乾又苦。

花如玉微笑道：「這次你們真的醉了，醉了三天三夜。」

風四娘實在不知道這三天三夜是怎麼過去的，但不知道豈非比知道好？

花如玉道：「幸好你們現在總算已平安到家了。」

風四娘又忍不住問：「誰的家？」

花如玉道：「當然是我們的家。」他笑得更溫柔：「莫忘記你已在很多人面前承認，你是我的老婆，現在你想賴，是更賴不掉的了。」

風四娘道：「我只想問問你，你為什麼要我將沈璧君騙來？」

花如玉笑道：「因為那兩個老頭子很不好對付，我只有用這法子，才能請得到她。」

風四娘道：「你想對她怎麼樣？」

花如玉道：「你猜呢？」

風四娘道：「難道你也想要她做老婆？」

花如玉笑道：「對了，老婆跟銀子一樣，是愈多愈好的。」

風四娘忽然也笑了：「你自己也是個女人，要這麼多老婆幹什麼？」

花如玉彷彿吃了一驚：「我是女人？誰說我是女人？」

風四娘當然更吃驚：「你不是？」

花如玉笑道：「我當然不是，若有人說我是女人，他一定瘋了。」

風四娘真的又快瘋了，忍不住大叫：「你究竟是男是女？」

花如玉微笑著，忽然解開了衣襟：「你應該看得出的。」

花如玉竟真的是個男人，無論誰都看得出他是個男人。

風四娘的心沉了下去。

花如玉微笑道：「上次我故意在那重要關頭退縮，爲的就是要你相信我是個女人，你認爲我若不是女人，到了那種時候，絕不會放過你的。」

風四娘恨恨的道：「你非但不是女人，你簡直不是人。」

花如玉笑得卻更愉快，道：「就因爲你相信我是個女人，所以才會幫我去找沈璧君。」

沈璧君一點反應也沒有，她整個人都似已痲木。

花如玉笑說道：「但是這次我是絕不會再放過你的了。」

風四娘咬著牙，道：「我已經可以做你的娘了，你還想對我怎麼樣？」

花如玉悠然道：「你年紀雖然大了些，但有些地方卻比小姑娘還有趣。」

他的眼睛就盯在風四娘身上那些地方，那眼色就好像已將風四娘當做完全赤裸的。

風四娘簡直恨不得將他這雙眼珠子挖出來。

花如玉大笑道：「我不但有了你這麼樣一個如花似玉的老婆，還有這位武林第一美人做老二，我的艷福實在不淺。」

他的眼睛已轉移到沈璧君身上。

沈璧君臉上還是連一點表情都沒有，冷冷道：「你休想！」

花如玉道：「我休想？」

沈璧君道：「你只要敢動一動我，我就死。」

花如玉笑道：「你死不了的。」

沈璧君道：「那麼我就要你死。」

她突然揮手，一蓬金針暴雨般射出。

沈家的金針名動天下，號稱武林中最厲害的八種暗器之一。這種金針不但出手巧妙，而且非常狠毒，只要一打在人身上，立刻鑽入血管，不出半個時辰，就已毒發攻心，連神仙都難救活。

只可惜沈璧君是個淑女，淑女是不能太狠毒的，沈家家傳的金針手法，她最多只學會了巧妙兩字，既不狠毒，也不夠快。

你發暗器時若是不夠狠，不夠快，那麼再厲害的暗器到了你手裡，也變得沒用了。

花如玉微笑著，輕輕一轉身，漫天光雨就已無影無蹤，他顯然也是發暗器高手，比沈璧君高明得多。

風四娘忽然嘆了口氣，道：「他不是個人，我們對付不了他的。」

花如玉笑道：「我喜歡你，就因爲你不但聰明，而且很有自知之明，能有自知之明的女人並不多。」

風四娘嫣然一笑，道：「你真的很喜歡我？」

花如玉道：「當然是真的。」

風四娘道：「那麼你爲什麼還要找別的女人呢？你不怕我吃醋？」

花如玉道：「會吃醋的女人，我就不喜歡了。」

風四娘道：「只可惜你現在就算不喜歡我，也已太遲。」

花如玉道：「哦？」

風四娘道：「我已經是你的老婆，對不對？」

花如玉道：「對。」

風四娘道：「現在我們剛成親，你就想找別的女人，將來怎麼得了？」

花如玉道：「你要我放了她？」

風四娘點點頭，道：「只要你不碰別的女人，我就做你的老婆，否則……」

花如玉道：「否則怎麼樣？」

風四娘道：「否則我也會送頂綠帽子給你戴的，你怕不怕？」

花如玉道：「不怕。」

風四娘怔了怔，道：「你不怕戴綠帽子？」

花如玉道：「我已戴了頂綠帽子了，再加一頂又何妨？」

他臉上的表情忽然變得很奇怪，竟像是很憤怒、很痛苦。

風四娘看著他，忍不住問道：「這頂綠帽子是誰送給你戴的？」

花如玉握緊了雙拳，一字字道：「蕭十一郎。」

六 蕭十一郎在哪裡

蕭十一郎，又是蕭十一郎。

天下所有的壞事，好像全都給他一個人做盡了。

花如玉恨恨道：「就因爲他搶了我的女人，所以我也要搶他的女人。」

風四娘道：「他搶去了你的什麼人？」

花如玉道：「他搶去了我的冰冰。」

風四娘道：「冰冰是誰？」

花如玉道：「冰冰就是我的表妹，也是我的未婚妻子。」他顯得更憤怒，更痛苦，接著道：「但那蕭十一郎卻仗著他的武功比我高，仗著他比我更有錢，竟將我的冰冰搶走了，連看都不許別人多看一眼。」

風四娘道：「謝天石就因爲多看了她兩眼，所以眼睛才會瞎的？」

花如玉點點頭，冷笑道：「你們若以爲他對你們好，你們就錯了，他對冰冰才是真的好，爲了冰冰，他什麼事都肯做，冰冰若要他挖出你們的眼珠子來，他也不會拒絕的。」

沈璧君忽然叫了起來：「我不信，你說的話我連一個字也不信。」

花如玉冷笑道：「你是真的不信，還是不敢相信、不忍相信？」

沈璧君道：「我死也不相信。」

花如玉嘆了口氣，說道：「看來你真是個癡心的女人。」

沈璧君道：「我以前也冤枉過他的，但現在我已知道，他絕不會是這種人，絕不會做這種事的。」

花如玉道：「他以前也許不是這種人，但每個人都會變的。」

沈璧君道：「不管你怎麼說，我還是不信。」

花如玉目光閃動，說道：「我若能證明，你又怎麼樣？」

沈璧君道：「只要你能證明他真的做了這種事，你隨便對我怎麼樣都沒關係。」

花如玉道：「我若能證明，你就肯嫁給我？」

沈璧君咬著牙，道：「我說過，隨你對我怎樣都沒關係。」

花如玉道：「你說過的話，算不算數？」

沈璧君道：「我雖然是個女人，卻從來也沒有做過言而無信的事。」

花如玉道：「好，我信任你。」

風四娘道：「你準備怎麼樣證明給她看？」

花如玉道：「我準備讓她自己去看看蕭十一郎和冰冰。」

風四娘道：「到哪裡去看？」

花如玉道：「大亨樓。」

風四娘道：「大亨樓是什麼地方？」

花如玉道：「是個花錢的地方。」

風四娘道：「蕭十一郎在那裡？」

花如玉道：「這幾天他一定在姑蘇附近，只要他在附近，就一定會去。」

風四娘道：「爲什麼？」

花如玉冷笑道：「因爲他現在是個大亨，若是不帶著他那個如花似玉的美人兒到大亨樓去亮亮相，豈非白到了蘇州一趟？」

風四娘道：「你也想帶我們去亮亮相？」

花如玉道：「只要你們肯答應我一件事。」

風四娘道：「你說。」

花如玉道：「你們可以張大了眼睛去看，卻不能張嘴。」

風四娘道：「爲什麼？」

花如玉道：「因爲你們若是一出聲，就什麼也看不見了。」

風四娘道：「好，我答應你。」

花如玉道：「你真的能一直閉著嘴不出聲？」

風四娘瞪眼道：「你以爲我是個什麼樣的女人？是個多嘴婆？」

花如玉笑了笑，道：「你當然不是多嘴婆，但我卻還是不相信你會真的那麼老實。」

風四娘好像要跳了起來：「你連自己的老婆都不信任，你還能相信誰？」

花如玉道：「一個男人若是太信任自己的老婆，他一定是個笨蛋。」他微笑著，接著又道：「楊開泰就是個笨蛋，否則又怎麼會讓你溜走？」

風四娘嘆了口氣，道：「他並不是個笨蛋，只不過是個君子而已。」

花如玉道：「但我卻既不是笨蛋，也不是君子。」

風四娘道：「所以你已決定不信任我？」

花如玉對沈璧君笑了笑，道：「我可以信任她，我知道她是很老實的女人。」

風四娘道：「我不老實？」

花如玉道：「這屋子裡老實人好像只有她一個。」

風四娘說道：「那麼你準備怎麼樣？把我的嘴縫起來？」

花如玉笑道：「只縫你的嘴也沒有用，你說不定會翻跟斗的。」

風四娘道：「你……你……準備用什麼法子來對付我？」

花如玉微笑著，悠然說道：「我會想出個好法子來的。」

你若要像風四娘這樣的女人，老老實實的坐在那裡不動，那實在需要個非常特別的好法子。

風四娘老老實實的坐在那裡，動也不動。

因爲她根本不能動。

她身上所有關節附近的穴道，全被制住了，臉上蒙上了層黑紗，嘴裡還塞了個核桃。

這法子並不能算很巧妙，但卻很有效。

沈璧君臉上也蒙著層黑紗。

姑蘇並不是個很開通的地方，大家閨秀出來走動時，蒙上層黑紗掩住臉，也並不能算很特別。

所以附近倒也沒有什麼人特別注意她們。

她們打扮得都很華麗，錦衣華服，滿頭珠翠，因爲這裡本是只有大亨們才能來的地方。

所以牡丹樓就變成了大亨樓。

大亨的意思，就是很了不起的大人物，北方人也許聽不懂。

可是浙江一帶人，說起「大亨」這兩個字的時候，都立刻會肅然起敬的——這種表情無論什麼地方的人都看得懂了。

現在正是黃昏。

黃昏，通常也正是人們最容易花錢，最想花錢的時候。

要花錢到這裡來真是再好也沒有了，在這裡喝一壺茶，就要花你好幾兩銀子。

除了每樣東西都比別的地方貴七八倍之外，這裡好像也並沒有別的特別之處。

牡丹早已經謝了，樓外的欄杆裡，都擺著幾十盆菊花。

菊花開得正艷，蟹也肥了。

持蟹賞菊，對花飲酒，不但風雅，而且實惠，正是種雅俗共賞的享受。

樓上幾十張桌子，空著的已不多。

到這裡來的男人一個個都是滿面紅光，都是穿著鮮衣，乘著駿馬來的，有的佩劍，有的搖著摺扇，劍上都鑲著寶石明珠，扇面上都是名家的書畫。女人們當然更都打扮得千嬌百媚，好像到這裡並不是爲了吃飯，而是爲了炫耀自己的珠寶。

卻不知道她們本身也正是被男人們帶到這裡來炫耀的。

一個男人身旁，若是有個滿身珠光寶氣的美女，豈非也正是種最好的裝飾？

風四娘和沈璧君坐在角落裡靠著欄杆的位子上，花如玉青衣小帽，規規矩矩的站在她們身後，竟扮成了侍候夫人小姐出來亮相的小廝。

她們雖然沒有男人在旁邊陪著，但也並不特別引人注意。

到這裡的女人，並不一定都有男人陪著的，江湖中的女大亨也不少，何況，還有些是想到這裡來釣魚的——大亨樓上的男人，一個個全都是大魚。

最大的一條魚就坐在她們前面幾張桌子外，是個留著兩撇小鬍子的中年男人，圓圓的臉，白白淨淨的皮膚，一雙手保養得比少女還嫩，手上戴著個比銅鈴還大的漢玉斑指。

他身旁的女人當然也是最美的，不但美，而且非常年輕，看來絕不會比他的女兒大，一雙美麗的大眼睛，還帶著幾分孩子的天真，一張小嘴好像總是嘟著的，笑起來的時候，鼻子總是會先皺一皺，顯得說不出的俏媚，說不出的愛嬌。

這正是中年男人們最喜歡的一種女人。

所以附近的男人都忍不住要偷偷的多看她兩眼，女人們的眼睛也忍不住要去看看她耳朵上戴著的那雙比春水還綠的翠玉耳環。

那是真正的「祖母綠」，綠得晶瑩，綠得清澈，綠得令每個女人的心都動了。

這種又羨慕、又嫉妒的眼色，總是能令她覺得很愉快。

能做「柳蘇州」的老婆，實在是件很愉快的事，無論做第幾房老婆都同樣愉快。

就只這一副耳環，姑蘇就很難找得出第二對來。

他們身後除了一個丫鬟和一個俊俏的書僮外，還有個腰懸著長劍，鐵青著臉的黑衣大漢，持劍而立。

柳蘇州無論到什麼地方，都帶著個保鏢的。

柳蘇州的四個保鏢，沒有一個不是好手。

這佩劍大漢姓高，叫高剛，人稱「追風劍」。

江湖中外號叫「追風劍」的人雖不少，但能有這外號的人，出手想必總是快的。

可是他看見坐在對面桌上的兩個人時，臉上卻露出尊敬之色。

高剛不但劍法快，而且也是個老江湖了，他認得這兩個人。

在江湖上走動的，就算不認得這兩個人，至少也聽過他們的名字。

「伯仲雙俠」不但是名門子弟，而且在江湖中做了幾件轟動一時，大快人心的事。

尤其是二俠歐陽文仲，掌中一對「子母離魂圈」，更是久已失傳的外門兵器。

歐陽世家本是武林中以豪富著稱的三大世家之一，這兄弟兩人，當然也是大亨。

蕭十一郎呢？

看不見蕭十一郎。

她們已經在這裡等了兩天，蕭十一郎還是一直都沒有出現。

「只要他到了姑蘇附近，就一定會來的。」

「你怎麼知道他會到姑蘇附近來？」

風四娘幾乎已經不想再等下去，這種事她實在受不了。

但就在這時，蕭十一郎終於來了！

等人往往就是這樣子的，你愈著急，愈等不到，你不想等了，他卻偏偏來了。

一輛嶄新的、用八匹駿馬拉著的黑漆馬車，已在門外停下。

連風四娘都從未見過如此華麗的馬車。

蕭十一郎就是坐著這輛馬車來的，他並不是一個人來的。

除了兩個書僮、四個丫頭，和那穿著緞子衣服的馬車伕外，還有個頭髮漆黑，白衣如雪的絕色麗人陪伴著他。

「這就是冰冰。」

從樓上看下去，也看不見冰冰的臉，只能看見她一頭比緞子還光滑，比絲還柔軟的漆黑頭髮，和頭髮上那顆比龍眼還大的明珠。

蕭十一郎走在前面，她落後半步，用一隻柔白纖美的手，輕挽著蕭十一郎的臂。

他們已走下車，走進門，從樓上看，也看不見他的臉。

這個人真的是蕭十一郎？風四娘和沈壁君都不禁張大眼睛看著樓梯口，也覺得心跳忽然加快了三倍，呼吸好像隨時都可能停止，她們一心希望能見到蕭十一郎，卻又希望這個人不是蕭十一郎。

樓梯上有腳步聲傳上來，她們的心跳愈來愈快，忽然間，她們的呼吸停止，她們已經看見了一雙眼睛，一雙發亮的眼睛，亮得就像是秋夜裡最燦爛的一顆星。

這個人真的就是蕭十一郎！

蕭十一郎來了。

蕭十一郎本是個很不講究衣著的人，有時甚至連襪子都不穿，但現在他身上穿的，卻是質料最高貴的衣服，剪裁得精緻而合身，衣服是純黑色的，黑得就像是他的眸子一樣。

柔軟貼身的衣服，使得他整個人看來就像是一桿剛煉成的槍——光亮、修長、筆挺。

他的肩並不太寬，腰卻很細，繫著條黑皮腰帶，腰帶上斜插著一柄刀。

一柄形式奇特的短刀，刀鞘竟彷彿是黃金打成的，卻鑲著三粒人間少見的黑珍珠。

這麼樣的一柄刀，襯著那一身黑衣服，更顯得說不出的奪目。

除了這柄刀之外，他身上並沒有什麼別的裝飾，卻使得他這個人看來更高貴突出。

他現在已非常懂得穿衣服。

蕭十一郎本是個很不講究修飾的人，鬍子從來不刮，有時甚至會幾天不洗澡，但現在，他的臉卻刮得很乾淨，連指甲都修剪得很整齊，他的頭髮顯然也是經過精心梳理的，每一根都梳得很整齊，他的衣服也是筆挺的，從上到下，連一條皺紋都找不出。

風四娘吃驚的看著他，若不是嘴被塞住，現在一定已忍不住要叫了出來，她實在不相信這個人就是她以前認得的那個蕭十一郎！蕭十一郎竟似老了。

除了那柄刀外，冰冰就是他唯一的裝飾。她實在是個男人們引以爲榮的女人，她很年輕，非常年輕。

她的皮膚稍微顯得太蒼白了些，卻使得她看來更嬌弱，她的眼睛也像是孩子般純真明亮，卻又帶著種說不出的憂鬱。

柳蘇州座上那個女孩子，本已是很少見的美人，但現在跟她一比，就好像忽然變俗了。

風四娘忽然發覺她的美竟然是和沈璧君屬於同一類的，只不過她比沈璧君更年輕，更嬌弱。

她也不像沈璧君那麼溫柔，那麼嫻靜。

無論誰都看得出，她是個很驕傲的女人，除了蕭十一郎外，這世上好像已經沒有一個人是值得她多看一眼的，就算別人死在她面前，她也不會多看一眼。

「這就是冰冰。」

沈璧君的心在往下沉。

「爲了冰冰，他什麼事都肯做，冰冰若要他挖出你的眼珠子來，他也不會拒絕的。」

沈璧君的手足已冰冷，連她都不能不承認，冰冰實在是個値得男人犧牲一切的女人。

「只有冰冰才配得上蕭十一郎，因爲她還年輕，她既沒有嫁過人，也不會爲蕭十一郎帶來煩惱。」

沈璧君連心都已冷透，她忽然發覺她本不該來的。

她已決心不讓蕭十一郎再看見她，也不願再爲蕭十一郎帶來任何困擾。

「沒有我這麼樣一個人，他活得豈非更幸福愉快得多？」

沈璧君用力咬著嘴唇，眼淚已流下面頰。

蕭十一郎知道別人在看他，每個人都在看他，看他的衣服，看他的刀，看他身旁的美人。

他不在乎，他本來一向不喜歡別人注意他的，但現在卻已變了，非但變得完全不在乎，甚至還好像很得意，蕭十一郎竟已變成了個像柳蘇州一樣喜歡炫耀的人。

冰冰的手，還是挽在蕭十一郎臂上，這樣走在大庭廣眾間，無疑是太親密了些。

可是她也不在乎，她雖然在微笑，卻是對著蕭十一郎一個人笑的，她笑得很甜，也很驕傲。

她知道這牡丹樓上的光采，已完全被他們搶盡了。

他們走上樓，帶著人群，就像是一個帝王陪著他的皇后走入宮廷。

掌櫃的在前面帶路，滿臉都是巴結的笑容：「那邊還有張靠窗的桌子，大爺先在那裡坐下來，小人去泡壺好茶。」

蕭十一郎微微點了點頭，他並沒有注意聽這個人的話，也沒有注意酒樓上的這些人。

看來他的人就好像還在另一個世界裡，一個完全不關心別人的世界。

他們走過柳蘇州面前時，冰冰忽然站住，眼睛盯住了那雙翠玉耳環。

戴著耳環的少女笑了，她總算有樣東西是這個驕傲的女人比不上的。

冰冰挽住了蕭十一郎，忽然道：「你看這副耳環怎麼樣？」

蕭十一郎並沒有去看，只點了點頭，說道：「還不錯。」

冰冰道：「我喜歡它的顏色。」

蕭十一郎道：「你喜歡？」

冰冰道：「我很喜歡，卻不知這位姑娘肯不肯讓給我？」

蕭十一郎道：「她一定肯。」

柳蘇州的臉色已變了，忍不住道：「我知道她一定不肯。」

蕭十一郎笑了笑，笑得居然還像以前一樣，懶懶散散的，帶著種說不出的譏誚之意，道：「她的事你知道？」

柳蘇州說道：「我當然知道，因爲這副耳環本是我的。」

蕭十一郎道：「可是你已送給了她。」

柳蘇州道：「她的人也是我的。」

蕭十一郎嘆了口氣道：「你這麼說話，也不怕傷了她的心？」

柳蘇州沉著臉，冷冷道：「我說過，她的人也是我的。」

那少女垂下了頭，眼睛裡不禁露出了幽怨之色。

蕭十一郎看了她一眼，淡淡的笑道：「你是他的妻子？」

少女搖了搖頭。

蕭十一郎道：「是他的女兒？」

少女又搖了搖頭。

蕭十一郎道：「那麼你怎麼會是他的？」

柳蘇州好像已快要跳起來，大聲道：「因爲我已買下了她。」

蕭十一郎道：「用多少銀子買的？」

柳蘇州道：「你管不著。」

蕭十一郎道：「我若一定要管呢？」

柳蘇州終於忍不住跳了起來：「你是什麼東西？敢在我面前如此無禮？」

蕭十一郎道：「我不是東西，我是個人。」

柳蘇州臉色氣得發青，突然大喝：「高剛！」

高剛的手早已握住了劍柄，突然一橫身，站在蕭十一郎面前。

柳蘇州道：「我不想再看見這個人，請他下去。」

高剛冷冷的看著蕭十一郎，道：「他說他不願再看見你，你聽見了沒有？」

蕭十一郎道：「聽得很清楚。」

高剛道：「你還不走遠些？」

蕭十一郎道：「我喜歡這裡。」

高剛冷笑道：「你難道想躺在這裡？」

蕭十一郎道：「你想要我躺下去？」

高剛道：「對了。」

他突然拔劍，一劍削向蕭十一郎的胸膛。

劍光如電，「追風劍」果然是快的。

有的人已不禁發出了驚呼，這一劍看著已將刺入蕭十一郎的胸膛。蕭十一郎卻連動也沒有動，只不過伸出手，在劍脊上輕輕一彈。

只聽「叮」的一響，劍鋒忽然斷了，斷下了七八寸長的一截。

又是「叮」的一響，折斷了的劍鋒落在地上。

高剛的臉色已經變了，失聲道：「你……你是什麼人？」

蕭十一郎道：「我姓蕭。」

高剛道：「蕭？蕭什麼？」

蕭十一郎道：「蕭十一郎。」

七　伯仲雙俠

蕭十一郎！

這名字就像是一把大鐵錘，「砰」的一下子敲在高剛頭上。

高剛也覺得耳朵「嗡嗡」的響，吃驚的看著面前的這個人，從他的臉，看到他的刀，「你就是蕭十一郎？」

「我就是。」

高剛臉上的汗珠已開始一顆顆的往外冒，忽然轉身：「他說他喜歡留在這裡。」

柳蘇州臉上也已看不見血色，勉強點了點頭：「我聽見了。」

高剛道：「他就是蕭十一郎。」

柳蘇州道：「我知道。」

蕭十一郎的名字，他也聽見過的。

高剛道：「蕭十一郎若說他喜歡留在這裡，就沒有人能要他走。」

柳蘇州握緊了雙拳，鐵青著臉說道：「他不走，你走。」

高剛道：「好，我走。」

他居然真的說走就走，頭也不回的走下了樓。

柳蘇州付給他的價錢雖然好，但總是沒有自己的腦袋好。

何況，被蕭十一郎趕走，也並不是什麼丟人的事。

柳蘇州看著他走下樓，忽然嘆了口氣，勉強笑道：「我實在不知道你就是蕭十一郎。」

蕭十一郎淡淡道：「現在你已知道了。」

柳蘇州道：「你真的喜歡這副耳環？」

蕭十一郎道：「不是我喜歡，是她喜歡。」

柳蘇州道：「她喜歡的東西，你都給她？」

蕭十一郎慢慢的點了點頭，將他的話又一字一字重複了一遍：「她喜歡的東西，我都給她。」

柳蘇州咬了咬牙，道：「好，那麼我就送給你，我們交個朋友。」

蕭十一郎說道：「我不要你送，也不想交你這種朋友。」

柳蘇州的臉色又變了變，忍住氣說道：「你想怎麼樣？」

蕭十一郎道：「這副耳環也是你買下來的？」

柳蘇州道：「是。」

蕭十一郎道：「用多少銀子買的？」

柳蘇州道：「八千兩。」

蕭十一郎道：「我給你一萬六千兩。」

他揮了揮手，立刻就有個聰明伶俐的書僮，撿了兩張銀票送過來。

「這是楊家的『源記』票號開出來的銀票，十足兌現。」

柳蘇州咬著牙收了下來，忽然大聲道：「給他。」

少女的眼圈已紅了，委委屈屈的摘下耳環，放在桌上。

柳蘇州道：「現在耳環已是你的了，若沒有什麼別的事，閣下不妨請便。」

蕭十一郎忽然又笑了笑，道：「我還有樣別的事。」

柳蘇州變色道：「還有什麼事？」

蕭十一郎道：「我說過，我喜歡這裡。」

柳蘇州道：「你……你……你難道要我把這位子讓給你？」

蕭十一郎道：「不錯。」

柳蘇州全身都已氣得發抖，道：「我……我若不肯讓呢？」

蕭十一郎淡淡道：「你一定會讓的。」

柳蘇州當然會讓的，遇見了蕭十一郎，他還能有什麼別的法子？

蕭十一郎坐下來，拿起那副耳環，微笑道：「這耳環的顏色果然很好。」

冰冰笑了笑，道：「可是我現在已不喜歡它了。」

蕭十一郎也不禁怔了怔，道：「現在你已不喜歡它了？」

冰冰柔聲道：「它讓你惹了這麼多麻煩，我怎麼還會喜歡它？」

蕭十一郎笑了，他的笑忽然變得很溫柔、很愉快：「你既然已不喜歡它，我看著它也討厭了。」

他微笑著，突然揮手，竟將這副剛用一萬六千兩銀子買來的耳環，遠遠的拋出了窗外。

冰冰也笑了，笑得更溫柔、更愉快。

風四娘卻幾乎氣破了肚子。

她實在想不到蕭十一郎竟會變成了這麼樣一個強橫霸道的人。

若不是她一動也不能動，只怕早已跳了起來，一個耳光摑了過去。

她實在想去問問他，是不是已忘了以前連吃碗牛肉麵都要欠賬的時候。

她更想去問問他，是不是已忘了沈璧君，忘了這個曾經爲他犧牲了一切的女人。

只可惜她連一個字都說不出來，只有眼睜睜的坐在這裡看著生氣。

以前她總是在埋怨蕭十一郎，爲什麼不洗澡？不刮臉？爲什麼喜歡穿著雙鞋底已經被磨出了大洞來的破靴子？

現在蕭十一郎已乾淨得就像是個剛剝了殼的雞蛋。

但她卻又覺得，以前那個蕭十一郎，遠比現在這樣子可愛幾百倍、幾千倍。

沈璧君也一動不動的坐在那裡。

現在她心裡是什麼滋味？

風四娘連想都不敢想，也不忍去想。

她若是沈璧君，現在說不定已氣得要一頭撞死。

蕭十一郎，你本是個有情有義的人，爲什麼會變成現在這樣子？

柳蘇州已走了，本來剛坐下來開始喝酒的「伯仲雙俠」，此刻竟似乎連酒都喝不下去，兩人對望了一眼，悄悄的站了起來。

冰冰用眼角瞟他們一眼，忽然道：「兩位已準備走了麼？」

歐陽兄弟又對看了一眼，年紀較輕的一個終於回過頭，勉強笑道：「這位姑娘是在跟我們說話？」

冰冰道：「是。」

歐陽文仲道：「我們和姑娘素不相識，姑娘有什麼指教？」

冰冰道：「你們不認得我，我卻認得你們。」

歐陽文仲道：「哦……」

冰冰道：「你叫歐陽文仲，他叫歐陽文伯，兄弟兩個人都不是好東西。」

歐陽文仲的臉色也變了。

歐陽文伯厲聲道：「我兄弟難道還有什麼地方得罪了姑娘？」

冰冰道：「你們自己不知道？」

歐陽文仲道：「不知道。」

冰冰忽然不理他們了，轉過頭問蕭十一郎：「你也不認得他們？」

蕭十一郎道：「不認得。」

冰冰道：「但他們卻老是用眼睛瞪著我。」

蕭十一郎道：「哦。」

冰冰道：「我不喜歡別人用眼睛瞪著我。」

蕭十一郎道：「我知道。」

冰冰道：「我也不喜歡他們的眼睛。」

蕭十一郎道：「你不喜歡？」

冰冰道：「我簡直討厭極了。」

蕭十一郎嘆了口氣，說道：「兩位聽見她說的話沒有？」

歐陽文仲臉色也已鐵青，勉強忍住氣，道：「她說什麼？」

蕭十一郎道：「她說她不喜歡你們的眼睛。」

歐陽文仲道：「眼睛長在我們自己身上，本就用不著別人喜歡。」

蕭十一郎淡淡道：「別人既然討厭你們的眼睛，你們還要這雙眼睛幹什麼？」

歐陽文伯變色道：「你這是什麼意思？」

蕭十一郎道：「我的意思你應明白的。」

歐陽文仲也鐵青著臉，道：「你難道要我們挖出這雙眼睛來？」

蕭十一郎道：「的確有這意思。」

歐陽文仲突然冷笑道：「既然如此，你爲什麼不過來動手？」

蕭十一郎笑了笑，道：「眼睛是你們自己的，爲什麼要我去動手？」

歐陽文仲仰面大笑，道：「這個人居然要我們自己挖出自己的眼睛來。」

蕭十一郎道：「自己挖出眼睛，至少總比被人砍下腦袋好。」

歐陽文仲的笑聲突然停頓。

偌大的牡丹樓上，突然變得連一點聲音都沒有了，每個人的手心都沁出了冷汗。

別人只不過看了她兩眼，他們居然就要人家挖出自己的眼睛來。

世上竟有這麼殘酷的人。

這個人竟是蕭十一郎！

風四娘實在不能相信，不敢相信，但這件事竟偏偏是真的。

以前她死也不相信的那些話，現在看來竟然全都不假。

風四娘閉上眼睛，她已不想再看，也不忍再看下去，她的眼淚也已流了下來。

歐陽兄弟手裡本來提著個包袱，現在忽又放了下去，放在桌上。

包袱彷彿很沉重。

蕭十一郎看著他們，看著桌上的包袱，忽然又笑了笑，道：「鑌鐵鴛鴦栲，和子母離魂圈？」

歐陽文仲道：「不錯。」

蕭十一郎道：「自從昔年十二連環塢的要命金老七去世後，江湖中好像就沒有人再用『子母離魂圈』這種兵刃了。」

歐陽文仲道：「不錯。」

蕭十一郎道：「據說這種兵刃的招式變化最奇特，和所有的軟硬兵刃都完全不同。」

歐陽文仲道：「不錯。」

蕭十一郎說道：「因爲這種兵刃既不長，也不短，既不軟，也不硬，若沒有十五年以上的火候，就很難施展。」

歐陽文仲道：「不錯。」

蕭十一郎道：「所以江湖中用這種兵刃的人一向不多，能用這種兵刃的，就一定是高手。」

歐陽文仲冷笑道：「看來你的見識果然不差。」

蕭十一郎道：「鑌鐵鴛鴦栲，一長一短，也是種很難練的外門兵器，而且其中還可以夾帶著暗器，據說昔年的太湖三傑，就是死在這雙兵器下的。」

歐陽文仲冷笑道：「死在這隻鐵栲下的人，又何止太湖三傑而已！」

蕭十一郎道：「兩位出身名門，用的也是這種極少見的外門兵器，武功想必是不錯的。」

歐陽文仲道：「倒還過得去。」

蕭十一郎又笑了笑，道：「很好。」

他慢慢的站了起來，施施然走過去，微笑著說道：「現在你們不妨一齊出手，只要你們能接得住我三招，我就……」

歐陽文仲立刻搶著問道：「你就怎麼樣？」

蕭十一郎淡淡道：「我就自己挖出自己這雙眼珠子來，送給你們。」

歐陽文仲又忍不住仰面大笑，道：「好，好氣概，好一個蕭十一郎。」

蕭十一郎道：「蕭十一郎無論是好是壞，說出來的話，倒從來沒有不算數的。」

歐陽文伯道：「我兄弟若連你三招都接不住，以後也無顏見人了，倒不如索性挖出這雙眼睛來，倒落得個乾淨。」

蕭十一郎道：「既然如此，你們還等什麼？」

歐陽文仲道：「你只要我們接你三招？」

蕭十一郎道：「不錯，三招……」

沒有人能在三招之內就將「伯仲雙俠」擊倒的，歐陽兄弟絕不是容易對付的人。

風四娘忽然發覺蕭十一郎不但變了，而且竟像是已變成個自大的瘋子。

人已散開，退到了欄杆邊。

並沒有人推他們，是一種看不見的殺氣，將他們逼開的。

沒有人願意靠近蕭十一郎和歐陽兄弟，卻又沒有人捨得走。

蕭十一郎真的能在三招內將名震天下的「伯仲雙俠」擊倒？

這一戰當然是只要有眼睛的人，都不願錯過的。

歐陽兄弟已慢慢的轉過身，慢慢的解開了他們的包袱。

他們每一個動作都很慢，顯然是想利用這最後的片刻時光，盡量使自己鎮定下來，考慮自己應該用什麼招式應敵。

他們都知道現在自己一定要冷靜。

高手相爭，一個慌張的人，就無異是個死人，這兄弟兩人果然不愧是身經百戰的武林高手。

風從窗外吹進來，風突然變得很冷。

只聽「叮鈴鈴」一聲響，歐陽文仲威懾江湖的子母離魂圈已在手。

子母離魂圈在燈下閃著光，看起來那只不過是兩個精光四射的連環鋼環，只有真正的行家，才知道這種奇門兵刃的威力是多麼可怕。

鑌鐵鴛鴦枴卻是黝黑的，黝黑而沉重，右手的枴長，左手的枴短，兩根枴共重六十三斤，若沒有驚人的膂力，連提都很難提起來。

蕭十一郎一直在微笑著，看著他們，忽然大聲讚道：「好！好兵器。」

歐陽文仲手腕一抖，子母離魂圈又是「叮鈴鈴」一聲響，響聲已足以震人魂魄。

這就是他的答覆。

蕭十一郎道：「用這種兵刃殺人，看來實在容易得很。」

歐陽文伯冷冷道：「的確不難。」

蕭十一郎微笑道：「你們今日若能擋得住我三招，不但立刻名揚天下，而且名利雙收，看來好像也並不困難。」

歐陽文仲冷笑。

蕭十一郎悠然道：「只可惜天下絕沒有這種便宜的事，我既然敢答應你們，就當然有把握。」

歐陽文伯也冷笑道：「你若是想用這種話來擾亂我們的情緒，你就打錯主意了。」

歐陽文仲道：「我兄弟身經大小數百戰，還沒有一個人單憑幾句話就將我們嚇倒。」

蕭十一郎又笑了笑，道：「我只不過想提醒你們一件事。」

歐陽文伯道：「什麼事？」

蕭十一郎道：「我只希望你們莫要忘了我用的是什麼刀。」

歐陽兄弟都不禁悚然動容：「割鹿刀？」

蕭十一郎道：「不錯，割鹿刀。」

歐陽兄弟盯著他腰帶上的刀，剛才的氣勢似已弱了三分。

蕭十一郎淡淡道：「你們總該知道，這是柄削鐵如泥的寶刀，連六十三斤重的鑌鐵鴛鴦枴，也一樣能削得斷的。」

歐陽文伯握著鐵枴的一雙手，手背上已有青筋一根根凸起，眼角也在不停的跳動著。

他本已冷靜下來的情緒，此刻忽又變得有些不安。

蕭十一郎彷彿並沒有注意他們的神情，又道：「所以我勸你們，最好莫要用兵器來架我的刀。」

他的手已握住了刀柄。

他的刀是不是已將出鞘？

風更冷，已有人悄悄的拉緊了衣襟。

歐陽兄弟腳步突然移動，身形交錯而過，就在這一瞬間，他們已說了兩句話：

「只守不攻！」

「以退為進！」

兄弟兩人心意相通，身法的配合，更如水乳交融，他們聯手應戰，這當然已不是第一次了。

——反正只要避開三招，就算勝了。

——你的刀就算削鐵如泥，我們最多不架你的刀，難道連三招都閃避不開？

兩人身法展動，竟一直距離在蕭十一郎七尺之外。

他的手臂加上刀，最多也只不過六尺，若想將他們擊倒，就勢必要動。

只要他的刀一動，就算攻出了一招。

蕭十一郎看著他們，忽然又笑了。

歐陽兄弟卻沒有看見他的笑容，只在看著他的手，握刀的手。

蕭十一郎終於慢慢的拔出了他的刀。

他的動作也很慢，刀是淡青色的，它並沒有奪目的光芒。

可是刀一出鞘，就彷彿有股無法形容的煞氣，逼人眉睫。

歐陽兄弟交換了個眼色，身形仍然遊走不停。

蕭十一郎慢慢的揚起了他的刀，很慢、很慢……

歐陽兄弟的眼睛不由自主，隨著他手裡的刀移動，自己的身法也慢了。

可是他的刀已動，只要一動，就算一招。

剩下的已只有兩招。

蕭十一郎自己竟似也在欣賞自己的刀，悠然道：「這是第一招。」

這一招當然是無法傷人的，一共只有三招，他已平白浪費了一招。

這個人莫非真的變成了個自大的瘋子？

突然間，淡青色的刀光如青虹般飛起，閃電般向歐陽文伯痛擊而下。

這一刀勢如雷霆，威不可當，已和剛才那一招不可同日而語。

歐陽文伯的臉色已在刀光下扭曲。

他手裡的鐵枴雖沉重，卻還是不敢去硬接硬架這一刀，他只有閃避。

歐陽文仲關心兄弟，只怕他閃避不開，看見蕭十一郎背後空門大露，子母離魂圈一震，向蕭十一郎的後背砸了下去。

誰知蕭十一郎這一刀竟也是虛招，卻算準了他有這一招攻來，突然一扭腰，閃電般出手，抓住了他的子母離魂圈，往前一帶。

這一帶力量之猛，竟令人無法思議。

歐陽文仲只覺得虎口綳裂，子母離魂圈已脫手，身子跟著向前衝出，竟恰巧撞在蕭十一郎的左肘上，如被鐵錘所擊，眼睛突然發黑，一口鮮血噴了出來。

蕭十一郎手裡剛奪來的子母離魂圈，餘力未衰，向後甩了出去。

歐陽文伯的身形正向這邊閃避，只顧著閃避他右手的刀，做夢也想不到他左手又多了個子母離魂圈，只聽「叮鈴鈴」一聲響，寒光一閃，接著，又有一片血花迎臉噴了過來，正好噴上他的臉。

就在這同一剎那間，子母離魂圈也已打在他的胸膛上。

他的眼睛已被鮮血所掩，雖然已看不見這件致命的兵器，卻可以清清楚楚聽見自己肋骨碎裂的聲音。

掩住他眼睛的血，是他兄弟噴出來的，打在他胸膛上的兵器，也是他兄弟的兵器。

蕭十一郎一共只用了三招。

不多不少，只有三招。

每個人都睜開了眼睛，屏住了呼吸，吃驚的看著歐陽兄弟倒下去。

等到他們再去看蕭十一郎時，蕭十一郎已坐下，刀已入鞘。

冰冰看著他，美麗的眼睛，充滿了光榮和驕傲，嫣然道：「你好像只用一招，就已將他們擊倒了。」

蕭十一郎道：「我用了三招。」

冰冰道：「你那第一招也有用？」

蕭十一郎道：「當然有用，每一招都有用。」他微笑著，接著道：「第一招是為了要吸引他們的注意力，讓他們全副精神都集中在這柄刀上，他們的身法也自然會慢了下來。」

冰冰道：「第二招呢？」

蕭十一郎道：「第二招是為了要將他們兩個人逼在一起，也為的是要他不來防備我的左手。」

冰冰嘆了口氣，道：「第三招就是真正致命的一招了。」

蕭十一郎淡淡道：「他們現在還活著，只因為我並不想要他們的命。」

冰冰眨了眨眼，又笑道：「看來不但你這三招都有用，連你說的那些話，也都有用的。」

蕭十一郎微笑道：「但說話是嚇不倒人的，也不能算傷人的招式。」

冰冰道：「所以你還是只用了三招？」

蕭十一郎點點頭，道：「我只用了三招。」

冰冰道：「所以他們已輸了。」

歐陽兄弟倆掙扎著站起來，文伯臉上的血跡未乾，文仲更已面如死灰。

冰冰忽然轉過頭，看著他們，道：「『我兄弟若連你三招都接不住，以後也無顏見人了，倒不如索性挖出這雙眼睛來，也落得個乾淨。』」

這句話本是歐陽文伯說的，現在她居然又一字不漏的說了出來，連神情口氣，都學得唯妙唯肖。

「你還記得這句話是誰說的？」

歐陽文伯咬著牙，點了點頭。

冰冰道：「現在你們是不是已輸了？」

歐陽文伯不能否認。

冰冰冷笑道：「既然輸了，你們現在還等什麼？」

歐陽文伯突然仰面慘笑，厲聲道：「我兄弟雖然學藝不精，卻也不是言而無信的人。」

冰冰道：「很好，我也希望你們不是言而無信的人，因爲你們賴也賴不掉的。」

歐陽文伯又咬了咬牙，突然伸出兩根手指，屈如鷹爪，向自己的眼睛挖了下去。

但無論誰若要挖自己的眼睛，手總是會軟的。

歐陽文仲突然道：「你挖我的，我挖你的。」

歐陽文伯道：「好！」

這兄弟兩人竟要互相將眼珠子挖出來，有的人已轉過頭去，不忍再看，有的人彎下腰，已幾乎忍不住要嘔吐。

蕭十一郎居然還是不動聲色，這個人的心腸難道真是鐵打的？

突聽一個人大聲道：「你若要他們挖出眼睛來，就得先挖出我的眼睛來。」

媚。

八 愛是給予

聲音雖然在顫抖著，雖然充滿了悲傷和憤怒，但卻還是帶種春風般的溫柔，春水般的嫵

蕭十一郎的臉色變了，心跳似已突然停止，血液似已突然凝結。

他聽得出這聲音。

他死也不會忘記這聲音的。

沈璧君！這當然是沈璧君的聲音。

蕭十一郎死也不會忘記沈璧君，就算死一千次，一萬次，也絕不會忘記的。

他沒有看見沈璧君。

角落裡有個面蒙黑紗的婦人，身子一直在不停的發抖。

難道她就是沈璧君？就是他刻骨銘心，魂牽夢繞，永生也無法忘懷的人？

他全身的血突又沸騰，連心都似已燃燒起來。

可是他不敢走過去。

他怕失望，他已失望過太多次。

冰冰一雙發亮的眼睛，也在盯著這個面蒙黑紗的女人，冷冷道：「你難道要替他們將眼睛挖出來？你是他們的什麼人？」

沈璧君道：「我不是他們的什麼人，可是我寧願死，也不願看見這種事。」

冰冰道：「你既然跟他們沒有關係，爲什麼蒙著臉不敢見人？」

沈璧君道：「我當然有我的原因。」

——蕭十一郎居然還坐在那裡，連動也沒有動。

——他難道已連我的聲音都聽不出？

——他難道已忘了我？

沈璧君的心已碎了，整個人都似已碎成了千千萬萬片。

但她卻還是在勉強控制著自己，她永遠都是個有教養的女人。

冰冰道：「你不想把你的原因告訴我？」

沈璧君道：「不想。」

冰冰忽然笑了笑，道：「可是我卻想看看你。」

她居然站起來，走過去，微笑著道：「我想你一定是個很好看的女人，因爲你的聲音也很好聽。」

——她笑得真甜，真美，實在是一個傾國傾城的美人。

——她的確已能配得上蕭十一郎。

——可是她的心腸爲什麼會如此惡毒？蕭十一郎爲什麼偏偏要聽她的話呢？

——現在她過來了，蕭十一郎反而不過來，難道除了她之外，他眼裡也已沒有別的女人？

沈璧君心裡就彷彿在被針刺著，每一片破碎的心上，都有一根針。

冰冰已到了她面前，笑得還是那麼甜，柔聲道：「你能不能把你臉上的黑紗掀起來，讓我看看你？」

沈璧君用力咬著牙，搖了搖頭。

——既然他已聽不出我的聲音，我爲什麼還要讓他看見我？

——既然他心裡已沒有我，我們又何必再相見？

冰冰道：「難道你連讓我看一眼都不行？」

沈璧君道：「不行。」

冰冰道：「爲什麼？」

沈璧君道：「不行就是不行。」

她幾乎已無法再控制自己，她整個人都已將崩潰。

冰冰嘆了口氣，道：「你既然不願自己掀起這層面紗來，只好讓我替你掀了。」

她居然真的伸出了手。

她的手也美，美得毫無瑕疵。

沈璧君看著這隻手伸過來，幾乎也已忍不住要出手了。

——我絕不能出手，絕不能傷了他心愛的女人。

——無論如何，他畢竟已爲我犧牲了很多，畢竟對我有過真情，我怎麼能傷他的心？

沈璧君用力握緊了自己的手，指甲都已刺入掌心。

冰冰蘭花般的手指，已拈起了她的面紗，忽然又放了下來，道：「其實我用不著看，也知道你長得是什麼樣子了。」

沈璧君道：「你知道？」

冰冰道：「有個人也不知在我面前將你的模樣說過多少次。」

沈璧君道：「是誰說的？」

冰冰笑了笑，道：「你應該知道是誰說的。」

沈璧君道：「你……你也知道我是誰了？」

冰冰笑得彷彿有點酸酸的，道：「你當然就是武林中的第一美人沈璧君。」

沈璧君的心又在刺痛著。

——他爲什麼要在她面前提起我？

——難道他是在向她炫耀，讓她知道以前有個女人是多麼愛他？

沈璧君手握得更緊，卻還是忍不住問道：「你怎麼知道我是誰的？」

冰冰輕輕嘆息，道：「你若不是沈璧君，他又怎麼會變成這樣子？」

她的手忽然向後一指，指著蕭十一郎。

蕭十一郎已慢慢的走過來，眼睛眨也不眨的盯在沈璧君臉上那層黑紗上。

他的眼睛發直，人似也癡了。

——若不是她說出來，他也許還不知道我是誰。

——他既已連我的聲音都聽不出，既已忘了我，現在又何需故意作出這樣子？

——難道他是想要她知道，他並不是個無情無義的人？

——現在他準備來幹什麼呢？是不是想來告訴我，以前的事都已過去，叫我最好也忘了他，最好莫要傷心？

沈璧君突然大聲道：「你錯了，我既不姓沈，也不是沈璧君。」

冰冰道：「你不是？」

沈璧君冷笑道：「誰認得沈璧君？誰認得那種又蠢又笨的女人？」

冰冰眨了眨眼，又笑了笑，道：「你難道一定要我掀起你的面紗來，你才肯承認？」

她又伸出了手，拈起了沈璧君的面紗。

現在每個人都希望她真的將這層面紗掀起來，每個人都想看看武林中第一美人的風采。

誰知冰冰卻又放下了手，回頭向蕭十一郎一笑，道：「我想還是讓你來掀的好，你一定早就想看看她了。」

蕭十一郎癡癡的點了點頭。

他當然想看看她，就連在做夢的時候，都希望能在夢中看見她。

他不由自主伸出了手。

——他真聽她的話。

——她要別人的耳環，他就去買，她要挖出人家的眼睛來，他就去動手。

——現在她要他來掀起我的面紗來，他竟也不問問我是不是願意。

——現在他明明已知道我是誰了，還這麼樣對我。

——看來她就算要他挖出我的眼睛來，他也不會拒絕的。

沈璧君突然大叫：「拿開你的手！」

在這一瞬間，她已忘記了從小的教養，忘記了淑女是不該這麼樣大叫的。

她叫的聲音實在真大。

蕭十一郎也吃了一驚，吶吶道：「你……你……」

沈璧君大聲道：「你只要敢碰一碰我，我就死在你面前。」

蕭十一郎更吃驚道：「你……你……你難道已不認得我？」

沈璧君的心更碎了。

——我不認得你？

——爲了你，我拋棄了一切，犧牲了一切，榮譽、財富、丈夫、家庭，爲了你，我都全不要了。

——爲了你，我吃盡了千辛萬苦，也不知受了多少委屈折磨。

——你現在居然說我不認得你？

她用力咬著嘴唇，已嚐到了自己鮮血的滋味，她用盡所有的力量大叫：「我不認得你，我根本就不認得你！」

蕭十一郎踉蹌後退，就像突然被人一腳踐踏在胸膛上，連站都已站不穩——沈璧君難道變了？花如玉一直在靜靜的看著，沈璧君忽然挽起了他的臂，道：「我們走。」

——原來就是這個男人讓她變的。

——這個男人的確很年輕、很好看，而且看來很聽話，竟一直像蠢才般站在她身後。

——難怪這兩年來我一直都找不到她，原來她已不願見我。

蕭十一郎的心也碎了。

因爲他們兩個人心裡都有條毒蛇，將他們的心都咬碎了。

他們心裡的這條毒蛇，就是懷疑和嫉妒。

蕭十一郎握緊了雙拳，瞪著花如玉。

沈璧君冷笑道：「你瞪著他幹什麼？難道你也想殺了他？」

蕭十一郎沒有說話，他發現自己已無話可說。

沈璧君連看都不看他，拉著花如玉，道：「我們爲什麼還不走？」

花如玉慢慢的點了點頭，後面立刻有人過來扶起了風四娘。

風四娘在流著淚。

她流著淚的眼睛，一直都在看著蕭十一郎。

她希望蕭十一郎也能認出她，能向她解釋這所有的一切事都是誤會。

她希望蕭十一郎能救出她，就像以前那樣，帶她去吃碗牛肉麵。

可是蕭十一郎卻連看都沒有看她一眼，因爲他做夢也想不到，這個動也不能動的女人，就是像風一樣的風四娘。

風四娘只有走。

兩個人架著她的胳臂，攙著她慢慢的走過蕭十一郎面前。

蕭十一郎眼睛直勾勾的看著窗外的夜色，他看不見星光，也看不見燈火，只看得一片黑暗。

他當然也看不見風四娘。

風四娘的心也碎了，眼淚泉湧般流了出來。

現在她只希望能放聲大哭一場，怎奈她連哭都哭不出聲音來。

她的眼淚已沾濕了面紗。

冰冰忽然發覺了她面紗上的淚痕：「你在流淚？你爲什麼要流淚？」

風四娘沒有回答，她不能回答。

冰冰道：「你是誰？爲什麼要爲別人的事流淚？」

——爲了蕭十一郎，我難道沒有犧牲過？難道沒有痛苦過？

——我爲他痛苦流淚過，你只怕還在母親的懷裡哭著要糖吃。

——現在你卻說我是在爲了別人的事流淚。

風四娘幾乎忍不住要大叫起來，怎奈她偏偏連一點聲音都叫不出。

扶著她的兩個人，已加快了腳步。

冰冰彷彿想過去攔住他們，想了想，卻又忍住。

她了解蕭十一郎現在的痛苦，她已不願再多事了。

所以風四娘就這樣從蕭十一郎面前走了過去，沈璧君也走了過去。

她們慢慢的走下了樓，坐上了車。馬車前行，連車輪帶起的黃塵都已消失。

蕭十一郎突然大聲道：「送二十斤酒來，要最好的酒。」

當然是最好的酒。

最好的酒，通常也最容易令人醉。

蕭十一郎還沒有醉——愈想喝醉的時候，爲什麼反而愈不容易醉？

冰冰看著他，柔聲道：「也許那個人真的不是沈姑娘。」

蕭十一郎又喝了杯酒，忽然笑了笑，道：「你用不著安慰我，我並不難受。」

冰冰道：「真的？」

蕭十一郎點點頭道：「我只不過想痛痛快快的喝頓酒而已，我已有很久未醉過了。」

冰冰道：「可是，歐陽兄弟剛才已悄悄溜了。」

蕭十一郎道：「我知道。」

冰冰道：「他們也許還會再來的。」

蕭十一郎道：「你怕他們又約了幫手來找我？」

冰冰嫣然一笑，道：「我當然不怕，半個喝醉了的蕭十一郎，也已足夠對付兩百個清醒的歐陽文仲兄弟了。」

蕭十一郎大笑，道：「說得好，當浮三大白。」

他果然立刻又喝了三大杯。

冰冰也淺淺的啜了口酒，忽然道：「我只不過在奇怪，另外一個蒙著黑紗的女人是誰呢？她為什麼要流淚？」

蕭十一郎道：「你怎麼看得見她在流淚？」

冰冰道：「我看得見，她臉上的那層面紗都已被眼淚濕透。」

蕭十一郎淡淡道：「也許她病了，一個人在病得很厲害時，往往會流淚的，尤其是女人。」

冰冰道：「可是我知道她並沒有病。」

蕭十一郎笑道：「她已病得連路都不能走，你還說她沒有病？」

冰冰道：「那不是病。」

蕭十一郎道：「不是病？」

冰冰道：「病重的人，一定四肢發軟，才走不動路，可是她四肢上的關節，卻好像很難彎曲，全身都好像是僵硬的。」

蕭十一郎嘆道：「你實在比我細心。」

冰冰嫣然道：「莫忘記，我本來就是個女神童。」

她笑得很開心，蕭十一郎看著她的時候，眼睛裡卻彷彿有種很奇怪的憐憫悲傷之意，竟像是在爲她的命運惋惜。

幸好冰冰並沒有注意到他的表情，接著又道：「所以我看她不是真的病了。」

蕭十一郎道：「莫非她是被人制住了穴道？」

冰冰道：「很可能。」

蕭十一郎道：「你看她是爲了什麼而流淚的？」

冰冰說道：「很可能是爲了你們的事，爲了沈璧君。」

蕭十一郎冷笑道：「誰會爲了我們的事而流淚？別人連開心都來不及，我就算死在路上，也絕沒有人會掉一滴眼淚的。」

冰冰道：「至少我……」

她本來彷彿是想說：「我會掉淚的。」但也不知爲了什麼，突然改變了話題，一雙美麗的眼睛裡，似也露出種奇怪的悲傷之意。

難道她也在為自己的命運悲傷惋惜？

「可是她卻掉了眼淚，所以我認為她不但認得你們，而且一定對沈姑娘很關心。」

蕭十一郎道：「也許她是為了別的事。」

冰冰道：「剛才這裡並沒別的事能令人流淚的。」

蕭十一郎道：「所以你認為她是沈璧君的朋友？」

冰冰道：「一定是。」

蕭十一郎的眼睛已亮了起來，道：「她既然被人制住了穴道，沈璧君當然也很可能受了那個人的威脅的。」

冰冰道：「所以她剛才才會對你那樣子。」

蕭十一郎的臉也已因興奮而發紅，喃喃道：「也許她並不是真的想對我那麼無情的，我剛才為什麼偏偏沒有想到？」

冰冰道：「因為你心裡有條毒蛇。」

蕭十一郎道：「毒蛇？」

冰冰道：「懷疑和嫉妒，就是你心裡的毒蛇。」她幽幽的嘆息了一聲，輕輕道：「由此可見，你心裡還是忘不了她的，否則你也不會懷疑她，不會嫉妒那個男人了。」

蕭十一郎沒有否認，也不能否認。

冰冰道：「你既然忘不了她，爲什麼不去找她呢？現在就去找，一定還來得及。」

蕭十一郎霍然站起，又慢慢的坐下，苦笑道：「我怎麼找？」

他的心顯然已亂了，已完全沒有主意。

冰冰道：「她們是坐馬車走的。」

蕭十一郎道：「是輛什麼樣的馬車？」

冰冰道：「是輛很新的黑漆馬車，拉車的馬也是全身漆黑，看不見雜色，馬車的主人，一定是很有身分的人，這麼樣的馬車並不難找。」

蕭十一郎又站了起來。

冰冰道：「可是我們最好還是先去問問我們的車伕小宋。」

蕭十一郎道：「爲什麼？」

冰冰道：「車伕和車伕總是比較容易交朋友的，他們在外面等主人的時候，閒著沒事做，話也總是特別多，所以小宋知道的也可能比我們多。」

她的確細心，不但細心，而且聰明。

像這麼樣一個女孩子，別人本該爲她驕傲才是。

可是蕭十一郎看著她的時候，爲什麼總是顯得很惋惜，很悲傷呢？

小宋道：「那個車伕是個很古怪的人，我們在聊天的時候，他總是板著臉，連聽都不願聽，別人要跟他搭訕，他也總是不理不睬，就好像有人欠他三百吊錢沒還他一樣。」

這就是小宋對花如玉那車伕的描述。

他知道的並不比冰冰多。

蕭十一郎剛覺得有些失望，小宋忽然又道：「這三天來，他們總是很早就來了，很晚才回去，就好像在等人一樣。」

冰冰立刻問：「他們已接連來了三天？」

「是。」

冰冰道：「他們已很引人注意，若是一連來了三天，這地方的掌櫃就很可能知道他們的來歷了。」

九　牡丹樓風波

牡丹樓的掌櫃姓呂。

呂掌櫃道：「那兩位蒙著黑紗的姑娘，這三天的確每夜都來，叫了一桌子菜，卻又不吃不喝，每天都要等到打烊時才走，可是他們給的小賬很多，所以每個伙計都很歡迎他們。」

冰冰道：「賬是誰付的？」

呂掌櫃道：「是跟他們來的那位年輕後生。」

冰冰又問：「你知不知道這三天來，她們晚上都住在哪裡？」

呂掌櫃道：「聽說他們在連雲棧包下了個大跨院，而且先付了十天的房錢。」

冰冰還不放心：「你這消息是不是可靠？」

呂掌櫃笑了：「當然可靠，連雲棧的掌櫃，是我的大舅子。」

連雲棧的掌櫃姓牛。

牛掌櫃道：「那兩位臉上蒙著黑紗的姑娘，可真是奇怪，白天她們連房門都不出，連飯都是送到屋裡去吃的，一到天快黑的時候，就上牡丹樓，來了這三天，這裡還沒有人聽她們說過一句話。」

冰冰道：「她們住在哪間屋子？」

牛掌櫃道：「就在東跨院，整個院子她們都包了下來。」

冰冰又問：「今天晚上她們回來了沒有？」

牛掌櫃道：「剛回來！」他搔著頭，又道：「她們既然是從牡丹樓回來的，本該已吃得很飽才對，可是她們回來了，偏偏又叫了一整桌酒菜。」

冰冰笑道：「那桌菜也許是叫給我們來吃的。」

牛掌櫃道：「她們知道兩位會來？」

冰冰道：「不知道。」

牛掌櫃吃驚的看著她，他忽然發覺這地方的怪人愈來愈多了。

屋子裡燈火輝煌，鋪著大紅桌布的圓桌上，果然擺滿了酒菜。

剛才像奴才般站在身後的那個很年輕、很好看的少年，現在已換了身鮮明而華貴的衣裳，正坐在那裡斟酒。

他倒了三杯酒，忽然抬起頭，對著窗外笑了笑，道：「兩位既然已來了，爲什麼不進來喝杯酒？」

蕭十一郎的確就在窗外。

他也笑了笑，道：「有人請我喝酒，我是從來不會拒絕的。」

門沒有拴。

桌旁也擺著三張椅了。

花如玉含笑揖客：「請坐。」

蕭十一郎就坐下：「你知道我們會來？」

花如玉笑道：「我本來就在恭候兩位的大駕。」

蕭十一郎目光如炬般盯著他：「這兩個位子就是爲了我們準備的？」

花如玉道：「正是。」

冰冰忽然笑了笑，道：「沈姑娘她們跟著公子，難道公子從來也不讓她們坐下來吃飯的？」

花如玉嘆息了一聲道：「我沒有替她們準備位子，只因爲她們已不在這裡。」

蕭十一郎臉色變了。

他本不是時常會變色的人，但現在臉色卻變得很可怕：「難道她們已走了？」

花如玉點點頭，道：「剛走的。」

蕭十一郎道：「你就讓她們走了？」

花如玉苦笑道：「在下既不是土匪，也不是官差，她們要走，在下怎麼留得住她們？」

蕭十一郎冷笑。

花如玉道：「蕭大俠莫非不相信我的話？」

蕭十一郎道：「你看來的確不像土匪，只不過人不可貌相，這句話你想必也知道。」

花如玉道：「在下有什麼理由要對蕭大俠說謊？」

蕭十一郎道：「因爲你不願讓我看到她們。」

花如玉道：「在下若不願讓蕭大俠見著她們，爲什麼要回到這裡來？爲什麼要在這裡恭候蕭大俠的大駕？」

蕭十一郎說不出話了。

花如玉嘆了口氣，道：「在下在此相候，爲的就是要向蕭大俠解釋剛才的誤會。」

蕭十一郎冷冷道：「剛才有什麼誤會？」

花如玉道：「在下與沈姑娘相識，只不過三五天而已。」

蕭十一郎道：「哦？」

花如玉道：「沈姑娘本來一直都在跟著櫻、柳兩位老前輩。」

蕭十一郎動容道：「紅櫻綠柳？」

花如玉點點頭，道：「蕭大俠若是不信，隨時都可以去問他們，這兩位前輩總是不會說謊的。」

蕭十一郎道：「她怎麼又跟你到這裡來了？」

花如玉遲疑著，彷彿覺得很難出口。

蕭十一郎道：「你不說？」

花如玉苦笑道：「不是在下不肯說，只不過……」

蕭十一郎道：「不過怎麼樣？」

花如玉道：「只不過在下唯恐蕭大俠聽了，會不高興。」

蕭十一郎道：「你若不說，我才會生氣，我生氣的時候，總是很不講理的。」

花如玉又遲疑了很久，嘆道：「江湖傳聞，都說連城璧連公子已到了這地方，沈姑娘聽見了這消息，就一定要隨在下到這裡來。」

蕭十一郎的臉色又變了。

花如玉的話，就像是一把刀，一把比割鹿刀更可怕的刀。

他忽然覺得全身都已冰冷。

沈璧君若是為了別人而變的，他還有話說，可是連城璧……

花如玉嘆息了一聲，似也對他很同情，勉強笑道：「她的人雖已不在，酒卻還在，蕭大俠不如先開懷暢飲幾杯，遣此長夜。」

蕭十一郎道：「好！我敬你三杯。」

花如玉立刻舉杯笑道：「恭敬不如從命，請。」

蕭十一郎道：「這酒杯不行。」

花如玉怔了怔：「為什麼不行？」

蕭十一郎道：「這酒杯太小。」

他忽然將桌上的一海碗魚翅、一海碗丸子、一海碗燕窩鴨絲，全都潑在地上，在三個碗裡倒了滿滿三海碗酒。

「我敬你的，你先喝。」

花如玉苦著臉，看著桌上的三碗酒，終於長長嘆了口氣，道：「好，我喝。」

他苦著臉，就像喝藥一樣，總算將三大碗酒全都喝了下去。

蕭十一郎也喝了三碗，又倒了三碗，道：「這次該你敬我了，主人當然也得先喝。」

花如玉好像吃了一驚：「再喝這三碗，在下只怕就不勝酒力了。」

蕭十一郎瞪眼道：「我敬了你，你難道不敬我？你看不起我？」

花如玉只有苦笑，道：「好，我就回敬蕭大俠三碗。」

他硬起頭皮，捧起了一大碗酒，就像是喝毒藥一樣喝了下去。

可是等到喝第二碗時，他喝得忽然痛快起來了，毒藥像是已變成了糖水。

一個人若是已有了七八分酒意時，喝酒本就會變得像喝水一樣。

等蕭十一郎喝了三碗，花如玉居然又笑道：「來，我們再來三碗，蕭大俠請。」

蕭十一郎瞪著他，忽然道：「我還有兩件事要告訴你。」

花如玉道：「好，我聽。」

蕭十一郎道：「第一，我既不是大俠，也從來不做大俠。第二，我若發現你對我說了一個字謊話，我就把你這根大舌頭割下來，你明白了麼？」

花如玉的舌頭果然已大了，拚命的點頭，道：「我明白了，可是我還有點不明白。」

蕭十一郎道：「什麼事不明白？」

花如玉吃吃的道：「她既然是為連城璧來的，現在想必也是為了連城璧走的，你為什麼不去找他們，反而找我來出氣？」

一句話沒說完，他的人已倒了下去。

蕭十一郎鐵青著臉，忽然將桌上的十來碗菜全都用那大紅桌布包起來，道：「你既然有心要請我，吃不完的我就帶走了。」

花如玉沒有反對，他的人已倒在地上，爛醉如泥。

蕭十一郎仰面大笑了三聲，居然真的提起包袱，拉著冰冰揚長而去。

等他們去遠了，晚風中忽然有一陣蒼涼的悲歌遠遠傳來。

後面的門簾裡一個人卻在輕輕嘆息：「這樣的惡客，倒還真少見得很。」

門簾掀起，心心走了出來，忽然向地上的花如玉笑了笑，道：「現在惡客已走了，你還不醒？」

花如玉居然真的立刻就醒了，從地上一躍而起，搖著頭笑道：「這個人好厲害，居然真要灌醉我。」

心心嫣然道：「只可惜你的酒量遠比他想像中要好得多。」

花如玉大笑道：「我這個人卻比他想像中要壞得多。」

心心道：「江湖中若再要選十大惡人，你一定是其中之一。」
花如玉道：「你呢？」
心心道：「我當然也跑不了的。」
花如玉道：「沈璧君是不是已走了？」
心心點頭，道：「我已叫白老三帶著她走了，也已將你的吩咐告訴了白老三。」
花如玉道：「那個女瘋子呢？」
心心道：「我怕男瘋子到後面去找她，所以只好先請她到床底下去休息休息。」
花如玉道：「現在你已可請她出來了。」
心心道：「然後再請她幹什麼？」
花如玉道：「然後再請她洗個澡，好好的替她打扮打扮。」
心心又笑了，道：「我也聽說一個人要進棺材的時候，總是要先打扮打扮的。」
花如玉道：「我還不想她進棺材。」
心心板起了臉，道：「爲什麼？」
花如玉道：「因爲她還很値錢。」
心心道：「你難道想賣了她？」
花如玉道：「嗯。」
心心的眼睛亮了起來：「賣給誰？」

花如玉道：「據我所知，有個老色鬼想她已想了很多年。」
心心道：「是什麼樣的老色鬼？」
花如玉微笑道：「當然是個有錢的老色鬼，而且也捨得花錢的。」
心心看著他，吃吃的笑道：「你真是個大惡人。」
花如玉淡淡道：「我本來就是的。」
心心笑道：「你在打什麼算盤，蕭十一郎只怕連做夢都想不到。」

蕭十一郎什麼都沒有想。
他只覺得腦袋裡空空蕩蕩的，整個人都空空蕩蕩的，走在路上，就好像走在雲堆裡一樣。
他堅持不肯坐車，他說這條路就像是剛被水洗過的，仲秋的夜空也像是剛被水洗過的，能在這樣的秋空下，這樣的石板路上走走，比坐八人抬的大轎還愜意。
所以他們坐來的馬車，就只有先回去，所以冰冰也在旁邊陪著他走。
走了一段路，他忽然問：「你餓不餓？」
冰冰搖了搖頭。
蕭十一郎搖著手裡的包袱，道：「我只不過想提醒你，這裡面有燉雞、燒肉、水晶肘子、糖醋魚，還有一整隻八寶鴨子，你若是餓了，隨便想吃什麼，這裡面都有。」
冰冰看著他手裡這個湯汁淋漓的包袱，想笑，卻笑不出。

她了解他現在的心情，她知道他現在也許連哭都哭不出。

蕭十一郎忽然在路邊坐了下來，看著星光燦爛的秋空，癡癡的出了半天神，喃喃道：「我剛才應該弄他一罈酒出來的，在這裡喝酒真不錯。」

冰冰在聽著。

蕭十一郎笑了笑，又道：「其實無論在什麼地方，只要有酒喝都不錯。」

他笑得也不像是在笑，這種笑令別人看了只想哭。

——她既然是爲了連城璧而來，現在當然是找連城璧去了。

——他本來就是溫良如玉的君子，他們本就是恩愛的夫妻，她雖然一時糊塗，現在總算已想通了。

——她終於已發現他才是値得自己倚靠的人。

蕭十一郎從包袱裡抓出隻燉雞，看了看，用力摔了過去。

冰冰也坐了下來，在旁邊靜靜的看著他，忍不住問道：「那個人說的話，你真相信？」

蕭十一郎道：「我連一個字都不信。」

冰冰道：「既然不信，爲什麼要走？」

蕭十一郎說道：「你難道要我陪著他躺在地上睡覺？」

冰冰道：「你爲什麼不到後面去找？」

蕭十一郎道：「找也找不到的。」

冰冰道：「你還沒有找，怎麼知道找不到？」

蕭十一郎道：「像他那種人，若是不願讓我見到她們，我怎麼找得到？」

冰冰道：「你看得出他是個很狡猾的人？」

蕭十一郎點點頭，道：「我第一眼看到他時，就想到了一個人。」

冰冰道：「誰？」

蕭十一郎道：「小公子，那個比毒蛇還毒一百倍的小公子。」

只要一提小公子，他好像就忍不住要打冷戰。

冰冰道：「那個人當然不是小公子。」

蕭十一郎搖搖頭，道：「他是個男人。」

小公子卻是個女人，是個看來就像是隻小鴿子，其實卻是食屍鷹的女人。

直到現在，沈璧君做噩夢的時候，還常常會夢見她，雖然她已經死了，死在連城璧的袖中劍下。

蕭十一郎道：「那個男人長得雖然娘娘腔，卻是個貨真價實的男人。」

冰冰道：「你能確定？」

蕭十一郎道：「無論他是女扮男裝也好，是男扮女裝也好，我有個法子，一試就能試出他究竟是男是女來。」

冰冰道：「哦？」

蕭十一郎笑道：「我這個法子也是獨門秘方，次次見效，從來也沒有失靈過一次。」

冰冰忍不住問道：「是什麼法子？」

蕭十一郎道：「摸他一下。」

冰冰的臉紅了。

蕭十一郎道：「我剛才已乘你不注意的時候，摸了他一下。」

冰冰紅著臉道：「我看你一定也醉了。」

蕭十一郎瞪眼道：「誰說我醉了，我現在簡直清醒得像貓頭鷹一樣。」

冰冰道：「你不醉的時候，沒有這麼壞的。」

蕭十一郎瞪著她，忽然露出牙齒笑一笑，道：「你真的以爲我是個好人？」

冰冰輕輕的嘆了口氣，柔聲道：「不管別人怎麼樣看你，只有我知道，你是個……」

她的話還沒有說完，忽然聽見一陣車輪馬蹄聲。

一輛黑漆大車，從他們面前的道路上，急馳而過。

冰冰失聲道：「這就是剛才那個人的馬車。」

蕭十一郎道：「哦？」

冰冰道：「三更半夜的，他們如此急著趕車，是去幹什麼呢？」

蕭十一郎道：「也許車上沒有人。」

冰冰道：「有人。」

蕭十一郎道：「你看見了？」

冰冰道：「我只要　看車輪後帶起的沙塵，就知道車上是不是有人了。」

蕭十一郎苦笑道：「看來你的眼睛比大盜蕭十一郎還厲害。」

冰冰終於笑了笑，道：「至少比一個喝醉了的大盜蕭十一郎厲害些。」

蕭十一郎道：「我們追上去看看好不好？看那小子究竟在玩什麼花樣？」

但這時馬車早已消失在黑暗中，連聲音都已漸漸聽不見了。

蕭十一郎跳起來，又坐下。

——追上了又怎麼樣？看見了又怎麼樣？

——剛才在牡丹樓上，她豈非已明明拒絕了我？

蕭十一郎又從包袱裡撈出個八寶鴨子，拚命般的吃了起來。

吃，有時的確可以穩定一個人的情緒。

冰冰卻在沉思著，緩緩道：「他一定沒有看見我們，一定認爲我們早已坐車走了。」

蕭十一郎的嘴裡塞滿了八寶鴨子。

他本來很喜歡吃八寶鴨子，但現在卻覺得嘴裡塞著的，好像全是木頭一樣。

冰冰道：「剛才趕車的那個車夫，已經不是原來那個了。」

這種事她爲什麼也要注意？

冰冰又道：「車上雖然有人，但卻好像只有一個人。」

蕭十一郎開始覺得有點奇怪了：「怎麼會只有一個人？」

冰冰也在奇怪，忽然道：「我們再回連雲棧去看看好不好？」

當然好。

她說出來的話，蕭十一郎是從不會拒絕的。

燈光還未熄，人卻已走了。

屋子是空的，廳裡沒有人，房裡也沒有人。

非但沒有人，連行李都沒有。

蕭十一郎道：「他們已全都走了。」

冰冰道：「但車上卻只有一個人。」

蕭十一郎道：「也許他們不是一路走的。」

冰冰道：「既然是一路來的，爲什麼不一路走？」

蕭十一郎眼珠子轉了轉，忽然笑道：「難道他們知道我們又回來了，都藏到床底下去了？」

他忽然跳過去，用一隻手就將那張紫檀木的木床掀了起來。

床下面當然是空的，除了灰塵外，哪裡還有什麼別的東西？

蕭十一郎本來就不是真的想從床下找出什麼東西，他只不過覺得力氣沒地方發洩而已。

但冰冰卻看見了樣東西，一樣跟灰塵顏色差不多的東西。

她過去撿了起來，才看出那只不過是根女人用的，已經很陳舊的烏木簪。

無論誰也不會對這樣一根烏簪有興趣的。

她正想再丟到床底下，蕭十一郎卻忽然一把搶了過去，只看了一眼，臉色已變了。

——蕭十一郎並不是個時常都會變色的人。

冰冰忍不住道：「你看見過這個烏木簪？」

蕭十一郎道：「嗯。」

冰冰道：「在什麼地方看見過？」

蕭十一郎道：「在一個人的頭髮上。」

冰冰道：「在誰的頭髮上？沈姑娘？」

蕭十一郎搖搖頭，嘆息著道：「你永遠猜不出這個人是誰的。」

冰冰眼珠子一轉，道：「莫非是風四娘？」

蕭十一郎又嘆了口氣，道：「你猜出來了。」

冰冰動容道：「那個連走路都要人扶的婦人，莫非就是風四娘？」

蕭十一郎好像直到現在才想到這一點，立刻跳了起來，道：「一定就是她，她剛才一定還在這裡。」

這根烏木簪雖然已很陳舊，但卻一直是風四娘最珍惜的東西。

因爲這是蕭十一郎送給她的。

「她的珠寶首飾，雖然也不知有多少，卻一直都在用這根烏木簪，若不是她已被人制住，連動都不能動，絕不會讓它掉在這裡。」

「這根烏木簪既然在床底下，她的人剛才莫非也在床底下？」

「一定是剛才我們到來的時候，被人藏在床底下的。」

「但床底下卻只能藏一個人。」

「車上也只有一個人。」

「她們的人到哪裡去了？」

蕭十一郎恨恨道：「不管怎麼樣，我們只要找到那小子，總能問得出來的。」

冰冰道：「我們只要找到那輛馬車，就能找到那個人了。」

蕭十一郎道：「我們現在就去找。」

他終於摔下了手裡的包袱，忽然發現一個人在門口看得怔住。

牛掌櫃的剛走進來，正看著滿地的魚肉發怔，看得眼睛都直了。

蕭十一郎只好朝他笑了笑，道：「我們都是很節儉的人，吃不完的菜，我們總是帶著走的。」

牛掌櫃也勉強笑了笑。

他本是帶著伙計來收拾屋子，檢點東西的，卻想不到莫名其妙走了幾個，又回來了兩個。

蕭十一郎也實在不願再看見他臉上的表情，拉著冰冰就走。

牛掌櫃忽然道：「兩位是不是要把地上這些菜再包起來，送到對面去？」

蕭十一郎的腳步立刻停下，冰冰也回過了頭：「對面？對面是什麼地方？」

「兩位難道不知道？兩位姑娘已搬到對面的跨院去了？」

蕭十一郎的眼睛亮了起來，忽然拍了拍牛掌櫃的肩，笑道：「你是個好人，我喜歡你，這些菜我都送給你帶回去宵夜了，你千萬別客氣。」

牛掌櫃看著地上一大堆爛泥般的菜，發了半天怔，滿臉哭笑不得的表情，等他再抬起頭的時候，人已不見了。

一個伙計剛進來，準備收拾屋子，牛掌櫃忽然也拍了拍他的肩道：「這些菜都送給你帶回去宵夜，你千萬別客氣。」

十 割鹿刀

西面的跨院裡卻沒有點燈。

沒有燈，有人。

一株梧桐，孤零零的佇立在月光下，窗紙上零零落落的有幾片梧桐的影子。

窗子是關著的，門也關著。

冰冰拉住了蕭十一郎的手，悄悄道：「屋裡這麼黑，可能有埋伏。」

蕭十一郎點點頭。

冰冰道：「我們絕不能就這樣衝進去。」

這次蕭十一郎卻沒有聽她的話，突然甩脫了她的手，衝過去，一拳打開了門。

黑暗中突然有個人冷冷道：「站在那裡莫要動，否則我就宰了她。」

蕭十一郎居然笑了笑，道：「你敢殺了她？難道你也想死？」

愈危險的時候，他反而往往會笑，因爲，他知道笑不但能使自己情緒穩定，也能使對方摸不清他的虛實。

黑暗中的人果然沉默了下來，他的笑果然給了這人一種說不出的壓力。

可是他也沒有再往前走，他並不想看著這人出手。

忽然間，燈光亮了。

一個人手裡掌著燈，燈光就照在她臉上。

一張甜笑而俏皮的臉，漆黑的頭髮，梳著根烏油油的辮子，笑起來就像是春天的花朵。

風四娘就坐在她身邊，打扮得就像是個新娘子一樣，但卻木頭人般坐在那裡，動也不動。

心心本來是想帶她走的，只可惜既不能解開她的穴道，也沒法子揹起她。

縱然能抱著她，也一定會被追上。

所以風四娘終於看見了蕭十一郎，蕭十一郎也終於看見了風四娘。

風四娘並沒有老，看來甚至比兩年前還年輕了些。

她的眼睛還是那麼亮，此刻正在看著蕭十一郎，眼睛帶著種誰也說不出有多麼複雜的表情，也不知是歡喜還是悲傷？是感動還是埋怨？

蕭十一郎還在微笑著，看著她，喃喃道：「這個人爲什麼愈來愈年輕了？難道她真是女妖怪？」

就在這一瞬間，他忽然又變成了以前的那個蕭十一郎了。

他身上這套乾淨筆挺，最少値八十兩銀子一套的衣服，現在又好像剛在泥裡打過滾出來，臉上又露出了那種懶洋洋的，好像天塌下來也不在乎的微笑。

風四娘全身的血似已忽然沸騰了起來，恨不得立刻衝過去，撲在他懷裡，又恨不得用力咬他一口，再給他個大耳光。

她每次看見他的時候，心裡都有這種感覺，這究竟是愛？還是恨？她自己永遠也分不清。

心心的一雙大眼睛，也盯在蕭十一郎臉上，忽然嘆了口氣，道：「蕭十一郎真不愧是蕭十一郎，難怪有這麼多人愛他，又有這麼多人恨他。」

蕭十一郎剛才看了她一眼，只一眼就似已將她這個人從頭到腳都看清楚了。

心心又嘆道：「他的這雙眼睛果然真要命，要看人的時候，就好像人家身上沒穿衣服一樣。」

蕭十一郎也嘆了口氣，道：「只可惜你還是個孩子，否則……」

心心故意挺起了胸，用眼角瞟著他，道：「否則你想怎麼樣？」

蕭十一郎忽然沉下了臉，冷冷道：「否則你現在早已死了三次。」

心心臉色變了變，又笑道：「只可惜你還沒有走過來，風四娘也死了三次。」

蕭十一郎冷笑道：「你也敢殺人？」

心心道：「我不敢。」她又笑了笑，接著道：「我也不敢吃肉，我怕胖，可是我每天都吃肉。」

蕭十一郎道：「你殺過人？」

心心道：「殺的不多，到現在爲止，一共還不到八十個。」

蕭十一郎居然也笑了笑，道：「我喜歡殺過人的人。」

心心覺得奇怪了：「你喜歡？」

蕭十一郎道：「只有殺過人的人，才知道被人殺是件很苦的事。」

心心承認：「的確很苦，有些人臨死的時候，連褲襠都會濕的。」

蕭十一郎道：「所以你當然不想要我殺你。」

心心笑道：「無論誰想殺我，我都會難受的，你也不例外。」

蕭十一郎道：「所以我們不妨談個交易。」

心心道：「什麼交易？」

蕭十一郎道：「你現在若要走，我絕不攔你，你說不定就可以太太平平的活到八十歲。」

心心道：「這交易好像很公道。」

蕭十一郎道：「公道極了。」

心心道：「可是我也想跟你談個交易。」

蕭十一郎道：「哦！」

心心道：「你現在若要走，我也絕不攔你，風四娘說不定就可以太太平平的活到八十歲了。」

蕭十一郎大笑，道：「這交易好像也很公道。」

心心道：「公道極了。」

蕭十一郎大笑著，好像還想再說什麼，可是他的笑聲卻又突然停頓。

就在他笑聲停頓的這一瞬間，窗外已有個人緩緩道：「無論你們談什麼交易，我都抽三成。」

說話的聲音並不大。

因爲他知道自己說話的聲音無論多輕，別人都一定會注意聽的。

只有那些對自己的力量毫無自信的人，說話才會大聲窮吼，生怕別人聽不見。

蕭十一郎嘆了口氣，他知道自己又遇見了個很難對付的人。

這個人看起來卻並不像很難對付的樣子。

他看來並不太老，也並不太年輕，身上穿的衣服並不太華麗，也並不太寒酸，身材並不太胖，也並不太瘦，說話很溫柔，態度也很和氣。

他正是那種你無論在任何城市中，都隨時可能看見的一個普通人。

一個很普通的生意人，有了一點點地位，也有了一點點錢，有個很賢惠的妻子，有三四個孩子，也許還有一兩個婢妾，很可能是家小店舖的老闆，也很可能是家大商號的掌櫃。

他看來甚至比牡丹樓的呂掌櫃，和這客棧的牛掌櫃更像是個掌櫃的。

他唯一不像生意人的地方，就是他走進這屋子來的地方。

開始說話的時候，他還在後面的一扇窗戶外，但是這句話剛完，他的人已從前面的門外走了進來。

他走得並不快，卻也不慢，恰好走到蕭十一郎身旁時，就停了下來。

微笑著抱了抱拳，道：「我姓王，王萬成。」

王萬成，這也正是那種你隨時都會聽到，也隨時都會忘記的普通名字。

蕭十一郎並沒有說「久仰」，因爲他根本就不知道江湖中有這麼樣一個人。

王萬成微笑著，又道：「各位想必都沒有聽說過江湖中有我這麼樣一個人。」

蕭十一郎承認。

王萬成道：「但我卻已久仰各位了。」

蕭十一郎道：「哦。」

王萬成道：「各位都是江湖中鼎鼎大名的人物，尤其是風四娘和蕭十一郎。」

心心忽然道：「你既然知道他就是蕭十一郎，他跟我談交易，你還敢抽三成？」

王萬成微笑道：「就算是天王老子，在這裡談交易，我也抽三成。」

他的聲音還是很溫柔，態度還是很和氣，但這句話卻已不像是生意人說的了。

心心眨著眼，道：「這是你的地盤？」

王萬成道：「不是。」

心心道：「既然不是你的地盤，我們談交易，你爲什麼要抽三成？」

王萬成道：「不爲什麼，我就是要抽三成。」

心心笑了，道：「我本來以為你是個很講理的人，誰知道你簡直比強盜還橫。」

王萬成道：「我不是強盜，強盜十成全要，我只抽三成。」

心心道：「你知道我們談的交易是什麼？」

王萬成點點頭，道：「是風四娘。」

心心道：「這種交易你也能抽三成？」

王萬成道：「我只要她一條大腿，半邊胸脯，一雙眼睛。」

心心笑道：「你把她當做什麼了？一隻雞？」

王萬成道：「若是一隻雞，我就要脖子，不要眼睛，雞眼睛吃不得。」

心心眼珠子轉了轉，忽然道：「好，我讓你抽好了。」

王萬成道：「我抽的本不多。」

心心道：「卻不知你要她左腿，還是右腿？」

王萬成道：「左右都行。」

心心道：「左腿的肉鬆些，你若要左腿，我還可以奉送一雙耳朵給你。」

王萬成道：「多謝。」

心心道：「你有沒有刀？」

王萬成道：「沒有。」

心心道：「蕭十一郎有，你為什麼不借他的刀一用？」

王萬成居然真的向蕭十一郎笑了笑，道：「我用過就還你。」

蕭十一郎一直靜靜的聽著，臉上一點表情也沒有，這時才淡淡道：「無論誰要借我這把刀，都得要有抵押的。」

王萬成道：「你要什麼抵押？」

蕭十一郎道：「我只要你一雙手，半個腦袋。」

王萬成聲色不動，微笑道：「那也得用刀才割得下來。」

蕭十一郎道：「我有刀。」

王萬成道：「你爲什麼不來割？」

蕭十一郎道：「好。」

他的手已握著刀柄。

就在這時，那牛掌櫃忽然衝了進來，大聲道：「這裡是客棧，大爺們若要割人的腦袋，千萬要換個地方，若是在這裡殺了人，這地方還有誰敢來住？」

他衝過來，擋在蕭十一郎面前，打躬作揖，差點就跪了下去：「求求大爺，你千萬做做好事，千萬不要在這裡動刀。」

這句話還沒有說完，他脖子後的衣領裡已射出了三枝「低頭緊背花裝弩」，左右雙手的衣袖裡，也各射出了三根袖箭，手腕接著一翻，左手三枝金錢鏢，右手三塊飛蝗石。

三五一十五件暗器，突然間已同時發出，擊向蕭十一郎上下十五處要穴。

兩人距離遠不到三尺，暗器的出手又狠又快，無論誰想避開這十五件暗器都難如登天。

所以，蕭十一郎根本沒有閃避——也根本用不著閃避。

刀光一閃，三根花裝弩、三枚金錢鏢、三塊飛蝗石、六根袖箭，竟都被他一刀削成了兩半，雨點般落下。

刀光再一閃，已到了牛掌櫃的咽喉。

牛掌櫃的臉色已發綠。

只聽一個人冷冷道：「我這把刀雖比不上割鹿刀，但要割掉一個人的腦袋，倒也很容易。」

這是呂掌櫃的聲音，牡丹樓的呂掌櫃。

他手裡也有柄刀，刀已架在冰冰的咽喉上。

冰冰的人似已結成了冰，動也不動的站在那裡。

再看王萬成，已經到了風四娘身後，微笑著道：「有些人不用刀也一樣能夠殺人的，我殺人就一向不用刀。」

蕭十一郎的人也似結成了冰。

心心看著他，輕輕的嘆了口氣，道：「看來這次你已輸定了。」

蕭十一郎道：「你呢？」

心心嘆道：「我也輸了，而且輸得很服氣。」

蕭十一郎道：「哦？」

心心道：「我已來了四五天，竟一直都沒有看出這兩位掌櫃的全是高手，所以我輸得口服心服，根本無話可說。」

王萬成道：「現在的贏家是我們，只有贏家才有資格說話。」

蕭十一郎道：「我在聽。」

王萬成道：「你想不想她們活著？」

蕭十一郎道：「想。」

王萬成道：「那麼你先放了牛掌櫃。」

蕭十一郎道：「行。」

一個字說出，他的刀已入鞘。

王萬成道：「還有你的刀。」

蕭十一郎道：「刀在。」

王萬成道：「交給他帶過來。」

蕭十一郎道：「行。」

他連考慮都沒有考慮，就解下了他的刀。割鹿刀。

牛掌櫃接過了刀，眼睛立刻亮了。

就是這柄刀，曾經令天下英雄共逐，刀上也不知染了多少英雄的血。

就是這柄刀，在江湖中也不知造成了多少驚天動地的大事。

現在這柄刀竟已到了他手裡。

他緊緊握著刀，全身都已因興奮而發抖，他幾乎不能相信這是真的。

心心眼睛裡也不禁露出羨慕之色，輕輕嘆息，道：「若有人肯爲我而捨棄割鹿刀，我就算要爲他死，也是心甘情願的了。」

王萬成微笑著道：「想不到蕭十一郎竟是個如此多情多義的人。」

他的眼睛也盯在刀上。

牛掌櫃遲疑著，終於捧著刀，走了過去。

蕭十一郎突然道：「等一等。」

牛掌櫃沒有等，他的身子已竄起，但就在這時，一隻手突然伸過來，在他肘上輕輕一托。

他的人竟不由自主，凌空翻了個身，落下來時，手裡的刀已不見了。

刀又到了蕭十一郎手裡。

他隨隨便便的就將這柄刀送了出去，隨隨便便的又將這柄刀要了回來，竟好像將這種事當做了兒戲一樣。

王萬成皺眉道：「你捨不得了？」

蕭十一郎笑了笑，道：「刀本不是我的，我爲何捨不得？」

王萬成道：「既然捨得，為何又奪回去？」

蕭十一郎淡淡道：「我能送出去，就能奪回來，能奪回來，也能再送出去。」

王萬成道：「很好。」

蕭十一郎道：「只不過我想先問清楚一件事。」

王萬成道：「你問。」

蕭十一郎道：「據說近年來江湖中出了個很可怕的人，叫軒轅三成。」

王萬成也在聽著。

蕭十一郎道：「無論黑白兩道的交易，只要被他知道，他都要抽三成，若有人不肯答應，不出三日，就屍骨無存。」

王萬成嘆道：「好厲害的人。」

蕭十一郎道：「據說這人不但武功高絕，而且行蹤詭秘，能見到他真面目的人並不多。」

王萬成道：「難道你想見見他？」

蕭十一郎道：「據說他很喜歡姑蘇這地方，每當春秋佳日，他總會到這裡來住一陣子。」

王萬成道：「所以你也來了。」

蕭十一郎道：「我想來跟他談個交易。」

王萬成道：「什麼交易？」

蕭十一郎道：「江湖中每天也不知有多少交易，若是每筆交易都能抽三成，只抽一天，就已可終生吃喝不盡，何況他已抽了兩年。」

王萬成道：「所以你也想來抽他三成？」

蕭十一郎道：「抽他七成。」

王萬成道：「七成？」

蕭十一郎道：「他既然只要三成，我就讓他留三成。」

王萬成道：「他肯答應？」

蕭十一郎道：「他若不肯答應，不出三日，我也叫他屍骨無存。」

王萬成笑了，道：「幸好我不是軒轅三成，我是王萬成。」

蕭十一郎道：「但你卻一定是他手下的人。」

王萬成道：「哦？」

蕭十一郎道：「你豈非也只抽三成？」

王萬成終於嘆了口氣，道：「看來無論什麼事都很難瞞得過你。」

蕭十一郎道：「的確很難。」

王萬成道：「你想要我帶你去找他？」

蕭十一郎點點頭。

王萬成道：「你想我會答應？」

蕭十一郎道：「你若不答應，現在我就要你屍骨無存。」

王萬成又笑了，道：「你不怕我先殺了她們？」

蕭十一郎道：「不怕。」

王萬成沉下了臉，道：「先割下這位冰冰姑娘一隻耳朵來，讓他看看。」

呂掌櫃微笑道：「這柄刀雖然不如割鹿刀，要割人耳朵，倒也方便得很。」

他的刀鋒一轉，竟真的向冰冰左耳削了下去。

冰冰一直都安安靜靜的站在那裡，就好像是只能聽人宰割的小鴿子。

但就在這時，她腳步忽然輕輕一滑，左手在呂掌櫃肘上輕輕一托。

呂掌櫃竟也不由自主，凌空翻了個身，手裡的刀竟已到了冰冰手裡。

只見刀光一閃，左耳忽然一片冰冷。

等他落下來時，冰冰竟又將刀塞回他手裡，刀尖上赫然挑著隻血淋淋的耳朵。

不是冰冰的耳朵，是他自己的耳朵。

冰冰又安安靜靜的站在那裡，就好像是隻只能聽人宰割的小鴿子。

但呂掌櫃已知道她不是隻鴿子了。

無論誰的耳朵被人割了下來，都絕不會再將那個人當做鴿子的。

他看著刀尖上的耳朵，再看了看從耳朵上滴落下來的血——滴在他衣服上的血。

稍後他才覺得一陣劇痛，就像是一根尖針般，從他左耳直刺入腦裡。

他突然暈了過去。

牛掌櫃的臉色又開始發綠。

一個人在真正恐懼的時候，臉色並不是發青，而是發綠。

一種很奇怪的慘綠色，若沒有親眼看見過的人，很難想像那是種什麼樣的顏色。

心心的臉色也有點變了，嘆息著道：「看不出這位弱不禁風的姑娘，居然也是位身懷絕技的高手，看來我這雙眼睛簡直該挖出來才對。」

冰冰看著她，柔聲道：「你真的想挖出來？」

心心立刻搖頭：「假的。」

冰冰道：「我不喜歡聽人說假話。」

心心一句話都不再說，忽然扭過頭，像隻中了箭的兔子般，竄了出去。

蕭十一郎嘆了口氣，他忽然發現要女人對付女人，通常都比男人有效得多。

王萬成也嘆了口氣，道：「我一向以爲風四娘已是江湖中最兇的女人，想不到還有你。」

冰冰道：「你還想不想要人割我的耳朵？」

王萬成道：「不想。」

冰冰道：「你肯帶我們去找軒轅三成？」

王萬成道：「我不肯。」

冰冰道：「你想怎麼樣？」

王萬成道：「我還有最後一注，想跟你們再賭一賭。」

冰冰道：「你的賭注是什麼？」

王萬成道：「風四娘。」他笑了笑，又道：「我殺了風四娘，你當然不會傷心，可是蕭十一郎……你總該知道蕭十一郎是個多情的人。」

冰冰不能否認。

蕭十一郎道：「你若殺了風四娘，你也得死。」

王萬成道：「所以我並不想殺她，只想用她來跟你賭一賭。」

蕭十一郎道：「賭什麼？」

王萬成道：「賭你的刀。」

蕭十一郎道：「怎麼賭？」

王萬成道：「你既然能在三招中擊敗伯仲雙俠，當然也能在三招中擊敗我的，我只不過是個無名小卒而已。」

自己說自己是個無名小卒的人，想必就一定有兩下子。

蕭十一郎明白這道理，可是他現在似已沒有選擇的餘地。

王萬成道：「我若勝了，我就帶著風四娘同你的割鹿刀一起走。」

蕭十一郎道：「你若敗了呢？」

王萬成道：「我就先放風四娘，再帶你去見軒轅三成。」

蕭十一郎道：「你說的話算數？」

王萬成道：「我若已被你擊倒，說的話又怎麼能不算數？」他微笑著，又道：「我當然也相信你是個說話算數的人。」

蕭十一郎道：「三招？」

王萬成道：「刀還在你手裡，你還可以用刀。」

蕭十一郎道：「你用什麼？」

王萬成嘆道：「世上還有什麼兵器能比得上割鹿刀？我又何必再用兵器？」

蕭十一郎道：「好，一言爲定。」

王萬成道：「一言爲定。」

突聽一個人嘆息著道：「蕭十一郎，這次你才是真的輸定了。」

說話的人是花如玉。

他背負著雙手，嘆息著走了進來，也不知是真的在爲蕭十一郎惋惜，還是在幸災樂禍。

不管是哪種原因，看他的神色，竟似真的算準蕭十一郎已輸定了。

冰冰忍不住問道：「你憑什麼說他已輸定了？」

花如玉道：「只憑一點。」

冰冰道：「哪一點？」

花如玉道：「近年來江湖中又出了四五個很難對付的人，軒轅三成就是其中之一。」

冰冰道：「我知道。」

花如玉道：「你知不道這個人就是軒轅三成？」

這個人就是王萬成，王萬成就是軒轅三成。

冰冰嘆了口氣，道：「其實我早該想到的。」

花如玉道：「只可惜他看來並不像是個那麼可怕的人。」

冰冰道：「就因爲他看來一點也不像，所以他才一定是軒轅三成。」

花如玉拊掌笑道：「有道理。」他忽又問道：「你知不知道我剛才到什麼地方去了？」

冰冰不知道。

花如玉道：「我剛才就是找他去了。」

冰冰道：「找軒轅三成？」

花如玉點點頭，道：「他約我去的，因爲他要跟我談個交易。」

冰冰道：「什麼交易？」

花如玉道：「他要我將風四娘賣給他。」

冰冰道：「他約你去談這交易，他自己卻到這裡來了，等你回來時，風四娘已到了他手裡，說不定連你那位姑娘都已到了他手裡，你反而要出錢向他買了。」

花如玉嘆道：「所以我現在已明白，這世上最狡猾的人也是他。」

冰冰也嘆了口氣，道：「這種外貌忠厚，內藏奸詐的人，實在比什麼人都可怕。」

花如玉忽又問道：「你知不知道昔年江湖中有十個人，號稱『十大惡人』？」

冰冰知道，沒有人不知道。

花如玉道：「你知不知道這十大惡人中，有個『惡賭鬼』軒轅三光？」

冰冰也知道。

她不但知道「惡賭鬼」軒轅三光，還知道「不吃人頭」李大嘴、「笑裡藏刀」哈哈兒、「半人半鬼」陰九幽、「不男不女」屠嬌嬌。

她當然也知道「損人不利己」白開心、「迷死人」蕭咪咪、「血手」杜殺，和那兩個從不做虧本生意的歐陽丁當兄弟。

這十個人的名字，只要是有耳朵的人，就都聽見過的。

冰冰道：「幸好他們都已死了，我已不必擔心再遇見他們。」

花如玉道：「但你卻遇見了軒轅三成。」

冰冰道：「軒轅三成和軒轅三光有什麼關係？」

花如玉道：「沒有關係，只不過軒轅三成比軒轅三光賭得更惡而已。」

冰冰道：「哦！」

花如玉道：「軒轅三光雖然是『惡賭鬼』，但每次只要一賭，就非賭到天光、人光、錢光不行，所以他自己每次也總是輸光為止。」

冰冰道：「我也聽說他雖然好賭，其實卻是個很豪爽的人。」

花如玉道：「但軒轅三成卻一點也不豪爽，若沒有十成把握，他就絕不會賭。」

冰冰道：「他有十成把握？」

花如玉道：「據我所知，他武功至少要比那伯仲雙俠高明十倍。」

冰冰也知道這並不是誇張。

軒轅三成若沒有十分驚人的武功，別人又怎肯白白的讓他抽三成？

花如玉道：「若是兩人憑功夫單打獨鬥，他也許還比不上蕭十一郎，但蕭十一郎若想在三招之內擊倒他，那簡直……」

冰冰道：「簡直比登天還難？」

花如玉道：「簡直比登天還難十倍。」

蕭十一郎忽然道：「很好。」

花如玉道：「很好？」

蕭十一郎淡淡道：「我平生最喜歡做的，就是這種比登天還難十倍的事。」

十一 久別重逢

秋夜，夜深。

風吹著梧桐，梧桐似也在嘆息。

蕭十一郎就站在梧桐下等著，軒轅三成終於慢慢的走了出來。

這個非常平凡的人，在別人眼中看來，忽然間似已變成了個非常不平凡的人。

因爲他就是軒轅三成。

他先搬了張椅子出來，牛掌櫃就扶著風四娘坐在椅子上。

風四娘眼睛裡又充滿了憂慮和關心。

她也曾恨過蕭十一郎，她恨蕭十一郎爲什麼變成這樣子，恨他爲什麼會對冰冰如此溫順？爲什麼會對沈璧君如此無情？

但只要蕭十一郎有了危險，她立刻就會變得比誰都憂鬱、關心。

花如玉看了看她，又看了看蕭十一郎，大聲嘆息著，道：「蕭十一郎，蕭十一郎。你這一戰若是輸了，風四娘一定會恨你一輩子，所以你是千萬輸不得的，只可惜你又偏偏輸定了。」

星光照在軒轅三成臉上。

這張庸俗而平凡的臉上，也彷彿忽然變得很不平凡了。

尤其是他的眼睛，他的眼睛鎮定得就像是遠山上的岩石。

蕭十一郎看著他，道：「是你先出手？還是我？」

軒轅三成道：「你。」

蕭十一郎道：「我若不出手，你就等著？」

軒轅三成道：「我不想再重蹈歐陽兄弟的覆轍。」

蕭十一郎道：「你的確比他們沉得住氣。」

軒轅三成道：「我本來還想用你對付他們的法子，說些話讓你心亂的。」

蕭十一郎道：「你爲什麼不說？」

軒轅三成笑了笑，道：「因爲我要說的，花如玉都已替我說了。」他微笑著又道：「你當然也明白，他並不是真的關心你，他希望你的心亂，希望我贏。」

花如玉大笑，道：「我爲什麼希望你贏？」

軒轅三成道：「因爲對付我比對付蕭十一郎容易，我若贏了，你還有機會將風四娘和割鹿刀奪走，只可惜……」

花如玉道：「只可惜什麼？」

軒轅三成道：「只可惜蕭十一郎現在看來並不像心已亂了的樣子，所以你最好快走。」

花如玉道：「爲什麼？」

軒轅三成道：「因爲他若贏了，你只怕休想活著走出這院子。」

花如玉道：「他贏不了的。」

軒轅三成道：「那倒未必。」

花如玉道：「你沒有把握？」

軒轅三成道：「有，只有三成。」

花如玉吃驚的看著他，忽然大聲道：「我明白了，我明白了，你……」

他沒有說完這句，因爲就在這時，本要等著蕭十一郎先出手的軒轅三成，竟已突然出手。

花如玉明白了什麼？

明明知道以靜制動，才能避開蕭十一郎三招的軒轅三成，爲什麼忽然又搶先出手？

軒轅三成本是個很溫和平凡的人，但他這出手一擊，卻勢如雷霆，猛不可當，而且招式奇詭，變化莫測，一出手就已攻出了四招。

但他卻忘記了一件事。

攻勢凌厲的招式，防守就難免疏忽，招式的變化愈奇詭繁複，就愈難避免疏忽，招式的變化愈奇詭繁複，就愈難免露出空門破綻。

何況他用的只是一雙空手，蕭十一郎手裡卻有柄吹毛斷髮，無堅不摧的割鹿刀。

他這一出手，冰冰就知道他已輸定了。

看來他竟似要以一雙空手，去奪蕭十一郎的刀。

但刀出鞘。

淡青色的刀光一閃，已有一串晶瑩鮮紅如瑪瑙的血珠濺出。

軒轅三成一聲驚呼，凌空倒掠，掠出八尺。

鮮血也跟著飛出八尺。

血是從肩頭濺出來的，他左肩至肘上，已被一刀劃出了道血口。

只有一刀，只有一招。

軒轅三成手撫著肩，肩倚著牆，喘息著道：「好，好快的刀。」

刀已入鞘。

蕭十一郎靜靜的站在那裡，看著他，眼睛裡也帶著種驚訝之色。

軒轅三成苦笑道：「這一戰我已輸了，風四娘你帶走吧！」

花如玉的臉色看來竟比這剛戰敗負傷的人更蒼白，突又大聲道：「你是故意輸給他，我早已明白了，你騙不過我。」

軒轅三成道：「我爲什麼要故意輸給他？難道我有毛病？」

花如玉道：「因爲你想要蕭十一郎來對付我，因爲你怕我對付你。」

軒轅三成道：「哦？」

花如玉道：「剛才你故意說那些話，去長蕭十一郎的威風，故意搶先出手，為的就是要故意輸給他，因為你知道他若輸了，你反而會有麻煩上身。」

軒轅三成道：「難道我不想要風四娘？不想要割鹿刀？」

花如玉道：「你當然想要，但是你也知道，要了這兩樣東西之後，我們絕不會輕易放過你，何況，風四娘本就不是你的，你這一戰雖然輸了，卻連一點損失也沒有。」

軒轅三成忽然笑了笑，道：「不管怎麼樣，我現在反正已輸了。」

這一點實在沒有人能否認。

軒轅三成道：「我已將風四娘交了出來，也已讓你們見著了軒轅三成。」他看著蕭十一郎，微笑著接道：「我說過的話都一定算數的。」

蕭十一郎也只有承認。

軒轅三成道：「現在我既已認輸了，又受了傷，你當然絕不會再難為我，就算你還有什麼事要找我，也只好等我傷癒之後再說，我相信你絕不是個言而無信，會乘人之危的人。」

他長長的吐出口氣，微笑著道：「所以現在你們已可扶我回去養傷了。」

「你們」就是牛掌櫃和呂掌櫃。

呂掌櫃當然已醒了過來，所以他們就扶著軒轅三成回去養傷了。

花如玉只有看著他揚長而去。

他沒有追，因為他知道蕭十一郎絕不會讓他走的。

蕭十一郎一雙發亮的眼睛正在盯著他。

花如玉忍不住嘆了口氣，苦笑道：「好厲害的軒轅三成，今日你放走了他，總有一天要後悔的。」

一個人戰敗之後，居然能令戰勝他的人覺得後悔，這種人世上的確不多。

花如玉道：「我也看過他對付別人的手段。」

蕭十一郎道：「哦。」

花如玉道：「他喜歡精美的瓷器，有一次寶慶的胡三爺在無意中找到了一隻『雨過天青』膽瓶，是柴窯的精品，他要胡三爺讓給他，胡三爺不肯，死也不肯。」

蕭十一郎道：「所以胡三爺就死了。」

花如玉點點頭，嘆道：「胡三爺本是他的朋友，可是他為這隻膽瓶，竟將胡三爺的滿門大小五十七口，全都殺得乾乾淨淨，而且是燒成為灰，他殺人不但一向斬草除根，而且連一根骨頭都不留下來。」

蕭十一郎道：「我也聽人說過，軒轅殺人，屍骨無存。」

花如玉道：「除了精美的瓷器外，他還喜歡有風韻的女人。」

蕭十一郎道：「哦。」

花如玉道：「據我所知，風四娘就是他最喜歡的那種女人。」

蕭十一郎道：「看來他的鑑賞力倒不差。」

花如玉道：「他想要的東西，不擇一切手段，都要得到的。」
蕭十一郎道：「哦。」
花如玉道：「他想要風四娘。」
蕭十一郎道：「哦。」
花如玉道：「所以他遲早還是會來找你，你今日放過了他，等到那一天，他卻絕不會放過你。」
蕭十一郎道：「哦。」
花如玉道：「我若是你，我就一定會殺了他。」
蕭十一郎突然冷冷道：「你若是我，是不是也一定會殺了花如玉？」
花如玉居然能不動聲色，微笑道：「你不該殺花如玉。」
蕭十一郎道：「爲什麼？」
花如玉道：「因爲風四娘是你的好朋友，你總不該讓你的好朋友做寡婦的。」
蕭十一郎道：「我若殺了你，她就會做寡婦？」
他不懂。
花如玉又笑了笑，悠然道：「難道你真的不知道她已嫁給了我？」
蕭十一郎冷笑，道：「世上的男人還沒有死光，她爲什麼要嫁給個不男不女的人？」
他不信。

花如玉還是面不改色的微笑道：「我知道你不信，但這件事卻半點不假。」

蕭十一郎道：「哦？」

花如玉道：「江湖中已有很多人知道這門親事，你不信可以問她自己，她絕不會否認的。」

蕭十一郎已開始相信。

像花如玉這樣聰明的人，當然不會說這種隨時都會被揭穿的謊話。

但他卻還是要問清楚。

所以他解開了風四娘的穴道，現在當然已沒有人阻止他：「你真的已嫁給了這個人？」

風四娘還是沒有動，只是盯著他，眼睛裡的憂鬱和關切，已變成了幽怨和憤怒。

——我爲你也不知受了多少罪，吃了多少苦，被人像粽子般塞在床下，又被人折磨成這樣子，你卻連問都不問，連一句關懷的話都沒有。

——沈璧君爲了你，更受盡折磨，現在連下落都不知道，你也問都不問，也連一句關懷的話都沒有。

——我們兩年不見，你第一句問我的，竟是這種廢話。

——你難道不知道我的心？你難道相信我會嫁給他？

風四娘咬著牙，勉強控制著自己，否則眼淚早已流下。

蕭十一郎卻又在問：「你難道真的已嫁給了這個人，你爲什麼要嫁給他？」

風四娘瞪著他，還是沒有開口。

——你若相信我，像我相信你一樣，那麼你就該想得到，我就算嫁給了他，也一定是情不得已。

——你本該同情我的遭遇，本該先替我出這口氣。

——可是你什麼都不說，卻還是要問這種廢話。

風四娘忽然伸出手，重重的給了他一耳光。

蕭十一郎怔住。

他實在想不到兩年不見，風四娘第一件對他做的事，就是給他一耳光。

風四娘已跳起來，大聲叫道：「我爲什麼不能嫁給他？我高興嫁給誰，就嫁給誰，跟你一點關係也沒有，你根本管不著。」

蕭十一郎又怔住。

風四娘道：「我嫁給他，你難道不服氣？你難道真的認爲我一輩子也嫁不出去？」

蕭十一郎只有苦笑。

風四娘道：「花如玉，你告訴他，我們……」

她的聲音突然停頓，這時她才發現花如玉早已乘機溜了。

花如玉本就是個絕不會錯過任何機會的人。

風四娘又跳起來，一把揪住蕭十一郎衣襟，道：「你……你……你怎麼讓他走了？」

蕭十一郎道：「我沒有讓他走，是他自己走的。」

風四娘道：「你爲什麼不抓住他？爲什麼不殺了他？」

蕭十一郎道：「殺了他？他是你的丈夫，你要我殺了他？」

風四娘怒道：「誰說他是我的丈夫？」

蕭十一郎道：「你自己說的。」

風四娘叫了起來，道：「我幾時說的？」

蕭十一郎道：「剛才說的。」

風四娘道：「我只不過說，我高興嫁給誰，就嫁給誰，只不過問你，我爲什麼不能嫁給他？並沒有說他是我的丈夫。」

蕭十一郎道：「這兩種說法難道還有什麼分別？」

風四娘道：「當然有分別，而且分別很大！」

蕭十一郎說不出話來了，他實在分不出這其中的分別在哪裡。

幸好他早就明白了一件事。

風四娘若說這其中有分別，就是有分別，風四娘若說太陽是方的，太陽就是方的。

你若要跟她抬槓，簡直就等於把自己的腦袋往槓子上撞。

風四娘瞪住他，道：「你爲什麼不說話了？」

蕭十一郎嘆了口氣，苦笑道：「我只不過閉住了嘴而已，並沒有不說話。」

風四娘說道：「閉著嘴和不說話難道也有什麼分別？」

蕭十一郎道：「當然有分別，而且分別很大。」

風四娘狠狠的瞪著他，自己卻也忍不住噗哧一聲笑了。

除了真正生氣的時候外，她並不是個絕對完全不講理的人。

她生氣的時候也並不太多，只不過蕭十一郎常常會碰上而已。

蕭十一郎也在看著她，忽又笑道：「我剛才說了句話，不知道你聽見了沒有？」

風四娘道：「你說什麼？」

蕭十一郎道：「我說你非但一點也沒有老，而且愈來愈年輕，愈來愈漂亮了。」

風四娘忍住笑道：「我沒有聽見，我只聽見你說我是個女妖怪。」

蕭十一郎道：「我們兩年不見，一見面你就給了我個大耳光，另外還加上一腳，我說了你五句好話，你一句也聽不見，只罵了你一句，你就聽得清清楚楚。」他又嘆了口氣，苦笑道：「風四娘，風四娘，看來你真是一點也沒有變。」

風四娘忽然沉下了臉，道：「可是你卻變了。」

蕭十一郎道：「哦？」

風四娘道：「你本來雖然已是個混蛋，卻還是個不太混蛋的混蛋。」

蕭十一郎道：「現在呢？」

風四娘道：「現在你簡直是混蛋加八級。」

她的火氣又來了，大聲道：「我問你，你爲什麼要逼著謝天石挖出眼珠子來？爲什麼又要逼著歐陽兄弟挖出眼珠子來？」

蕭十一郎嘆道：「我就知道你一定會替他們抱不平的。」

風四娘道：「我當然要替他們不平，你自己也說過，男人長眼睛，本就是爲了看漂亮女人，女人長得漂亮，本就是應該給人看的。」

蕭十一郎承認，他的確說過這句話。

風四娘用眼角橫了冰冰一眼，冷笑道：「爲什麼她就偏偏看不得？爲什麼別人多看她兩眼，就得挖出自己的眼珠子來呢？」

蕭十一郎道：「那只不過是個藉口而已。」

風四娘道：「藉口？」

蕭十一郎道：「就算他們不看她，我還是要逼他們挖出自己的眼珠子來。」

風四娘道：「哦？」

蕭十一郎的表情忽然也變得很嚴肅，道：「我要他們挖出眼珠子來，已經是客氣的了，其實我本該殺了他們的。」

風四娘道：「爲什麼？」

蕭十一郎道：「當然有原因。」

風四娘道：「什麼原因？」

蕭十一郎道：「這原因說來話長，你若要聽，最好先消消氣。」

風四娘又轉著眼睛，瞪了冰冰一眼，道：「我的氣消不了。」

蕭十一郎嘆道：「其實你若知道這其中有什麼原因，你根本就不會生氣的。」

風四娘冷笑。

蕭十一郎道：「你非但不會生氣，而且還一定會幫著我去挖他們的眼珠子。」

風四娘道：「真的？」

蕭十一郎道：「我幾時騙過你？」

風四娘瞪著他，終於嘆了口氣道：「你說的話我本來連一句都不會相信的，可是也不知爲了什麼，我一見到你，就句句都相信了。」

蕭十一郎道：「所以你就該先消消氣，再慢慢的聽我說。」

風四娘道：「我的氣還是消不了。」

蕭十一郎道：「爲什麼？」

風四娘道：「因爲我餓得要命。」

蕭十一郎笑了：「你想吃什麼？」

風四娘目光漸漸溫柔，輕輕嘆息著道：「牛肉麵，當然是牛肉麵，除了牛肉麵，我會想吃什麼呢？」

無論大大小小的城鎮裡，多多少少總會有一兩個賣麵的攤子，是通宵都不休息的。

因爲無論大小的城鎮裡，多多少少總會有些晚上睡不著覺的夜貓子。

這些麵攤子的老闆，大多數都是些有點古怪，有點孤僻的老人。

他們的青春已逝去，壯志已消磨，也許還有些足以令他們晚上睡不著覺的痛苦往事，所以他們不管颳風下雨，都會在深夜中守著一盞昏燈，賣他們的麵，因爲他們就算回去也是一樣的睡不著的。

他們做出來的麵，既不會太好吃，也不會太難吃。

他們對客人絕不會太客氣，但你就算吃完了麵沒錢付賬，他們也不會太難爲你。

因爲他們賣麵並不是完全爲了賺錢，也爲了是在消磨這孤獨的長夜。

這麵攤子也不例外，賣麵的是個獨眼的跛足老人，他賣的滷菜也跟他的人一樣，又冷又乾又硬。

但麵卻是熱的，擺到桌上來時，還在熱騰騰的冒著氣。

風四娘看著桌上的這碗麵，看著正在替她斟酒的蕭十一郎，心裡就不由自主升出種溫暖之意，就好像從麵碗裡冒出來的熱氣一樣。

可是蕭十一郎身旁還有個人，冰冰，她看來是那麼溫柔，那麼美麗，又那麼高貴。

可是風四娘一看見她，臉色就沉了下去，冷冷道：「這種地方的東西，這位姑娘想必是吃不慣的。」

蕭十一郎笑道：「她吃得慣。」

風四娘冷冷道：「你怎麼知道她吃得慣？你是她肚子裡的蛔蟲？」

蕭十一郎不敢開口了。

冰冰也垂著頭，不敢出聲，她當然也看得出這位風四娘對她並沒什麼好感。

幸好她還會笑，所以風四娘也沒法子再說下去了。

三個人坐一起，連一句話都不說，這是件很令人受不了的事。

幸好酒已斟滿。

兩杯酒。

風四娘舉杯一飲而盡，冷笑道：「這種酒，這位姑娘當然是喝不慣的。」

蕭十一郎陪笑道：「她不是喝不慣，她一向不喝酒。」

風四娘道：「當然不喝，像這麼樣高貴的大小姐，怎麼能像我這種野女人一樣喝酒？」

冰冰什麼話也沒有說，自己倒了杯酒，嫣然道：「我本來是不喝的，可是今天破例。」

風四娘道：「為什麼破例？」

冰冰道：「因為我早已聽見過四姐你的大名了，我總是在心裡想，假如有一天，我能跟四姐這樣的女中英雄坐在一起喝酒，那又多麼開心。」

她也將一杯酒喝了下去，而且喝得很快。

風四娘看著她，忽然間覺得她沒有剛才那麼可恨了——千穿萬穿，馬屁不穿，這句話實在是千古不變的真理。

但蕭十一郎臉上卻又露出種很奇怪的表情，彷彿是憐憫，又彷彿是悲傷。

三杯冷酒，半碗麵下了肚之後，風四娘的心情又好了些。

她慢慢的嚼著一片豬耳朵，道：「現在我的氣已消了，你爲什麼還不說？」

蕭十一郎卻嘆了口氣，道：「千頭萬緒，你要我從哪裡說起？」

風四娘眼珠子轉了轉，道：「當然是從那一戰說起。」

蕭十一郎道：「哪一戰？」

風四娘道：「當然是你跟逍遙侯的那一戰。」

那一戰早已轟動武林，但卻偏偏沒有一個人能親眼看見，也沒有人知道戰局的結果。

古往今來，武林高手的決戰，實在沒有比這一戰更奇怪、更神秘的。

蕭十一郎又乾了兩杯，才長長嘆息了一聲，道：「那天我本來是準備死的，我知道天下絕沒有任何人能是逍遙侯的對手。」

風四娘道：「可是你現在還活著。」

蕭十一郎道：「這實在連我自己都想不到。」

風四娘道：「逍遙侯呢？」

蕭十一郎道：「他已死了！」

風四娘的眼睛裡發出了光，用力一拍桌子，大聲道：「我就知道你一定可以戰勝他的，你的武功也許不如他，可是你有一股別人比不上的勁。」

蕭十一郎苦笑道：「只可惜我就算有一百股勁，也不是他的對手。」

風四娘怔了怔，道：「你不是他的對手？」

蕭十一郎道：「不是。」他嘆息著，又道：「我最多只能接得住他兩百招，兩百招後我已精疲力竭，若不是他存心想讓我多受點罪，我早已死在他掌下。」

風四娘道：「可是你現在還活著，他卻已死了。」

蕭十一郎道：「那只因就在我快死的時候，忽然有個人救了我。」

風四娘道：「誰救了你？」

蕭十一郎道：「她！」

「她」當然就是冰冰。

風四娘動容道：「她怎麼救了你的？」

蕭十一郎道：「那條路的盡頭，是一片絕崖，我們就是在那絕崖上交手的。」

風四娘在聽。

蕭十一郎道：「那片絕崖兩面壁立如削，下面就是萬丈深淵。」

風四娘嘆道：「那一定就是他早已替你準備好了的墳墓。」

蕭十一郎道：「他自己也這麼說，他說那片絕崖，本就是殺人崖。」

殺人崖，好凶險的名字。

只聽見這名字，風四娘就似已想像到那一片窮山惡谷，谷底還堆積著纍纍屍骨。

蕭十一郎道：「那本是他的殺人崖，他一向喜歡在那裡殺人。」

風四娘嘆道：「因爲在那裡殺了人後，連埋都不必埋。」

蕭十一郎道：「他已不知在那裡殺過多少人，那萬丈深淵下，已不知有多少死在他手下的冤魂，所以他一聽見絕崖下的呼喚，他的膽子雖大，也不禁嚇呆了。」

蕭十一郎道：「他正準備殺我時，忽然聽見絕崖下有人在呼喚他的名字。」

風四娘道：「呼喚？什麼呼喚？」

風四娘道：「他也有名字？」

蕭十一郎道：「他並不姓天，他姓哥舒，叫哥舒天，本是安西哥舒部的後裔，並不是漢人。」

風四娘嘆道：「難怪江湖中從來也沒有人知道他的真名實姓，想必他也不願別人知道他是個化外的夷狄。」

蕭十一郎道：「就因爲世上從來也沒有人知道他的真名實姓，所以，他聽見絕崖下有人在呼喚他的名字，才會更吃驚。」

風四娘道：「他想必一定是以爲那些被他打下絕崖的冤魂，在向他索命來了。」

蕭十一郎道：「所以這呼喚的聲音一響起，他整個人都似已僵硬。」

風四娘道：「你當然不會錯過這機會的。」

蕭十一郎道：「那時我的力氣將盡，就算有機會，我也無力殺他的。可是我一刀砍在他背上後，他自己忽然好像瘋了一樣，向絕崖下跳了下去。」

風四娘黯然嘆道：「一個人手上的血腥若是太多了，遲早總有這麼樣一天的。」

——老天要毀滅一個人時，豈非總是要先令他瘋狂？

一個人的虧心事若是做得太多了，豈非總是會有瘋狂的一天？

風四娘又忍不住問道：「在絕崖下呼喚他的人，究竟是誰呢？」

冰冰道：「是我。」

風四娘當然也已想到是她：「可是你怎麼會在那崖下的？又怎麼會知道他的真名實姓？」

冰冰道：「我知道，因爲……」

她美麗蒼白的臉上，忽然露出種奇特而悲傷的表情，慢慢的接著說：「因爲我是他的妹妹。」

十二　嫡親兄妹

冰冰竟是逍遙侯的妹妹。

風四娘怔住：「嫡親的妹妹？」

冰冰道：「嫡親的妹妹。」

風四娘道：「你怎麼會在那絕崖下的？」

冰冰的表情更痛苦，黯然道：「是我嫡親的哥哥，把我推下去的。」

風四娘又怔住。

她已發現這其中必定又有個秘密，一個悲傷而可怕的秘密。

她不想再問，她不願傷人的心。

可是冰冰卻在問她：「你一定在奇怪，他爲什麼要推我下去？」

風四娘承認，於是冰冰就說出了她那段悲慘而可怕的秘密。

「我是他最小的妹妹，我生下來時，他已成人，自從我一生下來，他就在恨我。」

「因爲我的哥哥姐姐們，都是畸形的侏儒，而且除了他之外，都已夭折。」

「但我卻是個正常的人，所以他恨我、嫉妒我，這種感情，你們想必也能了解的。」

「幸好那時我母親還沒死，所以我總算活了下來。」

「我母親死時，也再三囑咐他，要他好好的待我，我母親還告訴他，他若敢傷害我，那麼她老人家在九泉之下也不會放過他的。」

「所以他心裡雖然恨我，總算還沒有虧待我，因爲他什麼都不怕，但卻很怕鬼，他始終相信人死了之後，還有鬼魂的。」

「這也是個秘密，除了我之外，只怕也沒有別人知道。」

——常做虧心事的人，總是怕鬼的，這道理風四娘也明白。

冰冰喝了杯酒，情緒才穩定下來，接著又說了下去：「他供養我衣食無缺，但是卻從不許我過問他的事，我是他的妹妹，當然也不敢去問。」

「我只知道近年來，每到端午前後，總會有很多人來找他。」

「這些人每個都是蒙著臉來的，行蹤很神秘，他們看見我也並不在意，說不定以爲我也是哥哥的姬妾之一。」

「因爲我哥哥從不願別人知道，他有我這麼一個妹妹。」

——所以風四娘也不知道。

冰冰接著道：「他當然不會告訴我這些人是誰，也不會告訴我他們是來幹什麼的。」

「可是我見得多了，已隱約猜到，他們必定是在進行一個很大的陰謀，這些蒙著臉來找他的人，必定就是他已收買了的黨羽。」

「我知道他一向有　種野心，想控制江湖中所有的人。」

「但我總認爲那只不過是種可笑的幻想，世上絕沒有任何人，能真的控制江湖的，以前的那些武林盟主，也只不過是徒擁虛名而已。」

「可是他自己卻很認真，而且還好像已有了個很特別的法子，所以那些蒙著臉來參加秘密集會的人，也一年比一年多。」

「兩年前的端午時，來的人更多，他的神情也顯得特別興奮，我在無意間聽見他在喃喃自語，說是天下英雄，已有一半入了他的彀中。」

「到了晚上，所有的人全都在後山的一個秘密洞穴中集會。」

「這也是他們的慣例，每年他們進去之後，都要在那山洞裡逗留兩三天。」

「他們也是人，當然也要飲食，所以每天都得有人送食物和酒進去，這差事一向是由幾個又聾又瞎的人負責的。」

「那年我實在忍不住好奇心，想進去看看，被他收買了的究竟是些什麼人？」

「於是我就乘他們送東西進去時，也穿上他們同樣的衣服，混在他們中間。」

「我也學過一點易容術，自以爲扮得很像了。」

「誰知他還是一眼就看了出來。」

「可是我也總算看見了那些人的真面目，因爲他們一進了山洞，就將蒙在臉上的黑巾取下，我雖然只匆匆看了一遍，卻已將他們大多數人的面貌都記了下來，我從小就有這種本事。」

——逍遙侯自己，也是個過目不忘的絕頂聰明人。

冰冰又道：「我以爲他發現了我之後，一定會大發脾氣，誰知道他居然什麼話都沒有說，而且第二天居然還約我到後山去，說是帶我去逛逛。」

「我當然很高興，因爲我始終都希望他能像別人的哥哥一樣對待我。」

「所以我還特別打扮得漂亮些，跟著他一起到了後山，也就是那殺人崖。」

「到了那裡，他就變了臉，說我知道的秘密太多了，說我太多事。」

「我以爲他最多只不過罵我一頓而已，因爲他們的秘密，我還是一點也不知道，就算記下了一些人的容貌，也並不是什麼大不了的事。」

「然後他才告訴我，那些人全是武林極有身分的人，不是威鎮一方的大俠，就是名門大派的掌門，也絕不能讓別人知道這些人已成了他的黨羽，絕不能讓任何人壞了他的大事。我答應他，絕不將這件事告訴別人，可是他……他卻乘我不留意時，將我推了下去，下面就是萬丈深淵，無論誰掉下去，都一定會粉身碎骨的，我做夢也想不到我嫡親的哥哥，會對我下這種毒手。」

說到這裡，冰冰的眼圈已紅了，眼淚已慢慢的流下面頰。

風四娘也不禁嘆息，說道：「可是你並沒有死。」

冰冰道：「那只因爲我的運氣實在好。」

「那天我特別打扮過，穿的是件剛做好的大裙子，是用一種剛上市的織錦緞做的，質料特別結實，裙子又做得特別大。」

「我掉下來的時候，裙子居然兜住了風，所以我下墜時就慢了很多，所以我才有機會，抓住了峭壁上的一棵小樹。」

「那棵樹雖然也承受不住我的下墜之力，雖然也斷了，可是我總算有了喘口氣的機會，而且經過這一擋，我落得當然更慢。」

「峭壁上當然也不止那一棵樹，所以我又抓住了另外一棵。」

「這次我的下墜之力已小了很多，那棵樹居然托住了我。」

「但那時我已差不多落到谷底了，下面是一片荒地和沼澤，除了一些荆棘雜樹，和被他推下去的死人白骨外，什麼也沒有，無論誰也休想在那種地方活下去。」

「山谷四周，都是刀削般的峭壁，石縫中雖然也長著些樹木葛籐，但就算是猿猴，想從下面爬上去，也難如登天。」

「幸好那些被他擊落的死人身上，還帶著兵器，我就用他們的兵器，在峭壁上挖出一個洞來，作爲我的落腳之處。」

「可是，那地方的石壁比鐵還硬，我每天最多也只不過能挖出二三十個洞來，而且到後來挖得愈來愈少。」

「因為每天晚上，我還是要爬到谷底去歇夜，第二天早上再爬上去挖，愈到後來，上上下下花的時間就愈來愈多。」

「何況谷底根本就沒有什麼可以吃的東西，我每天只能吃一點樹皮草葉，喝一點沼澤裡的泥水，所以到了後來，我的力氣也愈來愈弱了。」

「這樣子挖了兩個多月，我只不過才能到達山腰，眼見著再也沒法子支持下去了，誰知就在這時，我聽見了他在上面說話的聲音。」

「那時我正在山腰上，所以才能聽見他的聲音，我希望他還能顧念一點兄妹之情，把我救上去。」

「我就用盡全身力氣，喊他的名字……」

後來的事，不用她再說，風四娘也可以想到了。

逍遙侯當然做夢也想不到她還活著，所以聽見她的呼聲，才會認為是冤魂索命。

等他掉下去後，蕭十一郎當然忍不住要看看究竟是誰在呼喚，看到峭壁上有個人後，當然就會想法將她救上來。

蕭十一郎黯然道：「我救她上來的時候，她實在已被折磨得不成人形，我甚至連她究竟是男是女，是老是少都看不出。」

冰冰咬著嘴唇，還是忍不住機伶伶打了個寒噤。

那兩個多月是怎麼過的，現在她簡直連想都不敢去想，蕭十一郎道：「那時我只知道一件事，我這條命，是被她救回來的，所以我無論如何，也得想法子讓她活下去。」

那時她實在已是九死一生，奄奄一息，要讓她活下去，當然不是件容易事。

蕭十一郎道：「爲了要救她的命，我一定要先找個大夫，所以我並沒有從原路退回，就在山後抄小路下了山。」

風四娘嘆道：「所以沈璧君沿著那條路去找你時，才沒有找到你。」

這難道就是命運？

命運的安排，爲什麼總是如此奇怪？又如此殘酷？

冰冰忍住了淚，嫣然一笑，道：「無論如何，我現在總算活著，你也沒有死。」

蕭十一郎看著她，眼睛裡又露出了那種憐憫悲傷的表情，勉強笑道：「好人才不長命，像我這種人，想死也死不了。」

冰冰柔聲道：「好人若真的不長命，你只怕就早已死了，我這一生中，從來也沒有看見過一個比你更好的人。」

風四娘終於承認：「這麼樣看來，他的確還不能算太壞。」

冰冰道：「那位點蒼的掌門謝天石，就是那天我在山洞裡看見的那些人其中之一。」

風四娘皺眉道：「難道他早已被逍遙侯收買了？」

冰冰點點頭，道：「我保證我絕不會認錯的。」

風四娘道：「伯仲雙俠歐陽兄弟，也都是逍遙侯的黨羽？」

冰冰又點點頭，道：「直到現在我才知道，那天我在那山洞裡看見的人，竟真的全都是別人心目中了不起的大俠客、大好人。」

風四娘嘆道：「知人知面不知心，要分辨一個人的善惡，看來的確不是件容易事。」

冰冰道：「現在我哥哥雖已死了，可是這個秘密的組織並沒有瓦解。」

風四娘道：「哦？」

冰冰道：「因爲後來我們在一個垂死的人嘴裡，又聽到了個消息。」

風四娘道：「什麼消息？」

冰冰道：「我哥哥死了後，又有個人出來接替了他的地位。」

風四娘道：「這個人是誰？」

冰冰道：「不知道。」

風四娘道：「問不出來？」

冰冰道：「就連他們自己，好像也不太清楚這個人的身分來歷。」

風四娘道：「他們既然全都是極有地位的人，爲什麼會甘心服從這個人的命令？」

冰冰道：「因爲這個人非但武功深不可測，而且還抓住了他們的把柄。」

風四娘道：「什麼把柄？」

冰冰道：「他們的把柄本來只有我哥哥一個人知道的，誰也不知道怎麼會落入這個人手裡的。」

風四娘道：「連他們自己也不知道？」

冰冰道：「絕不知道。」

風四娘道：「難道這個人也跟逍遙侯有極深的關係？難道逍遙侯生前就已將這秘密告訴了他？」

這些問題當然沒有人能回答。

冰冰道：「我只知道我哥哥要進行的那件陰謀，現在還是在繼續進行，那個人顯然也跟我哥哥一樣，顯然也想控制江湖，像神一樣主宰別人的命運。」

風四娘道：「所以你只要看見那天你在那山洞裡看見過的人，你就要蕭十一郎挖出他的眼睛來？」

冰冰點點頭，道：「因爲我知道那些人全都該死，他們若是全都死了，別人才能過太平日子。」

風四娘看著蕭十一郎，道：「所以你說你本該殺了他們的。」

蕭十一郎嘆了口氣，道：「現在你總算明白了。」

風四娘道：「但別人卻不明白，所以別人都認爲你已變成了個殺人不眨眼的惡賊。」

蕭十一郎淡淡道：「大盜蕭十一郎，本來就是個惡賊，這本是江湖中人人都知道的。」

風四娘道：「你爲什麼不當眾揭穿他們的秘密，讓大家都知道他們本就該死？」

蕭十一郎道：「因爲他們是大俠，我卻是大盜，大盜說出來的話，又有誰會相信？」他又笑了笑，慢慢的接著道：「何況，我這一生中做的事，本就不要別人了解，更不要人同情，蕭十一郎豈非本就是個我行我素，不顧一切的人。」

他雖然在笑，卻笑得說不出的淒涼。

風四娘看著他，就好像又看見了一匹狼，一匹孤獨、寂寞、寒冷、飢餓的狼，在冰天雪地裡，爲了自己的生命在獨自掙扎。

但世上卻沒有一個人會伸出手扶他一把，每個人都只想踢他一腳，踢死他。

風四娘每次看見他這種表情，心裡都好像有根針在刺著。

蕭十一郎並沒有變，蕭十一郎還是蕭十一郎。

狼和羊一樣，一樣是生命，一樣有權生存，也一樣有權爲了自己的生存掙扎奮鬥。

狼雖然沒有羊溫順，但對自己的伴侶，卻遠比羊更忠實。

甚至比人更忠實。

可是天地雖大，爲什麼偏偏不能給牠們一個容身之處？

風四娘喝下杯苦酒，彷彿又聽見了蕭十一郎那淒涼而悲愴的歌聲。

她放下酒杯，忽然道：「你還記不記得，你以前總是喜歡哼的那首牧歌？」

蕭十一郎當然記得。

風四娘道：「直到我懂得它其中的意思後，才知道你爲什麼喜歡它。」

蕭十一郎道：「哦？」

風四娘說道：「因爲你自己覺得自己就好像一匹狼，因爲你覺得世上沒有人能比你更了解狼的寂寞和孤獨。」

蕭十一郎沒有開口。

他正在喝酒，苦酒。

風四娘忽然笑了笑，道：「你現在就算還是隻狼，也不是隻普通的狼了。」

蕭十一郎也勉強笑了笑，道：「我現在是隻什麼樣的狼？」

風四娘道：「百萬富狼。」

蕭十一郎大笑：「百萬富狼？」

他覺得這名字實在滑稽。

風四娘沒有笑，道：「百萬富狼和別的狼也許有一點最大的不同。」

蕭十一郎忍不住問：「什麼不同？」

風四娘冷冷道：「百萬富狼對自己的伴侶，並不忠實。」

蕭十一郎也不笑了。

他當然已明白風四娘的意思。

冰冰忽然站起來，笑道：「我很少喝酒，現在我的頭已經在發暈。」她笑得彷彿有些勉強：「你們是好朋友，一定有很多話要聊的，我先回去好不好？」

風四娘道：「好。」

她一向不是個虛僞的人，她的確希望能跟蕭十一郎單獨聊聊。

蕭十一郎也只有點點頭。

看著冰冰一個人走出去，走入黑暗中，他眼睛裡又露出種說不出的關切憐憫之意。

風四娘冷冷道：「你用不著替她擔心，逍遙侯的妹妹，一定能照顧自己的。」

冰冰當然能照顧自己。

一個人若是在殺人崖下的萬丈絕谷中還能生存下來，無論在什麼地方，她都一定能照顧自己的。

何況，他們在這城裡也有座很豪華的宅邸。

可是，也不知爲了什麼，蕭十一郎卻還是顯得有點不放心。

風四娘盯著他，板著臉道：「她救了你，你當然要報答，卻也不必做得太過分。」

蕭十一郎苦笑道：「我做得太過分？」

風四娘道：「至少你不必爲了她的一句話，就硬要將別人耳環摘下來。」

蕭十一郎嘆道：「看來那實在好像做得有點太過分，可是我這麼樣對她，並不是沒有原因的。」

風四娘道：「有甚原因？」

蕭十一郎想說出來，又忍住，他好像並不是不願說，而是不忍說。

的。」

風四娘道：「無論你是爲了什麼，至少也不該因爲她而忘了沈璧君。」

一提起沈璧君這名字，蕭十一郎的心又像是在被針刺著：「我……我並沒有忘記她。」

風四娘說道：「可是你直到現在，還沒有問起過她。」

蕭十一郎緊握著空杯，臉色已痛苦而蒼白，過了很久，才緩緩道：「有些話，我本不願說的。」

風四娘道：「在我面前，你還有什麼話不能說？」

蕭十一郎道：「沒有，在你面前，我沒有什麼話不能說的，所以我才要再問你，我做了什麼事對不起她，她……她爲什麼要那樣子對我？」

風四娘道：「她怎麼樣對你了？」

蕭十一郎冷笑道：「你難道還不知道，你難道沒有看見？在那牡丹樓上，她是怎麼樣對我的？她簡直就好像把我看成了條毒蛇一樣。」

「啵」的一聲，酒杯已被他捏碎了，酒杯的碎片，刺入他肉裡，割得他滿手都是血。

可是他卻似一點也不覺得疼。

因爲他心裡的痛苦更強烈。

就算砍下他一隻手來，也不會令他覺得如此痛苦。

風四娘看著他，卻彷彿很驚訝，彷彿想不到他還會爲沈璧君如此痛苦。

過了很久，蕭十一郎才慢慢的接著道：「她既已那麼樣對我，我還有什麼話好說的？」

風四娘道：「你難道一點也不知道她爲什麼會那樣對你？」

蕭十一郎說道：「我只知道那絕不是別人強迫她的。」

風四娘說道：「那的確不是別人強迫她的，可是，你若看見她和一個男人手挽著手走上去，若看見她爲了那個男人，去做你爲冰冰做的那些事，你會怎麼樣對她？」

蕭十一郎道：「可是我那麼樣對冰冰，只不過是爲了……」

這句話又沒有說完，他好像很怕將這句話說出口。

風四娘卻不肯放鬆，立刻追問道：「你究竟是爲了什麼？」

蕭十一郎的臉色又變得很悲傷，終於道：「我事事遷就她，只要她喜歡的，我總想法子去替她做，那只不過因爲她已活不長了。」

風四娘怔住。

蕭十一郎道：「她在那絕谷中，受的折磨太可怕，而且還中了毒，我雖然想盡千方百計，還是解不了那種毒，只能勉強將毒性逼住，可是……」他將壺中的酒全都喝了下去，黯然地道：「她還是最多也不過還只能活三年，現在已過了兩年多，現在她的壽命，最多也只不過剩下七八個月了，甚至可能是七八天……」

風四娘道：「難道……難道她中的毒已隨時隨地都可能發作？」

蕭十一郎點點頭。

風四娘怔在那裡，心裡也覺得很難受。

她本就已漸漸開始喜歡那女孩子。

一個冰雪聰明，花樣年華的美麗少女，卻已隨時隨地都可能倒下去。

這實在是件令人悲傷惋惜的事。

蕭十一郎緩緩道：「無論你們怎麼看，無論你們怎麼想，我跟她之間，直到現在還是純潔的，因爲我不願做一點傷害沈璧君的事，她也不願我做。」

風四娘的心裡也在刺痛著，她忽然覺得剛才本不該要冰冰走的。

她現在終於已完全了解蕭十一郎的情感和痛苦。

她忽然覺得還是只有沈璧君，才是真正幸福的，因爲，無論她的遭遇多麼悲慘，這世上總算還有蕭十一郎這麼樣一個人，這麼樣對她。

「我呢？」

風四娘又喝了杯酒，輕輕道：「我若是你，我也會這麼樣做的，可是，你若不說出來，別人怎麼會知道？沈璧君又怎麼會知道？」

蕭十一郎道：「她若真的了解我對她的情感，就不該懷疑我，何況……」他又握緊雙拳，接著道：「她本來就是爲了要找連城璧才來的，只有連城璧，才是她……她真正關心的人，我又算什麼？」

風四娘道：「你怎麼知道她是找連城璧來的？」

蕭十一郎道：「我知道，有人告訴了我。」

風四娘道：「誰？誰告訴你的？」

蕭十一郎道：「花如玉。」

風四娘突然冷笑，道：「你相信他的話？你若真的了解沈璧君對你的感情，爲什麼相信別人的話，反而懷疑她？」

蕭十一郎也怔住。

風四娘道：「你們爲什麼總是只顧著想自己的痛苦，卻忘了對方也有他的苦衷，你們爲什麼總是要往最壞的地方去想？」

蕭十一郎不能回答。

難道這就是愛情？

難道愛情中，真的永遠也無法避免猜疑和嫉妒？

風四娘嘆道：「無論你怎麼看，無論你怎麼想，我現在告訴你，她並不是爲了別人來的，是爲了你，她真正關心的，也只有你。」

——她自己豈非也一樣是爲了他來的？她唯一關心的人，豈非也是蕭十一郎？

——她爲什麼不將自己的心事說出來？卻幫著替別人解釋？

——蕭十一郎若真的能與沈璧君結合，她豈非更痛苦終生？

風四娘自己也不明白自己爲什麼要這樣做。

她知道自己並不是個偉大的人。

但她卻不知道，她這種真摯無私的情感，卻已不但偉大，甚至已接近神聖。

蕭十一郎忽然拉住她的手，道：「你知不知道她到哪裡去了？」

風四娘搖搖頭，說道：「我只知道她是被人救走的。」

蕭十一郎道：「被誰救走的？」

風四娘道：「那個人本來是花如玉的馬車伕，好像叫白老三。」

蕭十一郎道：「花如玉的車伕，為什麼要冒險去救她？」

風四娘道：「我也不知道，但我們只要能找到她，所有的事就全都可以明白了。」

蕭十一郎跳起來：「我們現在就去找她。」

風四娘笑了笑，笑得有點酸酸的：「你至少也該等我吃完這碗麵。」

十三 七殺陣

麵已涼了。

可是風四娘並不在乎。

對她來說，人生也像是這碗麵一樣，冰冷而乏味。

但她卻還是非吃完不可。

她挑起麵，捲在筷子上，再送入嘴裡，就像是個頑皮的孩子一樣。

可是她眼角卻已露出了疲倦的皺紋，甚至在這種黯淡的燈光下，也已能隱約看出來。

蕭十一郎看著她，心裡忽然又湧出一種說不出的感覺。

他難道真的不了解她對他的感情？

經過了這麼多年，這麼多事，這麼多次昏燈下的苦酒深談。

他難道真的連一點都看不出？

他難道是塊木頭？

蕭十一郎正不知應該說什麼，就在這時，他突然聽到「篤」的一響。

接著，黑暗中就幽靈般出現了七個黑衣人。

七個長髮披肩的黑衣人，眼睛也都只剩下兩個黑黝黝的洞。

七個瞎子。

他們的左手，提著根白色的明杖，右手卻拿著把扇子。

第一個人臉色鐵青，顴骨高聳，正是昔日的點蒼掌門謝天石。

風四娘還是繼續在吃麵。

看見這七個瞎子突然又在這裡出現，她雖然也覺得很意外。

可是她並不驚慌，更不害怕。

她見過這七個人出手，也見過他們的主人——人上人的功夫。

她知道蕭十一郎可以對付他們。

蕭十一郎的武功，這兩年來彷彿又有很驚人的進步。

武功也正如學問一樣，只要肯去鍛鍊，就會一天天進步的。

七個瞎子已經凜然的走了過來，每個人臉上都完全沒有表情。

謝天石突然道：「你就算不出聲，我也知道你在這裡。」

蕭十一郎淡淡道：「我本來就在這裡。」

謝天石道：「很好，好極了。」

七個人同時展開扇子。

扇子上六個鮮紅的字：「必殺蕭十一郎！」

黯淡的燈光，照著他們鐵青的臉，照著這六個鮮紅的字。

賣麵的跛足老人，忍不住機伶伶打了個寒噤，一步步向後退，退入了牆角。

謝天石冷冷道：「你看見這六個字沒有？」

蕭十一郎沒有開口，風四娘卻冷笑道：「他當然看見了，他又不是瞎子。」

謝天石臉色變了變，道：「很好，你果然也在這裡。」

他也聽得出風四娘的聲音。

風四娘忍不住問道：「是誰告訴你，我們在這裡的？」

謝天石沒有回答。

風四娘道：「是花如玉？還是軒轅三成？」

謝天石還是不開口。

風四娘道：「無論是誰告訴你們的，我都知道他是爲了什麼。」

「你知道？」

風四娘道：「他是想叫你們來送死。」她冷笑著，又道：「但現在我卻不願看殺人，所以你們最好還是快走。」

謝天石忽然也笑了笑，笑得獰惡而詭秘。

這種笑容中，竟似帶著種奇異的自信，他竟似已有把握……

有把握「必殺蕭十一郎」！

昏燈在風中搖晃。

謝天石突然揚起明杖一指，「嗤」的一聲，燈已熄滅。

他雖然看不見，卻能感覺到火光的存在。

他的明杖中，竟也藏著種極厲害的機簧暗器。

四下立刻一片黑暗。

蕭十一郎忽然也笑了笑，道：「有很多人在殺人前，都喜歡喝杯酒的，我可以請你們喝兩杯。」

謝天石冷冷道：「我們現在想喝的不是酒，是血，你的血！」

「血」字出口，黑暗中突然傳來「琤琮」一聲，接著就有一陣琴聲響起。

琴聲中帶著種奇異的節奏。

七個瞎子腳步立刻隨著節奏移動，圍住了蕭十一郎，手裡的明杖，也跟著揮出。

七根白色的明杖，在黑暗中揮舞，並沒有擊向任何一個人，只是隨著琴聲中那種奇異的節奏，配合著他們的腳步，凌空而舞。

但蕭十一郎和風四娘，卻已感覺到一種說不出的壓力。

尤其是風四娘，她已連麵都吃不下去了。

節奏愈來愈快，腳步愈來愈快，明杖的舞動，也愈來愈急。

七個人包圍的圈子，已漸漸縮小，壓力卻加大了。

這七根凌空飛舞的明杖，就像是已織成了一個網，正在漸漸收緊。

風四娘忽然覺得自己就像是已變成了一條困在網中的魚。

她武功雖不甚高，見識卻極廣。

但現在她竟看不出這七個人用的是什麼武功，什麼招式。

她只知道這七人招式的配合，簡直已接近無懈可擊，連一絲破綻都沒有。

那琴聲的節奏中，更彷彿帶著種無法形容的魔力，令人心神焦躁，全身不安。

風四娘只覺得自己竟似已變成了隻熱鍋上的螞蟻。

蕭十一郎雖然還是安安靜靜的坐在那裡，連動也不動。

但她卻已恨不得跳起來，衝出去，投入冷水裡。

恰好蕭十一郎已輕輕握住了她的手。

他的手乾燥而溫暖。

他的眼睛裡，更帶著種令人信賴、令人安定的力量。

風四娘總算沉住了氣，沒有去自投羅網。

可是這七根明杖織成的網，已更緊、更密，琴聲的節奏也更快。

桌上的杯盤，突然間都已一個個碎裂，就像是被一隻看不見的手捏碎的。

沒有人能忍受這種壓力，連桌椅都似已將壓碎。

若不是蕭十一郎握住了她的手，風四娘就算明知要自投羅網，也早已衝出去了。

但蕭十一郎還是動也不動的坐在那裡，就像是已變成了一塊磐石。

就像是已和大地結成了一體。

世上根本就沒有任何一種壓力，是大地所不能承受的。

這七個瞎子冷酷自信的臉上，反而露出了種焦躁不安的表情。

他們忽然發覺自己也受到了一種無法形容的奇異壓力。

因為他們的攻擊，竟完全沒有一點反應。

壓力本是相對的。

你加在別人身上的壓力愈大，自己的負擔也愈重。

謝天石臉上已沁出了汗珠，突然反手一棍，直刺蕭十一郎。

也就在這同一剎那間，蕭十一郎突然長嘯一聲，刀已出手。

閃電般的刀光，如驚虹般一捲，七根明杖突然全都斷成了兩截。

這種明杖本是百煉精鋼打成的。

世上本沒有真正能削鐵如泥的兵刃。

可是，再加上蕭十一郎本身的力量，這一刀之威，就已經不是任何人所能想像，更不是任何人所能抵擋的了。

刀光一閃，明杖齊斷。

被削斷了的明杖中，突然又有一股濃煙急射而出。

但這時蕭十一郎已拉著風四娘，衝了過去。

閃電般的刀光，已在他們面前組成了一片無堅不摧，不可抗拒的光幕，替他們開了路。

蕭十一郎反手挾住了風四娘的腰，躍上牆頭。

牆頭上有個人正在撫琴，赫然正是那賣麵的獨眼跛子。

蕭十一郎身形驟然停頓：「是你！」

獨眼跛足老人五指一劃，「錚」的一聲，琴弦齊斷，琴聲驟絕，一隻獨眼中閃閃發光，凝視著蕭十一郎：「你知道我是誰？」

「軒轅三缺？」

獨眼老人縱聲大笑：「想不到你非但能破了我的『天昏地暗，七殺大陣』，還能認得出我來。」

蕭十一郎嘆了口氣，道：「若非剛才見過軒轅三成，我也想不到是你。」

軒轅三缺道：「好個蕭十一郎，果然是個聰明人，就憑這一點，我今日且放過你，快去想法子救你的女人吧，若是再遲片刻，就來不及了。」

風四娘果然已昏迷不醒，緊緊咬住的牙關中，也已有白沫吐了出來。

軒轅三缺突又冷冷道：「只不過老夫平生出手，例不空回，今天就算讓你走，你也該留下件東西。」

蕭十一郎突然也縱聲大笑，道：「大盜蕭十一郎，生平只知道要人的東西，從來也沒有留下過東西給別人。」

軒轅三缺道：「今日你只怕就要破例一次。」

蕭十一郎道：「好，我就留下這一刀！」

「刀」字出口，他的刀直劈下去。

軒轅三缺雙手捧琴，向上一迎。

只聽「噹」的一聲，金鐵交鳴，震人耳鼓。

這無堅不摧的一刀，竟未將他的琴劈斷，刀鋒反而被震起。

但蕭十一郎的人，卻也已趁著這刀鋒一震之力向後彈出，凌空翻身，掠出了四丈。

只可惜他肋下還挾著一個人。

他身子凌空倒翻時，總難免要慢了慢，就在這時，他突然覺得腿股間一冷。

只聽軒轅三缺大笑道：「蕭十一郎，你今日還是留下了一滴血。」

蕭十一郎人已在十丈外，道：「這滴血是要你用血來還的。」

血已凝結。

蕭十一郎的左股下，也不知被什麼割破了條七八寸長的傷口。

傷口並不疼，蕭十一郎的心卻已發冷。

不疼的傷，才是最可怕的傷。

他反手一刀，將自己左股上這塊肉整片削下來，鮮血才湧出。

現在傷口才疼了，疼得很。

他卻連看都不去看一眼，更不去包紮，就讓血不停的往下流。

因爲他必須先照顧風四娘。

剛才明杖中有濃煙噴出來時，他及時閉住了呼吸，但風四娘的反應當然沒有他快。

他拉住她走時，已發覺她的身子發軟，所以才反手挾住她。

現在她的身子卻似已在漸漸發硬。

又冷又硬。

她的臉已變成了死灰色。

可是她絕對不能死。

蕭十一郎無論如何，也不能讓她死。

巨大的宅邸中，燈火輝煌，卻聽不見人聲。

因爲這裡根本已沒有人。

這地方本是他買下來的，就算他不在時，也有十幾個僮僕在這裡照料。

何況，冰冰剛才已該回來了。

但現在這裡，卻連一個人也沒有。

冰冰呢？

她絕不會不在這裡等他，絕不會自己走的。

蕭十一郎的心又沉了下去。

幸好這兩年來，爲了要解冰冰的毒，他已遍訪過天下名醫。

他雖然看不出風四娘中的是哪種毒，但這種毒煙的性質，相差都不會太多的。

冰冰住的屋子裡，一直都有各式各樣的解藥。

他將風四娘抱進去，放在床上。

打開了冰冰妝台下的抽屜，他整個人突又發冷，就像是一下子跌入了冷水裡。

所有的解藥，竟已全都不見了。

好周密的計劃，好惡毒的手段。

蕭十一郎一向是個打不倒的人，無論遇著什麼困難和危險，他都有信心去解決。

但現在他卻只有像個呆子般，站在床頭，看著風四娘。

現在是該先帶她去求醫？還是再去找軒轅三缺要解藥？

若是去求醫，誰有把握能解得了這種毒？應該去找誰？

找到時會不會已太遲？

若是去找軒轅三缺，他是不是還在那裡？是不是肯給解藥？

他若不肯，蕭十一郎是不是能有把握，逼著他拿出來？

不知道！

蕭十一郎完全不知道，他的心已亂了。他實在不敢以風四娘的性命作賭注，實在不敢冒這種險。難道就站在這裡，看著她死？

蕭十一郎忽然發現冷汗已濕透了衣裳。他知道現在已到了必須下決定的時候，他不但要快下判斷，而且要判斷準確。

但他卻完全沒有把握，連一分把握都沒有，也許這只因爲他太關心風四娘。現在若果是有個冷靜的旁觀者，也許能幫他出個主意。

就在這時，外面竟真的有人在敲門。

冰冰？莫非是冰冰回來了。

蕭十一郎衝過去，拉開了門，又怔住。一個看來老老實實的人，規規矩矩的站在外面，看著他微笑。

軒轅三成，這人竟赫然是軒轅三成！

軒轅三成微笑著，笑得又謙虛，又誠懇，正像是個準備來跟大老闆談生意的生意人。

蕭十一郎的臉色發青，冷笑道：「想不到你居然還敢到這裡來。」

他的手已握緊，已隨時準備出手。

軒轅三成卻後退了兩步，陪笑道：「我不是來找你打架的，我這次來，完全是一番好意。」

蕭十一郎道：「好意？你這個人還會有好意？」

軒轅三成道：「對別人也許不會，可是對你們兩位……」

他目光從蕭十一郎肩上望過去，看著床上的風四娘，顯得又同情、又關心，嘆息著道：「我實在想不到我那位六親不認的大哥，竟會對你們下這種毒手。」

蕭十一郎的眼睛裡突然發出了光，道：「軒轅三缺真是你嫡親的兄長？」

軒轅三成點點頭，苦笑道：「但我卻不是他那種心狠手辣的人。」

蕭十一郎瞪著這個人，他從來也沒有見過這麼可惡的僞君子。

他簡直恨不得一拳打破這張滿面假笑的臉。

但是他也已發現，要救風四娘，只怕就得全靠這個人了。

「你難道是想來救人的？」

軒轅三成居然真的點了點頭。

蕭十一郎立刻追問：「你能救得了她？」

軒轅三成笑了笑，道：「我們兄弟一向很少見面，縱然見了面也很少說話，就因爲我們的脾氣不同，嗜好也不同。」

蕭十一郎道：「有什麼不同？」

軒轅三成道：「他喜歡殺人，我喜歡救人，只要他能殺的人，我就能救得活。」

蕭十一郎忽然也笑了笑，道：「你的確比他聰明，殺人對自己一點好處也沒有，救人才有好處的。」

軒轅三成撫掌笑道：「閣下說的這句話，實在是深得我心。」

蕭十一郎又沉下了臉，道：「這次你想要什麼好處？」

軒轅三成淡淡道：「我什麼好處也不想要，只不過……」

蕭十一郎道：「只不過怎樣？」

軒轅三成道：「你若種了棵樹，樹上若是長出橘子來，橘子應該歸誰？」

蕭十一郎道：「應該歸我。」

軒轅三成道：「不錯，當然應該歸你，因爲你若不種那棵樹，就根本沒有橘子。」

蕭十一郎的臉色已變了，他忽然已聽懂了軒轅三成的意思。

軒轅三成果然已接著道：「現在她等於已是個死人，我若能救活了她，我就是她的重生父母，她這個人當然也該歸我。」

蕭十一郎怒道：「放你的屁。」

軒轅三成道：「生意不成仁義在，你就算不答應，也用不著發脾氣的。」

他拱了拱手：「在下就此告辭。」

他居然真的扭頭就走。

蕭十一郎當然不能讓他走，縱身一躍，已攔住了他的去路。

軒轅三成淡淡道：「閣下既然不願我救她，我只好告辭，閣下爲何要攔住我？」

蕭十一郎厲聲道：「你非救她不可。」

軒轅三成嘆了口氣，道：「閣下武功蓋世，若是一定要逼我救她，我也不能反抗，只不過，救人和殺人也是完全不同的。」

蕭十一郎道：「有什麼不同？」

軒轅三成道：「殺人只要隨隨便便一出手，就可以殺一個，救人卻得要花很多心血，費很多精神，若是心不甘、情不願，就難免會疏忽大意，到了那時，閣下卻怪不得我。」

蕭十一郎沒話說了。

現在風四娘唯一的生路，就著落在軒轅三成身上，只要這個人一走，風四娘就必死無疑。

軒轅三成悠然道：「常言說得好，死馬不妨當作活馬醫，現在她反正已無異是個死人，閣下又何妨將她交給我？」

蕭十一郎只好跺了跺腳，道：「好，我就把她交給你。」

軒轅三成道：「這本是兩廂情願的事，誰也沒有勉強誰。」

蕭十一郎只有承認。

軒轅三成道：「所以我將她帶走時，閣下既不能反悔，也不能在後面跟蹤，否則我也只有看著她香消玉殞，愛莫能助了。」

蕭十一郎冷冷道：「你最好趕快帶她走，以後也最好莫要讓我再看見你。」

軒轅三成笑道：「我以後一定會特別小心，絕不會再讓閣下看見的，相見不如不見，像閣下這種人，也還是不見的好。」

他微笑著，抱起了風四娘，揚長而去。

蕭十一郎竟然只有眼睜睜的看著，連一點法子都沒有。

他實在不甘心，他絕不能讓風四娘就這樣落入軒轅三成手裡，可是軒轅三成卻早已帶著風四娘，走得連影子都不見了。

是誰劫去了冰冰？是誰偷去了那解藥？當然也是軒轅三成，他傷勢根本不重，受傷後也根本沒有走遠。

蕭十一郎和風四娘他們在那種驚喜興奮的情況中，也沒有留意到外面的動靜，何況他們根本就沒有什麼秘密怕人偷聽的，他們只不過說，要去吃牛肉麵，他們在附近轉了很久，才找到那個賣麵的攤子，在他們找的時候，軒轅三成已有足夠的時間，架去賣麵的人，讓軒轅三缺去代替。

蕭十一郎他們對這城市還很陌生，既沒有看過本來在那裡賣麵的人，也沒有見過軒轅三缺。

江湖中有個秘密的幫派，完全是以殘廢者組成的，謝天石他們瞎了後，也加入了這幫派，軒轅三缺就是這幫派的總瓢把子——人上人也很可能是其中的首腦之一。

他們想以他們獨創的七殺陣，將蕭十一郎殺死在那裡，可是蕭十一郎並不是個容易被擊倒的人，他們的計劃只成功了一半，風四娘還是中了毒。

冰冰離開的時候，軒轅三成便可能就在後面跟蹤，她的武功雖詭秘，身子卻太弱，所以她已被軒轅三成制住——軒轅三成的武功，顯然比他外表看來高得多，他也是看準了風四娘中毒後，蕭十一郎必定會帶她回去治傷。

這些事蕭十一郎總算已想通了，他絕不能讓風四娘和冰冰落在軒轅三成手裡，他一定要找到這個人，現在的問題是，他怎樣去找呢？

軒轅三成是個很謹慎的人，穿著打扮，完全和平常人沒什麼兩樣。

他住的地方，也一定和平常人沒什麼兩樣。

這城市裡有千千萬萬棟屋子，千千萬萬戶人家，他很可能住在一家雜貨舖，或者是一家米店的樓上。

他本身就很可能在開一家綢緞莊，一家針線店，甚至是一家妓院，他也很可能什麼事都沒有做，住在城郊的一個小茅屋裡讀書種花。

城裡一定不會知道有軒轅三成和王萬成這個人，更不會知道他住的地方，唯一可能知道的人，就是牛掌櫃和呂掌櫃，以軒轅三成的謹慎和機智，當然早已算到了這一著，甚至已說不定將他們殺了滅口。

蕭十一郎完全猜不出他會將風四娘和冰冰帶到哪裡去了，連一點頭緒、一點線索都找不到，他當然也不能一家家、一戶戶的去問。

他應該怎麼辦呢？

月明星稀，夜已更深，蕭十一郎坐在石階下，月下的石階涼如冰。

他忽然跳起來，衝出去。

他總算已想到了個法子——一個並不好的法子，可是他一定要去試試。

十四　造化捉弄人

無論什麼樣的酒樓菜館，晚上都一定有些伙計睡在店裡的。

這些伙計中，一定有人知道掌櫃的住處，因爲晚上如果出了急事，他們就一定要去通知掌櫃。

牡丹樓當然也不例外。

蕭十一郎一腳踢破牡丹樓的門板，衝了進去，一把揪起個在三張拼起來的飯桌上打鋪睡覺的老伙計。

「不想死就帶我去找呂掌櫃，否則我就殺你。」

誰都不會想死的。

愈老的人，反而愈怕死。

何況這老傢伙認得蕭十一郎，一個能逼著柳蘇州賣耳環，能隨時將上萬兩的銀子抛上大街的人，要殺個把人當然不是吹牛的。

這老傢伙的回答只有四個字：「我帶你去。」

「呂掌櫃就住在這巷子裡，左邊的第三家！」

老傢伙說完了這句話，就突然不省人事。

——第二天他醒來時，發現自己身上穿著的是那位蕭大俠的衣服，袋子裡還有張五百兩的銀票。

蕭十一郎換上了伙計的衣裳，衝過去敲門。

敲門的時候，他已開始喘氣。

過了很久，裡面才傳出個憤怒的聲音，是個女人的聲音道：「外面是什麼人在敲門？」

蕭十一郎故意要喘氣的聲音讓這女人聽見，大聲回答：「是我，我是店裡的老董，呂掌櫃出了事，要我趕快回來報個訊。」

他算準了兩點。

呂掌櫃一定不會在家。

他家裡的人，絕不會完全認得牡丹樓的每個伙計。

這兩點只要有一點算錯，這計劃就吹了。

兩點都沒有算錯。

一個老媽子，這是個頭髮蓬亂的中年婦人，匆匆趕出來開了門。

「什麼事？呂掌櫃出了什麼事？」

蕭十一郎故意作出很緊張的樣子：

「我也不知道是什麼事，那時我們已睡了，呂掌櫃突然從後門進來，要我們不要動，他自己卻鑽到桌子下去躲著。」

「就在那時候，後面又有兩個兇神惡煞般的人衝過來，一下子就找到了呂掌櫃，三個人打了幾招，呂掌櫃就被他們打倒，恰巧倒在我身上，偷偷的告訴我，要我回來告訴你，趕快找人去救他。」

那中年婦人當然就是呂掌櫃的妻子，已聽得臉都白了：

「他叫我找誰去救他？到哪裡去救他？」

蕭十一郎搖搖頭：「我也不知道，他剛說了這兩句話，就被那兩個人架走了，現在我還得趕快去報衙門。」

他又算準了第三點。

呂家的人情急之下，還不會到牡丹樓去查證的。

多年的夫妻，做丈夫的若是在外面有不法的勾當，就算瞞著家裡，做妻子的多多少少想必知道一點，到了這個時候，絕不願去驚動官府。

呂掌櫃也是個很謹慎的人，平時很可能告訴他的妻子，自己若是萬一出了什麼意外，就應該去找什麼人。

現在蕭十一郎已發現，他至少這兩點也沒有算錯。

他剛一說要去報官，那中年婦人竟然立刻阻止了他，故意作出鎮靜之色，沉著臉道：「這件事我知道了，我會有法子處理的，你用不著再多事，趕快回店裡去照顧要緊。」

「砰！」的一聲，她居然關起了門。

蕭十一郎只有走——當然不是真的走，也並沒有走遠。

他走了幾步，就飛身掠上了隔壁的屋脊。

只過了片刻，呂掌櫃的妻子就又開門走了出來，匆匆的走出了巷子。

她果然是去找人了。

她去找的人，會不會是軒轅三成？

蕭十一郎忽然發現自己的心也在跳，這是他唯一的線索，也是他唯一的希望。

呂太太奔出了巷子，又轉入另一條巷子，蕭十一郎跟過去時，她也正在敲門。

門後也有個女人的聲音問：「是誰呀，三更半夜的撞見了鬼嗎？」

「是我，你妹夫出了事，你快來開門。」

這家人原來是牛掌櫃的，做丈夫的出了事，妻子當然要先來找大舅子。

又一個中年婦人匆匆出來開門：「出了什麼事，我那死鬼也不在，怎麼辦呢？」

牛掌櫃當然也不會在家的，這點蕭十一郎也沒有算錯。

兩個女人，「嘀嘀咕咕」的商量了一陣，就急著要人備馬，登車。

她們顯然已決定了，要去找一個不到萬不得已時，不能去找的人。

馬車急行，走的路竟是出城的路。

現在正是黎明前最黑暗的時候，四下無人，蕭十一郎蝙蝠似的掠過去，掛在車廂後。

車廂裡兩個女人居然都沒有說話。

丈夫出了事，最多話的女人也不會有心情說話的。

但蕭十一郎卻忽然聽到一種聲音，一種很奇怪的聲音。

吃東西的聲音。

蘇州的女人都喜歡吃甜食，車窗是關著的，蕭十一郎悄悄從車窗旁的空隙看進去，這兩個女人竟在吃芝麻糖？

若連說話的心情都沒有，怎麼會有心情吃芝麻糖？

蕭十一郎的手突又冰冷。

就在這一瞬間，他又想起了幾件不合理的事。

三更半夜，外面有人忽然敲門，應門的怎麼會是這家人的主婦？

以他們的身分，家裡當然有童僕的，那些男傭人都到哪裡去了？

一個中年婦人，怎麼會在自己的小姨子面前，叫自己的丈夫「死鬼」？

在這種情況下去找人，她們身上怎麼還會帶著芝麻糖？

蕭十一郎忽然發現，自己剛才以爲算準了的那五六點，每一點都算得大錯特錯，竟沒有一點是真正算準了的。

她們現在的目的，顯然是調虎離山之計，故意要將他引出城去。

也許她們早就知道他是什麼人。

既然如此，軒轅三成想必一定還在城裡，在一個蕭十一郎從不會算到的地方。

軒轅三成顯然很懂得人類心理的弱點。

蕭十一郎凌空翻身，以最快的速度趕了回去，回到呂掌櫃的屋子。

屋子裡居然還有燈光，也還有人聲。

「掌櫃的也不知出了什麼事，只盼菩薩保佑他平安回來。」

蕭十一郎的心又沉了下去。

難道他又算錯了？

這時屋子裡又有個老太婆的聲調：「大娘出城去找人，不知道找不找得到？」

難道她們真的是出城找人的？

蕭十一郎正恨不得自己打自己幾個耳光的時候，心裡忽然又掠過了一道靈光。

呂大娘她們，是從隔壁一條巷子上車走的，臨走時也沒有說要到哪裡去，這兩個老媽子，怎能知道她要出城？

莫非這又是疑兵之計，準備萬一又有人來時，說給他聽的？

軒轅三成本就是個十分謹慎的人。

廚房裡居然也有燈光亮著，這種時候，當然不會有人去做飯的。

這種人家，一定知道小心火燭，半夜裡怎麼還會在廚房裡點著盞燈？

蕭十一郎衝過去。

廚房裡只有燈，沒有人。

屋角裡堆著一大堆新劈的木柴，可是從灶洞裡掏出來的，卻是煤炭。

既然燒的是煤，堆這麼多木柴幹什麼？

蕭十一郎長長吐了口氣，他知道自己總算找到自己要找的地方了。

柴堆下果然是條地道的入口。

掀起塊石板，走下石階，地道中有兩個門，一個是開著的。

右面的一扇檜木門，很厚，很堅實，從裡面緊緊的關著。

蕭十一郎抽刀，劈門，一腳踢開，就看見了軒轅三成。

世上絕沒有任何人看見過軒轅三成如此吃驚。

他吃驚的看著蕭十一郎，怔了很久，才長長吐出口氣：「你畢竟還是找來了。」

地室中的佈置居然很華麗，還有張很大，很舒適，鋪著繡花被的床。

風四娘就昏在被裡，死灰色的臉上，已有了紅暈。

蕭十一郎也長長吐出口氣道：「你想不到？」

軒轅三成忽然間已鎮定下來，微笑道：「我實在想不到，因爲你本不該來的。」

蕭十一郎道：「哦！」

軒轅三成道：「你已答應過我，絕不反悔，也絕不跟蹤。」

蕭十一郎淡淡道：「我既沒有反悔，也沒有跟蹤，我是爲了另一件事來的。」

軒轅三成道：「什麼事？」

蕭十一郎道：「我要來殺了你！」

他的回答很乾脆。

他的手裡還握著刀。

軒轅三成從他的眼睛，看到他的刀。

他忽然發現自己整個人都在這雙眼睛和這柄刀的光芒籠罩下。

蕭十一郎冷冷地道：「這次你最好也不必再用風四娘來要脅我，因爲只要你的手指動一動，我就要出手。」

軒轅三成笑道：「現在她已是我的人，我怎麼會用她來要脅你？」

蕭十一郎道：「你若死了後，她就不再是你的。」

軒轅三成點點頭，這道理他當然明白：「既然如此，你爲何還不殺了我？是不是還想要我將冰冰姑娘的下落告訴你？」

蕭十一郎道：「不錯。」

軒轅三成又笑了笑，道：「我既然反正已要死了，爲什麼還要將冰冰的下落告訴你？」

蕭十一郎嘆了口氣：「我第一眼看見你，就知道你是個很難對付的人，我果然沒有看錯。」

軒轅三成道：「但我卻是個生意人，只要跟我談交易，就不難了。」

蕭十一郎道：「你要我放了你，你才肯將冰冰的下落告訴我？」

軒轅三成道：「這交易你並不吃虧，你自己也說過，殺人對自己更沒有好處。」

蕭十一郎道：「我怎知你說的是真話？」

軒轅三成道：「生意人最大的本錢，就是『信用』兩個字，我若不守信，誰肯跟我談交易？」這並不是謊話。

蕭十一郎也本來就沒有真的要殺他：「好，這交易做成了。」

軒轅三成笑道：「你看，跟我談交易，是不是一點也不難？」

蕭十一郎道：「冰冰在哪裡？」

軒轅三成道：「我已將她賣給別人了。」

蕭十一郎面色變了。

軒轅三成道：「我是個生意人，生意人當然要做生意，何況我早已看出她中毒極深，若是留著她，豈非還要替她收屍？」

蕭十一郎厲聲道：「你將她賣給了誰？」

軒轅三成道：「你先走到這裡來，讓我站到門口去，我就告訴你。」

蕭十一郎只好忍住怒氣，他當然也沒有什麼別的選擇餘地。

軒轅三成走到門口，才緩緩道：「我已將他賣給了花如玉。」

蕭十一郎動容道：「花如玉的人在哪裡？」

軒轅三成道：「不知道，但我卻知道他也是個生意人，他絕不會將自己高價買回去的貨色，拿來自己用的，所以只要你出的價錢對，說不定還可以將冰冰原封不動的買回來。」

蕭十一郎沉住氣：「我連他的人在哪裡都不知道，到哪裡去找？」

軒轅三成道：「你放心，我保證他一定會給你個機會的，因爲他也知道你是個買主。」

他已走出門，突然回頭笑了笑，道：「還有件事，我也要告訴你。」

「什麼事？」

軒轅三成笑得很神秘，忽然道：「你現在雖然已將風四娘搶了回去，可是你也一定會後悔的。」

蕭十一郎掀起了被，又立刻放下，用這絲棉被裹起風四娘了，以最快的速度衝出去。

他生怕軒轅三成將地道的出路封死。

但軒轅三成卻好像根本沒有這意思，因爲他也知道這樣做根本沒有用的。

所以蕭十一郎更不懂。

他實在想不到自己會有什麼好後悔的。

棉被下的風四娘，就像是個剛生出來的嬰兒般赤裸著。

直到現在，她還沒有醒。

蕭十一郎既不願回到自己那地方去，也不願回連雲樓。

這些地方都不安全。

事實上，無論誰帶著個用棉被裹著的赤裸女人，都很少有地方可以去。

現在東方已微現曙色，他當然也不可能帶著風四娘滿街走。

所以他只有選擇這地方。

這裡是個很偏僻的小客棧，窄小陰暗的屋子，小窗上糊著的紙也已發黃。

蕭十一郎坐在床上，看著風四娘，只覺眼皮愈來愈重。

這一夜實在過得很長而艱苦，他幾乎很少有機會喘口氣。

他的酒力也在退。

這正是一個人最容易覺得疲倦的時候。

屋子裡偏偏只有一張床，一張很小的板凳，他既不能站著睡，又不能將風四娘一個人留在屋裡。

忽然覺得一陣不可抗拒的睡意湧上來，他這一生從來也沒有這麼樣疲倦過。

就連他自己，也不知道自己爲什麼忽然變得如此虛弱。

是不是因爲他腿上的傷口失血太多？還是因爲自己傷口的毒並沒有完全消除？

他已無法仔細去想。

他已倒了下來，倒在床上。

幸好風四娘是個很豪爽的女人，又是老朋友，就算醒了，也不會在意的。

何況她根本還沒有醒。

蕭十一郎一閉上眼睛，居然立刻就睡著了，迷迷糊糊中，他彷彿聽見風四娘在呻吟。

一種很奇怪的呻吟。

只可惜他已聽得不太清楚。

他本來已覺得風四娘的臉色紅得很奇怪，只可惜他也沒有看仔細。

一陣無比安詳甜蜜的黑暗，就像是情人的懷抱般，擁抱住他。

然後他彷彿又覺很冷。

就在他開始覺得冷的時候，忽然又像是有團火焰般撲入他懷裡。

一團溫暖，光滑，灼熱，但是卻絕不會燒傷人的火焰。

他勉強張開眼睛，就看見了風四娘的眼睛。

風四娘的眼睛裡，彷彿也有火焰在燃燒著。

她整個人都在緊緊的擁抱著他，整個人都在緊張得發抖。

一種誰也無法形容的顫抖。

她光滑赤裸的胴體，熱得就像是一團火。

他忽然發現自己的身子也已幾乎赤裸。

風四娘夢囈般呻吟著，求他，要他，喃喃的敘說著她的心事。

這些話，都是她從來也沒有說過，從來也不敢說的。

她莫非醉了？

那不是醉，卻遠比醉更可怕。

她竟像已完全失去理智，她的需要強烈得令人無法想像。

她的胴體仍然像少女般光滑堅實，可是她的動作卻像是已變成個蕩婦。

——軒轅三成給她的解藥裡，莫非另外還有解藥，已挑起了她壓制多年的慾望？

——軒轅三成當然絕沒有想到蕭十一郎居然能去救她。

——這一切，本是軒轅三成爲自己安排的，可是造化卻作弄了他一次。

——造化也作弄了風四娘和蕭十一郎。

他們本來沒有可能發生這種事的，但現在卻偏偏發生了。

醉人的呻吟，醉人的傾訴，醉人的擁抱……

蕭十一郎能不醉。

他沒有推拒。

他不能推拒，不忍推拒，甚至也有些不願拒絕。

這火一般的熱情，也同樣燃燒了他。

這莫非是夢？

就當它是夢又何妨！

陰暗的斗室，寂寞的心靈，就算偶爾做一次夢又何妨？

只可惜無論多甜蜜的夢，總有醒的時候。

蕭十一郎醒了！徹底醒了。

斗室中卻只有他一個人。

昨夜那難道真的是夢？但床上爲什麼還留著那醉人的甜香？

蕭十一郎呼吸到枕上的甜香，心裡忽然湧出種說不出的滋味。

直到現在，他不完全了解風四娘。

他竟是風四娘的第一個男人，難道風四娘一直都在等著他？

明明不可能發生的事，爲什麼會突然發生了？

「……你若帶她走，你一定也會後悔的……」

軒轅三成的話，似乎又在他耳畔響起，他現在才認真明白了這句話的意思。

他是不是已在後悔？

一個像風四娘這樣的女人，爲了他，犧牲了幸福，辜負了青春，到最後，還是將所有的一切，全都交給了他。

他還有什麼值得後悔的？

可是他又想起了沈璧君，想起了冰冰，她們豈非也一樣爲他犧牲了一切？

難道他能拋開她們，忘記她們，和風四娘廝守這一生？

難道他能就這樣拋開風四娘？

蕭十一郎的心在絞痛。

他又遇著了件他自己絕對無法解決的事。

現在風四娘的人到哪裡去了？

難道她已無顏再見他，竟悄悄的走了？

就算她已真的走了，他還是一樣不能這樣拋棄她的。

這件事既然已經發生，就必將永遠存在。

這問題既然存在，就必須解決。

蕭十一郎已下了決心，這一次絕不能逃避。

就在這時，門忽然被推開，一樣東西從外面飛了進來。

是一包衣服。

從裡面的內衫，到外面的衣褲，甚至連襪子，靴子都有。

都是嶄新的，質料也很好。

蕭十一郎這時才發現，他穿來的那套從老夥計身上換來的衣服，已不見了——當然已被風四娘穿了出去。

一包衣服當然不會自己飛進來，門外面當然還有個人。

蕭十一郎以最快的速度，穿上了這套衣服，風四娘就走了進來。

她身上也換了套嶄新的衣服，顏色鮮艷，她的人也是容光煥發，春風滿面，看來就像是個新娘子。

新娘子！

蕭十一郎的心已開始在跳，只覺得坐著也不對，站起來也不對。

他本是個很灑脫的人，現在竟忽然變得手足無措，竟不知該用什麼樣的態度來對待她。

但風四娘根本還是老樣子，將手裡提著的七八個大包小包往床上一扔，微笑著道：「難怪女人都喜歡買東西，我現在才發覺，買東西實在是件很有意思的事，不管你買的東西有沒有用，但在買的時候，就已經是種享受了。」

蕭十一郎點點頭。

花錢本身就是享受，這種道理他當然明白。

風四娘道：「你猜我買了些什麼東西，猜得出便算你有本事。」

蕭十一郎搖搖頭，他猜不出。

風四娘笑道：「我買了一面配著雕花木架的鏡子，買了個沉香木的梳妝匣，又買了兩個無錫泥娃娃，一個老太婆用的青銅暖爐，一根老頭子用的翡翠煙袋，還買了三四幅湘繡，一頂貂皮帽子。」

她嘆了口氣，微笑道：「其實我也知道這些東西連一點用都沒有，可是我看見了，還是忍不住要買，我喜歡看那些夥計拍我馬屁的樣子。」

蕭十一郎只有聽著。

風四娘忽然抬起頭，瞪著他，道：「你幾時變成個啞巴？」

蕭十一郎道：「我……我沒有。」

風四娘「噗哧」一笑，道：「原來你還沒有變成啞巴，卻有點像是已變成了個呆子。」

她對蕭十一郎，完全還是以前的老樣子，竟連一點都沒有變。

昨天晚上的事，她竟連一個字都不提。

蕭十一郎忍不住道：「你……」

風四娘彷彿已猜出他想說什麼，立刻打斷了他的話，瞪眼道：「我怎麼樣，你難道想說我也是呆子？你不怕腦袋被我打個洞？」

看她的樣子，竟好像昨天晚上根本什麼事都沒有發生過一樣。

她還是以前的風四娘。

她看蕭十一郎，也還是以前的蕭十一郎。

昨夜的溫馨和纏綿，對她說來，只不過是個夢。

她似已決心永遠不再提起這件事。

因爲她太了解蕭十一郎，也太了解自己，她不願讓彼此都增加煩惱和痛苦。

蕭十一郎看著她，心裡忽然湧起種說不出的感激。

就算他也能忘記這件事，這份感激卻是永遠也忘不了的。

風四娘已轉過身，推開了窗子。

她彷彿不能讓蕭十一郎看見她此時臉上的表情，也不願讓任何人知道她此時的心情。

她寧願將這種感情收藏起來，藏在她心裡最深處，就像是個守財奴收藏他最珍貴的寶物一樣，只有等到夜深人靜時，她也許才會拿出來獨自消受。

那無論是痛苦也好，是甜蜜也好，是悲傷也好，是欣慰也好，都只有她自己一個人知道。

等她轉過身來時，她的眼睛裡又發出了光，臉上又露出了她那種獨特的微笑，瞪著蕭十一郎道：「你難道還想在這豬窩裡耽下去？」

蕭十一郎也笑了：「我不想，我就算是個呆子，至少總不是隻豬。」

風四娘道：「那麼我們現在爲什麼還不走？」

蕭十一郎看著床上的大包小包，道：「這些東西你不要了？」

風四娘淡淡道：「我說過，我買東西的時候，已經覺得很愉快，我付出的代價早已收了回來，還要這些東西幹什麼？」

外面夕陽燦爛，正是黃昏。

蕭十一郎迎著初秋的晚風，深深吸了口氣，道：「現在我們到哪裡去？」

風四娘道：「先去吃飯，再去找人。」

蕭十一郎道：「找誰？」

風四娘道：「當然是找沈璧君，你難道已忘了？」

蕭十一郎當然沒有忘，可是——

「你還想陪我去找？」

風四娘又瞪起了眼，大聲道：「我什麼不想陪你去找？我既然已答應過你，為什麼要放棄主意？難道你以為我是個說話不算數的人？」

蕭十一郎看著她，笑了。

一種真正從心底發出來的笑。

但卻並不完全是愉快的笑，除了愉快外，還帶著些感激，帶著些了解，甚至是帶著一點點辛酸。

他什麼話都不再說。

你若是蕭十一郎，你若遇見了個像風四娘這樣的女人，你還能說什麼？

大亨樓。

蕭十一郎居然又上了大亨樓。

樓上樓下，大大小小，老老少少的夥計們，每個人都瞪大了眼睛，吃驚的看著他。

吃驚雖然吃驚，但馬屁卻拍得更週到。

尤其是那個剛泡了個熱水澡，掙扎著爬起來的老夥計，簡直就好像恨不得要將他當做自己的老祖宗一樣。

風四娘的心裡卻有點七上八下的，一坐下來，就忍不住悄悄的問：「你爲什麼還要到大亨樓來？」

蕭十一郎笑了笑，道：「因爲我是個大亨，而且是大亨中的大亨。」

風四娘說話的聲音更低：「你知不知那些東西，我是用什麼買的？」

蕭十一郎回道：「用我內衣上那幾粒漢玉扣子。」

風四娘道：「可是現在我身上竟連一兩銀子都沒有了。」

蕭十一郎道：「我知道。」

風四娘道：「你在這裡能掛賬？」

蕭十一郎道：「不能。」

風四娘苦笑道：「我這人什麼事都做過了，可是要我吃霸王飯，吃過了抹抹嘴就走，我還是有點不好意思的。」

蕭十一郎道：「我也一樣不好意思。」

風四娘道：「那麼我們吃不吃？」

蕭十一郎道：「吃。」

風四娘道：「吃過了呢？」

蕭十一郎道：「吃過了當然要付錢的。」

風四娘道：「錢呢？」

蕭十一郎道：「錢自然有人會送來。」

風四娘道：「誰會送來？」

蕭十一郎道：「不知道。」

風四娘幾乎忍不住要叫了起來：「你不知道？連自己也不知道？」

蕭十一郎道：「嗯。」

風四娘道：「難道天上會突然掉下個大元寶來？」

蕭十一郎笑道：「天上掉下的元寶，我還要彎腰去撿，那豈非太麻煩了。」

風四娘也在吃驚的看著他：「難道世上還有比這更容易到手的錢？」

蕭十一郎道：「有。」

風四娘嘆了口氣，說道：「我看你一定是沒有睡醒……」

這句話還沒有說完，已有個矮矮胖胖，圓臉上留著小鬍子，穿著件紫緞長衫的中年人，規規矩矩的走過來，恭恭敬敬的向蕭十一郎長身一揖，陪著笑道：「閣下就是蕭十一郎蕭大爺？」

蕭十一郎淡淡道：「你明明知道是我，爲什麼還要多問？」

這人陪笑道：「因爲賬上的數目太大，所以在下不能不特別小心些。」

蕭十一郎道：「你昨天是不是已來過了？」

這人點點頭，道：「前幾天就有人來通知小號，說蕭大爺這兩天可能要用銀子，叫我來這裡等著。」

蕭十一郎道：「你是哪家字號的？」

這人道：「在下閻實，是利通號的，請蕭大爺多關照。」

蕭十一郎道：「我在你那邊的賬目怎麼樣？」

閻實道：「自從去年的二月底開始，蕭大爺一共在敝號存進了六筆銀子，連本帶利，一共是六十六萬三千六百兩。」

他已從懷裡取出個賬單，雙手捧過來：「詳細的賬目都在這上面，請蕭大爺過目。」

蕭十一郎道：「賬目倒不必看了，只不過這兩天我倒的確要用些銀子。」

閻實道：「敝號早已替大爺準備好了，卻不知蕭大爺是要提現，還是要敝號開的銀票？」

蕭十一郎道：「銀票就行，你們出的票子，信用一向很好。」

閻實陪笑道：「多承蕭大爺照顧，敝號別的地方的分店，也都說蕭大爺是敝號開業一百多年來，最好的一位主顧。」

他知道男人都喜歡在女人面前擺擺排場的，所以又向風四娘解釋著道：「蕭大爺叫人存銀子進來的時候連存摺都不要，利息也算得最少，這樣好的主顧在下做這行買賣做了三十年，還沒有見過第二個。」

風四娘淡淡道：「他本來就是個大亨，大亨中的大亨。」

閻實道：「那倒真的一點也不錯。」

他又問：「卻不知蕭大爺這次要用多少？」

蕭十一郎道：「你給我開五百兩一張的銀票，開兩百張。」

閻實道：「那正好是十萬兩。」

蕭十一郎道：「另外我還要五萬兩一張的，要一張。」

閻實長長吸了口氣，信口道：「敝號的銀票，就等於是現錢一樣，到處都可以兌現的，蕭大爺身上帶這麼多銀子，會不會不方便？」

蕭十一郎淡淡道：「你用不著替我擔心，反正我很快就會花光的。」

閻實倒抽了口涼氣，世上竟有這種豪客，他非但沒見過，連做夢都想不到。

誰知他做夢想不到的事還在後頭。

蕭十一郎又道：「剩下那六萬多兩零頭，也不必記在賬上了，就全都送給你吧。」

六萬多兩銀子，普通人家已是夠舒舒服服的過一輩子了，他居然當做零頭，隨隨便便的就是當小賬一樣送給了人。

閻實的手已在發抖，連心都快跳出腔子來，趕緊彎下腰，道：「小人這就去替大爺開銀票，立刻就送過來。」

他不但稱呼已改變，腰也已快彎到地上，一步一步往後退，退到樓梯口，差點從樓上滾了下去。

蕭十一郎笑道：「你看，這些銀子是不是比天上掉下來的還方便？」

風四娘瞪著他，忽然道：「有句話我一直沒有問你，因爲我不想讓你把我看成個財迷，但現在我卻要問問了。」

蕭十一郎道：「你問吧？」

風四娘道：「你找到的那三處寶藏，究竟一共有多少？」

蕭十一郎眨了眨眼，道：「什麼寶藏？」

風四娘又忍不住要叫了起來：「你不知道是什麼寶藏？」

蕭十一郎笑道：「除了做夢的時候外，我連寶藏的影子都沒有看見過。」

風四娘怔住：「你沒有找到寶藏？」

蕭十一郎道：「沒有。」

除了神話和夢境外，這世上究竟是不是真的有寶藏，還是個很大的疑問。

風四娘道：「你那些銀子是偷來的？」

蕭十一郎道：「不是。」

風四娘道：「是搶來的？」

蕭十一郎道：「不是。」

其實風四娘自己也知道，就算真的要去偷去搶，也搶不到那麼多。

她忍不住又問：「那麼你這些銀子究竟是從哪裡來的？」

蕭十一郎道：「不知道。」

這次風四娘真的忍不住叫了起來：「你不知道？連你自己也不知道？」

蕭十一郎嘆道：「我非但不知道，這究竟是怎麼回事，有時甚至連我自己都不相信這是真的。」

風四娘道：「到底是怎麼回事，你……」她忽然閉上嘴，臉色已變了。

因為她突然看見了個人走上樓來，能夠讓風四娘臉色改變的人，這世上還沒有幾個。

事實上，能令風四娘一看見就臉色改變，連話都說不出的人，這世上根本就沒有第二個，只有一個。無論天上地下，都只有一個，這個人現在非但已走上了樓，而且已向他們走了過來。

風四娘的臉上一陣紅，一陣白，看來竟似恨不得鑽到桌子底下去。甚至連蕭十一郎的臉色都已有點變了，也變得一陣白，一陣紅，他好像也很怕看見這個人，尤其是跟風四娘在一起的時候。

這個人究竟是誰？

十五　債主出現

這個人四四方方的臉，穿著件乾乾淨淨的青布衣服，整個人看來就像是塊剛出爐的硬麵餅。

楊開泰！這個人赫然竟是楊開泰。

楊開泰走起路來，還是規規矩矩的，目不斜視，好像並沒有看見風四娘和蕭十一郎。

但他卻偏偏筆直的向他們走了過來，而且一直走到蕭十一郎面前。

風四娘整個人都已僵住，已連話都說不出。

她一向獨來獨往，我行我素，別人對她是什麼看法，她根本不在乎。

可是對這個人，她心裡實在覺得有些慚愧和歉疚。

她看見這個人，就好像一個想賴賬的人，忽然看見了債主一樣。

因爲她的確欠這個人的債，而且是筆永遠也還不了的債。

但楊開泰卻連看都沒有看她一眼，好像根本已忘了這世上還有她這麼樣一個人存在。

蕭十一郎已站起來，勉強笑了笑，道：「請坐。」

楊開泰沒有坐，蕭十一郎也只好陪他站著。

他忽然發覺楊開泰這張四四方方，誠誠懇懇的臉，已變得很蒼老，很憔悴。

——現在他就算還是張硬麵餅，也已經不是剛出爐的了。

——這兩年的日子，對他來說，一定很不好過。

蕭十一郎的心裡也很不好受，尤其是在經過昨夜晚上那件事之後。

他忽然覺得自己就像是個骯髒而卑鄙的小偷，也只有在面對著這個人時，他心裡才會有這種感覺。

楊開泰也在看著他，那眼色也正像是在看著個小偷一樣，忽然問：「閣下就是蕭十一郎蕭大爺？」

他當然認得蕭十一郎，而且永遠也不會忘記的，但他卻偏偏故意裝作不認得。

蕭十一郎只好點點頭。

他了解楊開泰爲什麼要這樣做，他了解楊開泰的心情。

楊開泰板著臉道：「在下姓楊，是特地來送銀票給蕭大爺的。」

他居然從身上拿出了一疊嶄新的銀票，雙手捧了過來：「這裡有兩百張五百兩的，十張五萬兩的，一共是六十萬兩，請蕭大爺點一點。」

蕭十一郎當然不會真的去點，甚至根本不好意思伸手接下來，只有在嘴裡喃喃的說道：「不必點了，不會錯了。」

楊開泰卻沉著臉道：「這是筆大數目，蕭大爺你一定要點一點，非點一點不可。」

他不但很堅持，而且似已下了決心。

蕭十一郎只有苦笑著，接過來隨便點了點，他實在不想跟這個人發生一點衝突。

楊開泰道：「有沒有錯？」

蕭十一郎立刻搖頭：「沒有。」

楊開泰道：「提出這一筆後，你在利源利通兩家錢莊，存的銀子還有一百七十二萬兩。」

他拿出個賬簿，又拿出疊銀票：「這是清單，這是銀票，請你拿走。」

蕭十一郎道：「我並不想全都提出來。」

楊開泰板著臉，道：「你不想，我想。」

蕭十一郎道：「你？」

楊開泰冷冷道：「這兩家錢莊都是我的，從今以後，我不想跟你這種人有任何來往。」

蕭十一郎僵住。

他實在想不出還有什麼話可說，楊開泰現在若是要走，他已不準備再挽留。

可是楊開泰並沒有準備要走，他還是板著臉，瞪著他，忽然冷笑道：「自從你和逍遙侯那一戰之後，有很多人都已認為你是當今天下的第一高手。」

蕭十一郎勉強笑了笑，道：「我自己從來也沒有這麼樣想過。」

楊開泰道：「我想過，我早就知道我不是你的對手了。」

他硬梆梆的臉上，忽然露出種很奇怪的表情，慢慢的接著道：「我早就知道，無論什麼事，我都不是你的對手。」

這句話裡彷彿有根針，不但刺傷了蕭十一郎，刺傷了風四娘，也刺傷了他自己。

風四娘咬著嘴唇，忽然捧起了酒壺，對著嘴喝了下去。

楊開泰卻還是連眼角都不看她，冷冷道：「據說你昨天在這裡，出手三招，就擊敗了伯仲雙俠，這樣的威風，天下更沒有人能比得上，我楊開泰若是要找你一較高下，別人一定會笑我自不量力。」

他的雙拳緊握，一字字接著道：「只可惜我本就是個自不量力的人，所以我……」

——所以我才會愛上風四娘。

這句話他雖然沒有說出來，但蕭十一郎和風四娘卻都已明白他的意思。

蕭十一郎苦笑道：「你……」

楊開泰不讓他開口，搶著又道：「所以我今天來，除了要跟你結清賬目之外，就是要來領教你天下無雙的武功。」

他說話雖然很慢，但每個字都說得清清楚楚。

他本來一著急就會變得口吃的。

今天他並不著急，他顯然早已下了決心，決心要和蕭十一郎結清所有的賬。

蕭十一郎了解這種心情，可是他心裡卻更難受。

楊開泰道：「我們是出去，還是就在這裡動手？」

蕭十一郎嘆了口氣，道：「我既不出去，也不在這裡動手。」

楊開泰怒道：「你這是什麼意思？」

蕭十一郎苦笑道：「我的意思就是，我根本不能跟你動手。」

他實在不能跟這個人動手，因爲他既不能勝，也不能敗。

蕭十一郎現在已絕不能敗。

他知道楊開泰積怒之下，出手絕不會輕易，只要他傷在楊開泰手下，立刻就會有人來要他的命。

他現在絕不能死。

他還有很多事非去做不可。

楊開泰瞪著他，臉已漲紅道：「你不能跟我動手？因爲我不配？」

蕭十一郎道：「我不是這意思。」

楊開泰道：「不管你是什麼意思，我現在就出手，你若不還手，我就殺了你。」

他本是很寬厚的人，本不會做出逼人太甚的事。

可是他現在卻已將蕭十一郎逼得無路可走。

風四娘的臉也已漲紅了。

她本就已忍耐不住，剛才喝下去的酒，使得她更忍耐不住，突然一下子跳了起來，叫道：

「楊開泰，我問你，你這究竟算是什麼意思？」

楊開泰根本不理她，臉卻已發白。

風四娘道：「你難道以爲他是真的怕你？就算他怕了你，你也不能欺人太甚。」

楊開泰還是不理她。

風四娘道：「你一定要殺他？好，那麼你就先殺了我吧。」

楊開泰本已漸漸發白的臉，一下子又漲得通紅。

他也實在忍不住，大聲道：「他……他……他是你的什麼人？你要替他死？」

風四娘冷笑道：「無論他是我的什麼人，你都管不著。」

楊開泰道：「我……我……我管不著？誰……誰管得著？」

一句話還沒有說完，他額上已暴出了青筋。

他是真的氣急了，急得又已連話都說不出。

風四娘更氣，氣得連眼淚都快流了出來。

這是爲了什麼？爲了誰？

他們本該是一對令人羨慕的夫妻，就像是連城璧和沈璧君一樣。

可是現在……

蕭十一郎不忍再看下去，也不忍再聽下去，他現在已只有一條路走。

「好，我們出去。」

夜已臨，街道兩旁的店舖都已亮起了輝煌的燈火。

蕭十一郎慢慢的走下樓，慢慢的走上街心。

他的腳步沉重，心情更沉重，他不怪楊開泰。

這並不是楊開泰在逼他，楊開泰也同樣是被逼著走上這條路的。

一種可怕的壓力，將他們每個人都逼得非走上這條路不可。

這種可怕壓力，卻正是從他們自己心裡生出來的。

這究竟是愛？還是恨？是悲哀？還是憤怒？

蕭十一郎沒有再想下去，他知道無論怎麼想，都想不出個結果來的。

他已走到街心，停下。

他忽然發現所有的聲音和動作，都似已隨著他的腳步停頓。

楊開泰也已走出了牡丹樓的門。

街道上一片死寂。

所有的人全已遠遠避開，瞪大了眼睛，看著他們，一個個看來都像是呆子。

但蕭十一郎卻知道，真正的呆子並不是這些人，而是他們自己。

酒樓上突然傳來一陣砸東西的聲音，好像將所有的杯盤碗盞都已砸得稀爛。

東西砸完了之後，接著就是一陣痛哭聲，哭得就像是個孩子。

風四娘本就一向是個要笑就笑，要哭就哭的人。

她沒有下來。

她不忍看，卻又偏偏沒法子阻止他們。

楊開泰緊緊握著拳，一張方方正正的臉，似已因痛苦而扭曲。

蕭十一郎忍不住長長嘆息，道：「你……你這又是何苦？」

楊開泰瞪著他，突然吼道：「你爲什麼不問問你自己。」

這句話還沒說完，他已衝過來，攻出了三招。

他的出手並不快，也不好看。

可是他每一招都是全心全意使出來，就像他走路一樣，每一步都腳踏實地。

蕭十一郎已下定決心，這一戰既不能敗，也不能勝。

他只想打到楊開泰不能再打時，就立刻停止。

可是楊開泰一出手，他就已發覺這並不是件容易的事。

楊開泰的心雖已亂了，招式卻沒有亂。

他的出手雖然不好看，但每一招都很有效，他的招式變化雖不快，但是招沉力猛，真力充沛，一種強勁的勁力，已足夠彌補他招式變化間的空隙。

蕭十一郎從來也沒有見過武功練得如此紮實的人。

二十招過後，他的勁力更已完全發揮，只要一腳踏下，青石板的街道上立刻就被他踏出個腳印。

腳印並不多。

因爲他的出手每一招都中規中矩，連每一步踏出的方位也都很少改變。

腳步雖不多，腳印卻已愈來愈深。

街道兩旁的招牌，也已被他的掌力，震得吱吱作響，不停的搖晃。

蕭十一郎額上已沁出了冷汗。

他若要以奇詭的招式變化，擊敗這個人並不難，因爲楊開泰的出手畢竟太呆板。

可是他不能勝。

楊開泰一拳接著一拳，著著實實的打過來，他只有招架、閃避。

他忽然覺得自己就像是個正在被鐵鎚不停敲打著的釘子。

釘子雖尖銳，但遲早總會被打下去的。

最可怕的是，他的腿突然又開始漸漸麻木，動作也已漸漸遲鈍。

平時他與人交手，戰無不勝，只因爲他總有一股必勝的信心，總有一股別人沒有的勁。

可是現在他沒有這股勁，因爲他根本就沒有打算要戰勝。

他也不願敗。

但是他卻忘了，高手相爭，不勝，就只有敗。

勝與負之間，本沒有選擇的餘地。

現在他就算再想戰勝，也已來不及了。

楊開泰的武功、勁力、自信心，都已打到了巔峰，已將他所有的潛力全都打了出來。
他已打出了那股必勝的信心。
他已有了必勝的條件。
連他自己都從沒有想到自己的武功能達這種境界。
以他現在這種情況，世上能擊敗他的人已不多。
蕭十一郎知道自己必敗無疑。
他的確就像是根釘子，已被打入了土裡，他的武功已發揮不出。
何況，他的傷勢又已發作。
但真正致命的，卻還是他自己這種想法。
他開始有了這種想法時，就已真的必敗無疑。
失敗是什麼滋味？
蕭十一郎從來也沒有真正去想過。
因爲他生平與人交手，大小數百戰，從來也沒有敗過一次。
現在他卻已經開始想了。
這種想法本身就是種致命的毒素，腐蝕了他所有的力量和自信。
突然楊開泰左足前踏，正踏在原來一個腳印上，擊出的卻是右拳，一著「黑虎掏心」直擊蕭十一郎胸膛。

這一著「黑虎掏心」，本是普普通通的招式，他規規矩矩的使出來，半點花招也沒有，但是這一著勁力之強，威力之猛，放眼天下的武林高手，已沒有第二個人能同樣使得出來。

就算蕭十一郎自己使出這一招來，也絕不可能有這種驚人的威力。

他想到這點，已幾乎沒有信心去招架閃避。

就在這時，半空中忽然有條長鞭捲來，捲住了楊開泰的左腿。

無論誰也沒有看見過這麼長的鞭子，更沒有看見過這麼靈活的鞭子。

一個頭戴珠冠，面貌嚴肅的獨臂人，雙腿已齊膝而斷，卻站在一條赤膊大漢的頭頂上，遠在一丈外，就揮出了長鞭。

他的鞭梢一捲，反手一抖，厲叱道：「倒下。」

楊開泰並沒有倒下。

他拳上的力量，竟在這一剎那間，突然收回，深入了腳底。

本來只有半寸深的腳印，立刻陷落。

這堅硬的石板在他腳底，竟似已變得柔軟如泥，他整隻腳都已陷落下去，沒及足踝。

人上人額上青筋忽然凸起，獨臂上肌肉如栗，長鞭扯得筆直。

但楊開泰卻還是動也不動的站著，就像是已變成了根撼不動的石柱。

人上人長鞭收回，鞭梢反捲。

誰知楊開泰已閃電般出手，抓住了他的鞭梢，突然大喝一聲，用力一抖。

人上人的身子立刻被震飛了起來，眼看就要重重的摔在地上，突又凌空翻身，車輪般翻了三個跟斗，又平平穩穩的落在大漢頭頂。

可是他的長鞭已撒了手。

楊開泰已將這條鞭子扯成了五截，隨手拋在地上，板著臉道：「我本該殺了你的。」

人上人冷笑道：「你爲何不出手？」

楊開泰道：「我生平從未向殘廢出手。」

突然對面屋簷上有人在嘆息：「這人果然不愧是個君子，只可惜皮太厚了些。」

楊開泰霍然抬頭：「什麼人？」

一個獨眼跛足的老人，背負著雙手，站在屋簷上，悠然道：「我這人既不是君子，又是個殘廢，只不過若有人故意手下留情放過了我，我就絕不會再有臉跟他死纏爛打的。」

楊開泰臉色已發青：「你說的是誰？」

「我說的就是你。」這老人當然就是軒轅三缺：「你剛才使到第十七招時，蕭十一郎本來已可將你擊倒三次，你難道真的一點也看不出？」

楊開泰鐵青的臉又漲紅。

一開始出手時，他的招式變化間，的確很生硬，的確露出這三次破綻。

他自己並不是不知道。

他既然知道，就絕不否認。

無論楊開泰是呆子也好，是君子也好，他至少不是個小人。

屋簷下的人叢裡，卻有個青衣人施施然走了出來，悠然道：「這種事你本不該怪楊老闆的，這本是天經地義的事。」

軒轅三成也出現了。

他微笑著，又道：「楊老闆是個生意人，生意人講究的本是心黑皮厚，否則楊家又怎麼能富甲關中？他那些錢是怎麼來的？」

楊開泰瞪著他，臉漲得通紅，想說話，卻連一個字都說不出。

軒轅三成笑道：「我就絕不會怪你，我也是個生意人，莫說他只放過了你三次，就算放過你三十次你也一樣可以打死他的。」

楊開泰突然跺了跺腳，扭頭就走。

他就算有話也說不出，何況他已無話可說。

君子若是遇見了小人，還有什麼話好說的？

軒轅三成已轉過身，看著蕭十一郎，微笑道：「你用不著感激我們，就算我們不來救你，他也未必真能打得死你。」

蕭十一郎並不能算是君子，更不是呆子。

他當然明白軒轅三成的意思，只不過懶得說出來而已。

他忽然發現花如玉說的至少有一句不是謊話：「你放了軒轅三成，總有一天要後悔的。」

軒轅三成忽然大聲道：「各位父老兄弟，都看清了麼？這位就是天下聞名的大英雄，舉世無雙的大豪傑蕭十一郎。」

沒有人敢出聲。

這世上真正的呆子畢竟不多，禍從口出，這句話更是每個人都知道的。

軒轅三成只好自己接下去：「我念在他是個英雄，又是遠道來的客人，所以也放過了他三次，可是今天，我卻要當著各位面前殺了他。」

蕭十一郎忽然笑了。

他覺得自己實在不笨，也很了解軒轅三成這個人。

他早已猜出，軒轅三成「救」了他，只不過爲了要自己動手殺他。

能親手摘下蕭十一郎項上的人頭，正是天下英雄全都夢寐以求的事。

蕭十一郎的人頭，本就是天下江湖豪傑心目中的無價之寶。

軒轅三成的話卻還沒有說夠，又道：「因爲這位大英雄皮雖不厚，心卻太黑，非但好色如命，而且殺人如麻。」

軒轅三缺淡淡道：「好色如命，殺人如麻，豈非正是英雄本色？」

軒轅三成道：「但世上若沒有這樣的英雄，大家的日子豈非可以過得太平些？」

軒轅三缺道：「他一刀逼瞎了點蒼掌門，三招擊敗了伯仲雙俠，據說已可算是當世的第一高手，你能殺得了他？」

軒轅三成嘆了口氣，道：「大丈夫有所不爲，有所必爲，只要是道義所在，就算明知必死，我也得試一試的。」

軒轅三缺也嘆了口氣，道：「好，你死了，我替你收屍。」

軒轅三成道：「然後你難道也要來試一試？」

軒轅三缺道：「我雖已是個殘廢的老人，可是這『義氣』二字，我倒也沒敢忘記。」

軒轅三成仰面大笑，道：「大丈夫生有何歡？死有何懼？我今日這一戰，無論是勝是負，是生是死，聽了你這一句話，死而無怨。」

這兄弟兩人一搭一檔，一吹一唱，說得竟好像真的一樣。

蕭十一郎又笑了笑道：「好，好個男子漢，好氣慨。」

軒轅三成道：「我有氣慨，你卻有刀。」

蕭十一郎道：「不錯。」

軒轅三成道：「拔你的刀。」

蕭十一郎道：「好。」

他的刀已出鞘。

軒轅三成道：「這就是割鹿刀？」

蕭十一郎道：「不錯。」

軒轅三成道：「據說這就是天下無雙的寶刀。」

蕭十一郎輕撫刀鋒，微笑道：「這的確是把快刀，要斬人的頭顱，絕不用第二刀。」

軒轅三成道：「你就憑這柄刀，三招擊敗了伯仲雙俠？」

蕭十一郎道：「有時我一招也擊敗過人的。」

軒轅三成居然神色不變，冷冷道：「好，今日我不但就憑這雙空手，接你這柄天下無雙的寶刀，而且還讓你三招呢。」

蕭十一郎道：「你讓我三招？」

軒轅三成道：「我既然能放過你三次，爲何不能讓你三招？」

他的確很有把握。

強弩之末，不能穿蘆蒿。

蕭十一郎已是強弩之末，他看得出。

他看得非常清楚，否則他怎麼敢出手？

蕭十一郎輕撫著刀鋒，忽然長長嘆息，道：「可惜呀，可惜。」

軒轅三成忍不住問：「可惜什麼？」

蕭十一郎道：「可惜我這柄好刀，今日要斬的卻是你這種頭顱。」

軒轅三成冷笑道：「你今日要斬我的頭顱，只怕很不容易。」

蕭十一郎看著他，緩緩道：「剛才我的氣已衰，力已竭，毒傷已發作，本已必敗。」

軒轅三成冷笑道：「現在你又如何？」

蕭十一郎道：「現在已經不同。」

軒轅三成道：「哦？」

蕭十一郎道：「剛才我對付的是君子，現在對付的卻是小人。」

軒轅三成冷笑。

蕭十一郎道：「我這柄刀不殺君子，只殺小人。」

他的刀鋒一展，眸子裡也突然露出種刀鋒般逼人的殺氣。

刀光與殺氣，逼人眉睫，軒轅三成的心突然已冷，笑容突然僵硬。

他忽然發覺蕭十一郎竟似又變了個人。

蕭十一郎突然反手一刀，又削下了腿上的一塊肉，鮮血飛濺而出。

他卻連眉頭也不皺一皺，淡淡道：「我這條腿的確已不行，可是我殺人不用腿的。」

他額上已疼出了冷汗，可是他的眸子更亮，人更清醒。

軒轅三成額上竟已同樣沁出了冷汗。

蕭十一郎盯著他，緩緩道：「你說過，你要讓我三招。」

軒轅三成勉強挺起胸：「我……我說過。」

蕭十一郎冷笑道：「可是我一刀若不能逼你出手，就算我輸了，三刀若不能割下你的頭顱，也算我輸了，我就自己將這大好頭顱割下來，雙手捧到你面前，用不著你出手。」

軒轅三成臉色又發青，青中帶綠。

蕭十一郎突然大喝：「你先接我這第一刀。」

夜漸深，燈光輝煌。

可是這一刀出手，所有的燈光都似已失卻顏色。

刀光匹練般揮出，軒轅三成的人卻已不見了。

剛才那耀武揚威，不可一世的大英雄，大豪傑，看見蕭十一郎的刀光一閃，竟突然像是變成了隻中了箭的狐狸，一溜煙的竄入了人叢中。

人群一陣騷動，再找他這個人時，竟已連人影都看不見了。

屋簷上的軒轅三缺也早已不見蹤影。

閃電般的刀光，照亮了人上人的臉，人上人的臉上已無人色。

蕭十一郎揚刀向天，盯著他。

人上人沒有動，他不能動，那赤膊大漢卻已一步步向後退，愈退愈快，眨眼間也已轉過了街角。

蕭十一郎突然仰面大笑，大笑著道：「大丈夫能屈能伸，這些人果然不愧是大丈夫！」

人叢中彷彿有人在嘆息：「好一個不要臉的大丈夫，好一個豪氣如雲的大盜蕭十一郎。」

大亨樓上燈火依然輝煌，但大家看見蕭十一郎時，眼色卻已變了。

風四娘正倚著欄杆，看著他，臉上的淚痕已乾，卻帶著種誰也無法了解，誰也描敘不出的表情，也不知是在爲這個豪氣如雲的男人覺得驕傲，還是在爲自己的命運感傷？

蕭十一郎慢慢的走過去，坐下。

他沒有看她，只有他能了解她此刻的心情，也知道自己欠她的債又多了一筆。

這些債他這一生中，只怕是永遠也還不清了。

風四娘也坐下來，默默的爲他斟了杯酒。

他默默的喝了下去。

風四娘忽然笑了笑，道：「這一戰你連一招都未使出，就已勝了，而且古往今來，絕沒有任何人能勝得比你更有光采，我至少應該敬你三十杯才對。」

蕭十一郎也笑了笑，笑得很勉強：「其實你本不必敬我的。」

風四娘道：「爲什麼？」

蕭十一郎道：「因爲我本不該勝卻勝了。」

風四娘道：「也因爲你本該敗的，卻沒有敗？」

蕭十一郎笑得更勉強：「你應該看得出。」

風四娘道：「我看不出。」

蕭十一郎道：「可是我……」

風四娘打斷了他的話，冷冷道：「你是不是希望自己能敗在楊開泰手下？希望他能殺了你？」她盯著他的臉：「你是不是認爲楊開泰若是擊敗了你，我心裡就會好受些？」

蕭十一郎沒有回答，也無法回答。

——我只知道我欠你們的，我只有用這法子來還。

——這樣至少我自己心裡會覺得好受些。

這些話他並沒有說出來，也不敢說出來，風四娘卻還是一樣能明白。

她還在盯著他，冷冷道：「你自己若不能回答，我可以告訴你，你若真的敗了，我們都不會覺得好受的，甚至連楊開泰也不會。」

她說到「楊開泰」三個字時，聲音居然已不再激動，就像是在說一個陌生人的姓名。

蕭十一郎心裡卻在刺痛，因爲他也了解楊開泰的感情，也一直永遠無法忘懷，卻又偏偏是無可奈何的感情。沒人能比蕭十一郎更了解這種感情的辛酸和痛苦。

無可奈何，這四個字本就是世上最大的悲劇。

風四娘忽又輕輕嘆息：「我知道你是想還債，可是你用的法子卻錯了，選的對象也錯了。」

蕭十一郎垂下頭，道：「我……我應該怎麼做？」

風四娘的手在桌下握緊，一字字道：「你應該先去還沈璧君的債。」

蕭十一郎的手也已握緊。

風四娘道：「我答應過你，我一定要陪你去找到她。」

蕭十一郎道：「可是現在……」

風四娘道：「現在我還是一樣要陪你去找到她。」

蕭十一郎霍然抬起頭，凝視著她，這次她卻避開了他的目光。

過了很久，蕭十一郎忽然也長長嘆息，道：「你……你永遠都不會變？」

風四娘道：「永遠不會。」

她已轉過臉，面對著窗外的夜色，因爲她不願讓他發現，她的淚又流了下來。

厚厚的一疊銀票還在桌上，沒人動，沒人敢動。

這已不僅是一疊紙而已，這已是一筆財富，一筆大多數人都只有在幻想中才能見到的財富，一筆足以令大多數人不惜出賣自己靈魂的財富。

但是蕭十一郎看著這疊銀票時，臉上卻帶著種很奇怪的譏誚之色，忽然道：「你爲什麼不問我，這些銀子是哪裡來的？」

風四娘道：「我若問了，你肯說？」

蕭十一郎道：「我若說了，你肯相信？」

風四娘道：「我爲什麼不肯相信？」

蕭十一郎道：「因爲這實在是件很荒謬的事，連我自己都很難相信。」

風四娘道：「爲什麼？」

蕭十一郎道：「因爲連我自己都不知道這些銀子是怎麼來的。」

風四娘吃驚的看著他，她的淚痕已乾，她一向很能控制自己的眼淚，卻一向控制不住自己的聲音。

她叫了起來：「連你自己也不知道？」

蕭十一郎點點頭，苦笑道：「我就知道這種事你也絕不會相信的。」

風四娘道：「這究竟是怎麼回事？」

最荒謬的事，有時卻偏偏很簡單，甚至只要用一句話就可以說出來。

「這些銀子都是別人送的。」

「是誰送的？」

「不知道。」

風四娘更奇怪：「有人送了這麼多銀子給你，你卻連他是誰都不知道？」

蕭十一郎苦笑道：「他送給我的銀子，還不止這麼多。」

風四娘道：「他一共送了多少？」

蕭十一郎道：「確實的數目，我也不知道。」

風四娘道：「難道已多得連算都算不清了？」

蕭十一郎道：「非但多得算不清，也快得我來不及算。」

風四娘道：「他送得又多又快？」

蕭十一郎點點頭，道：「我無論到什麼地方去，都會發現他已先在當地的錢莊，替我存入了一筆數目很可觀的銀子，只要我一到了那地方，錢莊裡的人立刻就會將銀子替我送來。」

他看著風四娘，他在等著風四娘發笑。

聽來這的確是很可笑的謊話。

風四娘卻沒有笑，沉吟著道：「你有沒有問過錢莊裡的人，銀子是誰存進去的？」

蕭十一郎當然問過。

「到錢莊去存銀子的，各式各樣的人都有，都是很平凡的生意人，有人存銀子進去，錢莊裡的人當然也不會仔細盤問他的來歷。」

風四娘道：「他們都用你的名義將銀子存進去，再要錢莊的人，將銀子當面交給你？」

蕭十一郎點點頭。

風四娘道：「錢莊裡的人，怎麼知道你就是蕭十一郎？」

蕭十一郎道：「他們當然不知道，但只要我一到了那地方，他們立刻就會收到一封信，信也是用我的名義寫的，叫他們將銀子送來給我。」

風四娘道：「你難道不能不要？」

蕭十一郎笑了笑，道：「我爲什麼不要？」

風四娘道：「因爲他絕不會真的無緣無故將銀子送給你。」

蕭十一郎道：「他當然有目的。」

風四娘道：「你有沒有想過，他爲的是什麼？」

蕭十一郎道：「因為他知道別人也是絕不會相信世上會有這種事，他要別人都認為我真的已找到了寶藏。」他苦笑著，接著道：「一個找到了寶藏的人就好像是根肉骨頭，那些大大小小，各式各樣的餓狗、野狗、瘋狗，只要一聽見風聲，立刻都會搶著來啃一口的。」

風四娘道：「他要江湖中的人，將目標全都集中在你身上。」

蕭十一郎點點頭道：「別人都在注意我時，他就可以一步步去實行他的計畫和陰謀，就算花點銀子，也是值得的。」

風四娘道：「只不過他給你的並不是一點銀子。」

蕭十一郎承認：「那的確不止一點。」

風四娘道：「江湖中有這麼多銀子的人已不太多，能隨便將這麼多銀子送人的，我卻連一個都想不出來。」

蕭十一郎道：「我也只想出了一個。」

風四娘道：「誰？」

蕭十一郎道：「逍遙侯雖已死了，但他那秘密的組織並沒有瓦解，因為現在已另外有個人接替了他的地位……」

風四娘道：「你認為銀子就是這個人送給你的？」

蕭十一郎又點點頭，道：「只有這個人，才可能有這麼大的出手。」

逍遙侯本身已富可敵國，他組織中的人，也都是坐鎮一方的武林大豪。

這些人的財產若是集中在一起，那數目之大，已令人難以想像。

就算傳說中那三宗寶藏真的存在，也一定是比不上的。

蕭十一郎道：「看來這個人非但已接替了逍遙侯的地位，也已承繼了他的財產。」

風四娘道：「但你卻完全不知他的身分和來歷？」

蕭十一郎當然不知道。

這秘密根本就沒有人知道。

「我只知道他一定是個很可怕的人，也許比逍遙侯更可怕。」

「哦？」

蕭十一郎苦笑道：「因爲他至少比逍遙侯更陰沉，心機也更深，他現在利用我來轉移別人的目標，先把我養得肥肥的，等他的計劃接近完成時，只怕就要拿我來開刀了。」

風四娘道：「所以你一定要先查出他是誰？」

蕭十一郎道：「只可惜我連一點線索都沒有。」

風四娘道：「所以你只有帶著冰冰，四處去找他那組織中的人？」

蕭十一郎黯然道：「只可惜冰冰現在也不見了。」

風四娘道：「也只有冰冰認得出那些人？」

蕭十一郎道：「只有她認得出。」

風四娘道：「也只有她才知道這秘密？」

蕭十一郎嘆道：「除了她之外，根本就沒有人會相信我的話。」

風四娘道：「我也相信。」她的聲音溫柔而堅定：「你說的每個字我都相信，因爲我知道你是什麼樣的人，我一向知道。」

蕭十一郎只覺得一陣熱血上湧，忍不住握住了她的手。

他心裡的感激，已不是任何言語所能表達的。

風四娘卻將手慢慢的縮了回去，悄悄的藏在桌下，冷冷道：「只可惜這世上了解你的人並不多，因爲你根本不要別人了解你。」

蕭十一郎看著自己的手，癡癡的看了很久，也不知在想什麼。

風四娘道：「所以我們不但要去找沈璧君，還要去找冰冰。」

蕭十一郎終於嘆息了一聲，苦笑道：「只可惜我還是連一點線索都沒有。」

風四娘道：「你在這裡是不是有個家？」

蕭十一郎道：「那不是家，只不過是棟房子。」他目中又露出了那種他特有的寂寞說：「我也從來沒有過家。」

風四娘道：「但現在你已有很多房子？」

蕭十一郎道：「幾乎每個大城裡都有。」

風四娘道：「房子是你自己買的？」

蕭十一郎苦笑道：「我也從來都沒有錢買房子，他送得快，我也花得快。」

風四娘淡淡道：「據說你爲了替一個妓女贖身，就不惜一擲萬金？」

蕭十一郎道：「他既然要送，我就只好拚命的花，我花得多，他就只好再多送些，他送我送得多，自己也就只好少花些了，所以我多花他一兩銀子，就等於減少了他的一分力量。」他又勉強笑了笑：「幸好花錢我一向是專家。」

風四娘道：「但你卻不買房子？」

蕭十一郎道：「絕不買。」

風四娘道：「那些房子又是怎麼來的？」

蕭十一郎道：「也是他送的，有時他還會將房產地契一箱箱的送過來。」

風四娘道：「這些房子冰冰全去過？」

蕭十一郎道：「大多數去過。」

風四娘道：「你看她會不會忽然間想一個人找個地方去躲起來靜幾天？」

蕭十一郎道：「爲什麼？」

風四娘道：「因爲她要一個人去想想心事，因爲她要看看你會不會急著去找她。」

蕭十一郎道：「我想不出她爲什麼要這樣做？」

風四娘輕輕嘆了口氣，道：「你當然想不出的，因爲你不是女人。」她眼睛裡又露出種說不出的幽怨和感傷，慢慢接著道：「我是女人，女人的心事，也只有女人知道……」

蕭十一郎道：「你若是她，你也會一個人去躲藏起來？」

風四娘道：「我一定會。」

蕭十一郎道：「爲什麼？」

風四娘道：「因爲我不喜歡看著你陪你的老朋友聊天喝酒，聊些我聽不懂的事，卻將我冷落一邊，因爲我不喜歡看著你爲別的女人傷心，因爲我得知道你是不是真的在關心我，因爲我的心事，你一點也不知道。」

蕭十一郎道：「可是她……她跟你不同，她只不過是我的妹妹。」

風四娘又轉過臉，凝視著遠方黑暗的夜色，淡淡道：「我也只不過是你的姐姐。」

蕭十一郎不說話了，直到此刻，他才發現自己還欠著一個人的債。

又是一筆永遠也還不清的債。

他忽然想起了冰冰看著他時，那種欲語還休的神采，那種脈脈含情的眼波……

他忍不住又嘆了口氣，道：「你若是她，你會躲到哪裡去？」

風四娘沒有回頭：「當然是那些你去過，我也去過的地方。」

蕭十一郎道：「那些房子她都去過，我也去過。」

風四娘道：「所以我們就應該到那裡去找。」她還沒有回頭，輕輕的接著道：「我只希望你找到她後，永遠莫要再將她當做你的妹妹。」

十六 無垢山莊的變化

已經有兩年，也許還不止兩年，沈璧君從未睡得如此香甜過。

車子在顛簸搖蕩，她睡得就像是個嬰兒，搖籃中的嬰兒。

這使得她在醒來時，幾乎已忘記了所有的悲傷，痛苦和不幸。

安適的睡眠，對一個生活在困苦悲傷中的人說來，本就是一劑良藥。

她醒來時，秋日輝煌的陽光，正照在車窗上。

趕車的人正在前面搖動著馬鞭，輕輕的哼著一首輕鬆的小調，就連那單調尖銳的鞭聲，都彷彿帶著種令人愉快的節奏，對這個人，她心裡實在覺得很感激。

她永遠也想不到，這個冷酷呆板，面目可憎的人，竟會有那麼樣一顆善良偉大的心，竟會冒著那麼大的危險，救出了她，而且絕沒有任何目的，也不要任何代價。

「我是個沒有用的人，但我卻有三個孩子，我救你，就算爲了他們，我活了一輩子，至少也得做一件能讓他們爲我覺得驕傲的事。」

沈璧君了解這種感情。

她自己雖然沒有孩子，但她卻能了解父母對子女的感情。

無論他的人是多麼平凡卑賤，但這種感情卻是崇高偉大的。
那些自命大貴不凡的英雄豪傑，卻反而往往會忽略了這種感情的價值。
於是她立刻又想起了蕭十一郎。
蕭十一郎也曾救過她，而且也是沒有目的，不求代價的。
那時的蕭十一郎，是個多麼純真，多麼可愛的年輕人。
但現在呢？
她的心又碎了。
一個人爲什麼會忽然變得那麼可怕？難道金錢真有能改變一切的魔力？
馬車驟然停下。
沈璧君剛坐起來，就聽見了外面的敲門聲。
白老三拉開了車門道：「算來你也該醒了，我已趕了一天一夜的路。」
他看來果然顯得很疲倦，這段路本就是艱苦而漫長的。
逃亡的路，永遠是艱苦漫長的。
沈璧君心裡更感激道：「謝謝你。」
除了這三個字外，她實在不知道還有什麼別的話可說的。
白老三看了她兩眼，又垂下頭，顯得有些遲疑，卻終於還是抬起頭來說：「我還要趕回去照顧孩子，我只能送你到這裡。」

沈璧君忍不住問：「這裡是什麼地方？」

白老三平凡醜陋的臉上，忽然露出種很奇怪的表情，冷漠的眼睛裡，卻彷彿帶著種溫柔的笑意，道：「我知道這地方你一定來過的，你爲什麼不自己下來看看？」

沈璧君攏了攏頭髮，走下去，站在陽光下。

陽光如此溫暖，她整個人卻似已突然冰冷僵硬。

山林中，陽光下，有一片輝煌雄偉的莊院，看來就像是神話中的宮殿一樣。

這地方她當然來過。

這地方本就是她的家——這世上最令人羨慕的一個家。

無垢山莊。

無垢山莊中的無垢俠侶。

連城璧是武林中最受人尊敬的少年俠客，沈璧君是江湖中最美麗的女人。

他們本來已正是一對最令人羨慕的夫妻。

可是現在呢？

她不由自主又想起了以前那一連串輝煌的歲月，在那些日子裡，她的生活有時雖然寂寞，卻是從容、高貴、受人尊敬的。

連城璧雖然並不是個理想的丈夫，可是他的行爲，他對她的體貼和尊敬，也絕沒有絲毫可以被人議論的地方。

她也許並不是他生命中最重要的，但他卻從未忘記過她，從未想到要拋棄過她。

何況，他畢竟是她生命中第一個男人。

可是她卻拋棄了他，拋棄了所有的一切，只因爲一個人……

蕭十一郎！

他對她的感情，就像是歷史一樣，將她的尊嚴和自私全都燃燒了起來，燒成了灰燼。

爲了他，她已拋棄了一切，犧牲了一切。

這是不是真的值得？

美麗而強烈的感情，是不是真的永遠都難以持久？

沈璧君的淚已流下。

她又抬起手，輕攏頭髮，慢慢用衣袖拭去了面上的淚痕：「今天的風好大。」

風並不大，可是她心裡卻吹起了狂風，使得她的感情，忽然又像海浪般澎湃洶湧。

無論如何，往事都已過去，無論她做的是對是錯，也都是她自己心甘情願的。

她並不後悔，也無怨尤。

生命中最痛苦和最甜蜜的感情，她畢竟都已嚐過。

白老三站在她身後，看不見她臉上的表情，正在嘆息著，喃喃道：「無垢山莊果然不愧是無垢山莊，我趕了幾十年車，走過幾千幾萬里路，卻從來也沒有到過這麼好的地方。」

「這裡的確是個好地方。」沈璧君忍住了淚。

——只不過這地方已不再是屬於我的了，我已和這裡完全沒有關係。

——我已不再是這裡的女主人，也沒有臉再回到這裡來。

這些話，她當然不會對白老三說。

她已不能再麻煩別人，更不能再成爲別人的包袱。

她知道從今以後，已必須要一個人活下去，絕不能再依靠任何人。

她已下了決心。

淚痕已乾了。

沈璧君回過頭，臉上甚至已露出了微笑：「謝謝你送我到這裡來，謝謝你救了我……」

白老三臉上又露出了那種奇怪的表情：「我說過，你用不著謝我。」

沈璧君道：「可是你對我的恩情，我總有一天會報答的。」

白老三道：「也用不著，我救你，本就不是爲了要你報答的。」

看著他醜陋的臉，沈璧君心裡忽然一陣激動，幾乎忍不住想要跪下來，跪下來擁抱住他，讓他知道她心裡有多少感激。

可是她不能這麼樣做，她一直是個淑女，以前是的，以後一定還是。

除了對蕭十一郎外，她從未對任何人做過一點逾越規矩的事。

所以她只能笑笑，柔聲道：「回去替我問候你的三個孩子，我相信他們以後都一定是很了不起的人，因爲他們有個好榜樣。」

白老三看著她，驟然扭轉過身，大步走回馬車。

他似已不敢再接觸她的目光。

他畢竟也是個人，也會有感覺到慚愧內疚的時候。

他跳上馬車，提韁揮鞭，忽又大聲道：「好好照顧你自己，提防著別人，這年頭世上的壞人遠比好人多得多……」

馬車已遠去。

滾滾的車輪，在陽光下揚起了滿天灰塵。

沈璧君癡癡的看著灰塵揚起，落下，消失……

她心裡忽然湧起種說不出的恐懼，一種連她自己都無法解釋的恐懼。

那並不是完全因爲寂寞，而是一種比寂寞更深邃強烈的孤獨、無助和絕望。

她忽然發現自己這一生中，永遠是在倚靠著別人的。

開始時她倚靠父母，出嫁後她倚靠丈夫，然後她又再倚靠蕭十一郎。

這兩年來，她雖然沒有見過蕭十一郎，可是她的心卻還是一直在倚靠著他。

她心裡的感情，至少還有個寄託。

她至少還有希望。

何況，這兩年來，始終還是有人在照顧著她的，一個真正的淑女，本就不該太堅強，太獨立，本就天生應該受人照顧的。

但現在她卻已忽然變得完全無依無靠，就連她的感情，都已完全沒有寄託。

——蕭十一郎已死了。

——連城璧也已死了。

在她心裡，這些人都已死了，因爲她自己的心也已死了。

一個心已死了的人要怎樣才能在這冷酷的人世間活下去？

她不知道，完全不知道。

她已完全孤獨、無助、絕望。

沒有人能了解她此刻的心情，甚至沒有人能想像。

陽光如此輝煌，生命如此燦爛，但她卻已開始想到死。

只不過，要死也不能死在這裡，讓連城璧出來收她的屍。

——他現在是不是還坐在這無垢山莊中，那間他最喜歡的書房裡，一個人在沉思？

——他會在想什麼？會不會想到他那個不貞的妻子？

——他現在是不是也已有了別的女人？就像蕭十一郎一樣，有了個年輕漂亮的女人？

——男人總是不甘寂寞的，男人絕不會爲了任何一個女人，誓守終生。

沈璧君禁止自己再想下去。

連城璧的事，她本就已無權過問，他縱然有了幾千幾百個女人，也是應該的。

奇怪的是，這兩年來，她竟然始終沒有聽見過他的消息。

名聲和地位，本是他這一生中看得最重的事，甚至看得比妻子還重。

這兩年來，江湖中爲什麼也忽然聽不見他的消息了？難道他也會消沉下去？

沈璧君不願再想，卻不能不想。

——誰也無法控制自己的情感和思想，這本就是人類最大的悲哀之一。

她一定要趕快離開這裡，這地方的一草一木，都會帶給她太多回憶。

可是就在她想走的時候，她已看見兩個青衣人，從那扇古老而寬闊的大門裡走了出來。

她只有閃身到樹後，她不願讓這裡任何人知道她又回來了。

這裡每個人都認得她，也許每個人都在奇怪，他們的女主人爲什麼一去就沒有了消息？

腳步聲愈來愈近，兩個人已嘻嘻哈哈，又說又笑的走入了這片樹林。

看他們的裝束打扮，本該是無垢山莊裡的家丁，只不過連莊主手下的家丁，絕沒有一個敢在莊門前如此放肆。

他們的臉，也是完全陌生的。

這兩年來的變化實在太大，每個人都似已變了，每件事也都已變了。

連城璧呢？

沈璧君本來認為他就像是山莊後那塊古老的岩石一樣，是永遠也不會變的。

笑聲更近，兩個人勾肩搭背走過來，一個人黝黑的臉，年紀已不小，另一人卻是個又白又嫩，長得像大姑娘般的小伙子。

他們也看見了沈璧君，因為她已不再躲避他們。

他們呆呆的看著她，眼珠子都像是已凸了出來，無論誰忽然看見沈璧君這樣的美人，都難免會有這種表情的，但無垢山莊中的家丁，卻應該是例外。

無垢山莊中本不該有這種放肆無理的人。

那年紀較大的黑臉漢子，忽然咧嘴一笑，道：「你到這裡來幹什麼？是不是來找人的？是不是想來找我們？」

沈璧君勉強抑制著自己的憤怒，以前她絕不會允許這種人留在無垢山莊的，可是現在她已無權再過問這裡的事。

她垂下頭，想走開。

他們卻還不肯放過她道：「我叫老黑，他叫小白，我們正想打酒去，你既然已來了，為什麼不留下來陪我們喝兩杯？」

沈璧君沉下了臉，冷冷道：「你們的連莊主難道從來也沒有告訴過你們這裡的規矩？」

老黑道：「什麼連莊主，什麼規矩？」

小白笑道：「她說的想必是以前那個連莊主，連城璧。」

「以前的那個莊主？」沈璧君的心也在往下沉道：「難道他現在已不是這裡的莊主？」

老黑道：「他早就不是了。」

小白道：「一年多以前，他就已將這地方賣給了別人。」

沈璧君的心似已沉到了腳底。

無垢山莊本是連家的祖業，就和連家的姓氏一樣，本是連城璧一生中最珍惜，最自豪的。

爲了保持連家悠久而光榮的歷史，他已盡了他每一分力量。

他怎麼會將家傳的祖業賣給別人？

沈璧君握緊了雙手：「絕不會的，他絕不會做這種事。」

老黑笑道：「我也聽說過，這位連公子本不是個賣房子賣地的敗家子，可是每個人都會變的。」

小白道：「聽說他是爲了個女人變的，變成了個酒鬼，外加賭鬼，幾乎連褲子都輸了，還欠下一屁股債，所以才不得不把這地方賣給別人。」

沈璧君的心已碎了，整個人都已崩潰，幾乎已無法再支持下去。

她從未想到過自己會真的毀了連城璧。

她毀了別人，也毀了自己。

老黑笑了笑道：「現在我們的莊主姓蕭，這位蕭莊主才真是了不起的人，就算一萬個女人，也休想毀了他。」

「姓蕭，現在的莊主姓蕭？」

沈璧君突然大聲問：「他叫什麼名字！」

老黑挺起了胸，傲然道：「蕭十一郎，就是那個最有錢，最……」

沈璧君並沒有聽見他下面說的是什麼，她忽然覺得眼前一片黑暗。

她的人已倒下。

這莊院也很大，很宏偉。

風四娘看著屋角的飛簷，忍不住嘆了口氣，道：「像這樣的房子，你還有多少？」

蕭十一郎淡淡道：「並不太多了，只不過比這地方更大的，卻還有不少。」

風四娘咬著嘴唇，道：「我若是冰冰，我一定會找個最大的地方躲起來。」

蕭十一郎道：「很可能。」

風四娘道：「你最大的一棟房子在哪裡？」

蕭十一郎道：「就在附近。」

風四娘眼珠子轉了轉，拭探著道：「無垢山莊好像也在附近？」

蕭十一郎目中又露出痛苦之色，緩緩道：「無垢山莊現在也已是我的。」

花廳裡的佈置，還是跟以前一樣，几上的那個花瓶，還是開封張二爺送給他的賀禮。

門外的梧桐，屋角的斜柳，也還是和以前一樣，安然無恙。

可是人呢？

沈璧君的淚又流滿面頰。

她實在不願再回到這裡來，怎奈她醒來時，就發現自己又回到這地方。

斜陽正照在屋角一張很寬大的紅木椅子上。

那本是連城璧在接待賓客時，最喜歡坐的一張椅子，現在這張椅子看來還是很新。

椅子永遠不會老的，因爲椅子沒有情感，不會相思。

可是椅子上的人呢？

人已毀了，是她毀了的。

這個家也是她毀了的，爲了蕭十一郎，她幾乎已毀了一切。

蕭十一郎卻沒有毀。

「這位蕭莊主，才是真了不起的人，就算一萬個女人，也休想毀了他。」

這本是她的家，她和連城璧的家，但現在卻已變成了蕭十一郎的。

這是多麼殘酷，多麼痛苦的諷刺？

沈璧君也不願相信這種事真的會發生，但現在卻已偏偏不能不信。

雖未黃昏，已近黃昏。

風吹著院子裡的梧桐，梧桐似也在嘆息。

蕭十一郎爲什麼要將這地方買下來？是爲了要向他們示威？

她不願再想起蕭十一郎這個人。

她只想衝出去，趕快離開這裡，愈快愈好。

這地方現在已是蕭十一郎的，她就已連片刻都耽不下去。

就在這時，後面的院子裡，突然傳來一陣騷動，有人在呼喝：「有賊！……快來捉賊。」

蕭十一郎才是個真正的賊，他不但偷去了她們有的一切，還偷去了她的心。

現在若有賊來偷他，本就是天經地義的事。

沈璧君咬著牙，只希望這個賊能將他所有的一切，也偷得乾乾淨淨，因爲這些東西本就不是他的。

她決心要將這個賊趕出去。

她站起來，從後面的小門轉出後院——這地方的地勢，她當然比誰都熟悉。

後院裡已有十幾條青衣大漢，有的拿刀，有的持棍，將一個人團團圍住。

一個衣衫襤褸，鬚髮蓬亂，長滿了一臉鬍渣子，看來年紀已不小的人。

老黑手裡舉著柄銳刀，正在厲聲大喝：「快放下你偷的東西來，否則先打斷你這雙狗腿。」

這人用一雙手緊緊抱著樣東西，卻死也不肯放鬆，只是喃喃的在分辯：「我不是賊……我拿走的這樣東西，本來就是我的。」

聲音沙啞而乾澀，但聽來卻彷彿很熟。

沈璧君的整個人突又冰冷僵硬。

她忽然發現這個衣衫襤褸，被人喊爲「賊」的赫然竟是連城璧。

這真的是連城璧？

就在兩年前，他還是天下武林中，最有前途，最受人尊敬的少年英雄。

就在兩年前，他還是個最注意儀表，最講究衣著的人。

他的風度儀表，永遠是無懈可擊的，他的衣服，永遠找不出一點污垢，一點皺紋，他的臉也永遠是神采奕奕，容光煥發的。

他怎麼會變成了現在這麼樣的一個人？

就在兩年前，他還是武林中家世最顯赫的貴公子，還是這裡的主人。

現在他卻變成了一個賊。

一個人的改變，怎麼會如此巨大？如此可怕？

沈璧君死也不相信——既不願相信，也不能，更不敢相信。

可是她現在偏偏已非相信不可。

這個人的確就是連城璧。

她還聽得出他的聲音，還認得他的眼睛。

他的眼睛雖已變得像是隻負了傷的野獸，充滿了悲傷、痛苦和絕望。

但一個人眼睛的形狀和輪廓，卻是永遠也不會改變的。

她本已發誓，絕不讓連城璧再見到她，因爲她也不願再見到他，不忍再見到他。

可是在這一瞬，她已忘了一切。

她忽然用盡了所有的力量衝進去，衝入了人叢，衝到連城璧面前。

連城璧抬起頭，看見了她。

他的整個人也突然變得冰冷僵硬：「是你……真的是你……」

沈璧君看著他，淚又流下。

連城璧突然轉過身，想逃出去。

可是他的動作已遠不及當年的靈活，竟已衝不出包圍著他的人群。

何況，沈璧君也已拉住了他的手，用盡全身力氣，拉住了他的手。

連城璧的整個人又軟了下來。

她從未這麼樣用力拉過他的手。

他從未想到她還會這麼樣拉住他的手。

他看著她，淚也已流下。

這種情感，當然是老黑永遠也想不到，永遠也無法了解的。

他居然又揮刀撲過來道：「先廢了這小賊一條腿再說，看他下次還敢不敢再來？」

刀光一閃，果然砍向連城璧的腿。

連城璧本已不願反抗，不能反抗，就像是隻本已負傷的野獸，又跌入了獵人的陷阱。

但是沈璧君的這隻手，卻忽然爲他帶來了力量和勇氣。

他的手一揮，已打落了老黑手裡的刀，再一揮，老黑就被打得仰面跌倒。

每個人全都怔住。

誰也想不到這個本已不堪一擊的人，是哪裡來的力氣？

連城璧卻連看也不看他們一眼，只是癡癡的，凝視著沈璧君，說：「我……我本來是永遠也不會再回來的。」

沈璧君點點頭：「我知道。」

連城璧道：「可是……可是有樣東西，我還是拋不下。」

他手裡緊緊抱著的，死也不肯放手的，是一卷畫，只不過是一卷很普通的畫。

這幅畫爲什麼會對他如此重要？

沈璧君知道，只有她知道。

因爲這幅畫，本是她親手畫的……是她對著鏡子畫的一幅小像。

這畫畫得並不好，但她畫的卻是她自己。

連城璧已拋棄了一切，甚至連他祖傳的產業，連他顯赫的家世和名聲都已拋棄了。

但他卻拋不下這幅畫。

這又是爲了什麼？

沈璧君垂下頭，淚珠已打濕了衣裳。

青衣大漢們，吃驚的看著他們，也不知是誰突然大呼：「我知道這個小賊是誰了，他一定就是這裡以前的莊主連城璧。」

又有人在冷笑著說：「據說連城璧是條頂天立地的好漢，怎麼會來做小偷？」

「因爲他已變了，是爲了一個女人變的。」

「那個女人難道就是這個女人？」

「這個女人莫非就是沈璧君？」

這些話，就像是一把錐子，錐入了連城璧的心，也錐入了沈璧君的心。

她用力咬著牙，還是忍不住全身顫抖。

連城璧似已不敢再面對她，垂下頭，黯然道：「我已該走了。」

沈璧君點點頭。

連城璧道：「我……我從來沒有想到會在這裡再見到你。」

沈璧君道：「你不願再見到我？」

這句話她本不該問的，可是她已問了出來。

這句話連城璧既不知道該怎麼回答，也根本不必回答。

他忽然轉過身：「我真的該走了。」

沈璧君卻又拉住了他，凝視著他：「我也該走了，你還肯不肯帶我走？」

連城璧霍然抬起頭，看著她，眼睛裡充滿了驚訝，也充滿了感激，說：「我已變成這樣子，你還肯跟我走？」

沈璧君點點頭。

她知道他永遠也不會明白的，就因爲他已變成這樣子，所以她才要跟著他走。

他若還是以前的連城璧，她絕對連看都不會再看他一眼。

可是現在……現在她怎麼忍心再拋下他？怎麼忍心再看著他繼續墮落？

她用力拉著他的手：「要走，我們一起走。」

就在這時，她忽然聽見一個人冷冷道：「這地方本是你們的，你們誰都不必走。」

這是蕭十一郎的聲音。

聲音還是很冷漠，很鎭定。

無論誰也想像不到，他用了多麼大的力量，才能控制住自己心裡的痛苦和激動。

人群已散開。

沈璧君看見了他，連城璧也看見了他。

他就像是個石頭人一樣，動也不動的站在一棵梧桐樹下。

他的臉色蒼白，甚至連目光都彷彿是蒼白的。

他整個人似已麻木。

沈璧君只看了他一眼，就扭過頭，竟似完全不認得他這個人。

連城璧更不能面對這個人。

這個人看來是那麼堅強冷酷，他自己卻已崩潰墮落。

他想揮開沈璧君的手：「你讓我走。」

沈璧君咬著牙，一字字道：「我說過，要走，我們一起走。」

蕭十一郎也在咬著牙，道：「我也說過，你們誰都不必走，這地方本是你們的。」

沈璧君冷冷道：「這地方本來的確是我們的，但現在卻已不是了。」她還是沒有回頭去看蕭十一郎，她也在拚命控制著自己：「我們雖然不是這麼樣的大人物，但我們卻還是不要你這種人的施捨，就算我們一出去就死在路上，也不會再留在這裡。」

——我們……我們……我們……

——只有「我們」才是永遠分不開的，你只不過是另外一個人而已。

「我們」這兩個字，就像是一把刀，割碎了蕭十一郎的心，也割斷了他的希望。

他忽然明白了很多事——至少他自己認爲已明白。

他沒有再說話，連一個字都沒有再說。

可是他身旁的風四娘卻已衝過去，衝到沈璧君面前，大聲道：「你若是真的要跟著他走，我也不能攔你，但我卻一定要你明白一件事。」

沈璧君在聽著。

風四娘道：「他並不是你想像中的那種人，他對你還是……」

沈璧君突然冷笑，打斷了她的話：「我已經很明白他是哪種人，用不著你再來告訴我。」

風四娘道：「但妳卻誤會了他，每件事都誤會了他。」

沈璧君冷冷道：「不管我是不是誤會了他，現在都已沒關係了。」

風四娘道：「爲什麼？」

沈璧君道：「因爲我跟他本來就連一點關係都沒有。」

她拉著連城璧的手，大步走了出去。

她沒有回頭道：「但我們遲早還是要回到這裡來的，憑我們的本事回來，用不著你施捨。」

連城璧跟著她出去，也挺起了胸。

他已知道他遲早總有一天會回來的。

他真正想要做的事，他遲早總會得到，從來也沒有一次失敗過。

現在他已得回了沈璧君，遲早總有一天，他還會看著蕭十一郎在他面前倒下。

黃昏，正是黃昏；風更冷，冷入了人的骨髓裡。

人已散盡，蕭十一郎卻還是動也不動的站在秋風中，梧桐下。

風四娘並沒有走過來，只是遠遠的站在那裡，看著他。

她沒有走過來，因爲她知道自己永遠也沒法子再安慰他了。

風吹著梧桐，梧桐葉落。

一片葉子落下來，正落在他腳下。

他彎下腰，想拾起，但落葉卻又被風吹走，人生中有很多事，豈非也正如這片落葉一樣？

蕭十一郎忽然笑了，人笑。

風四娘吃驚的看著他，他若是傷心流淚，甚至號啕大哭，她都不會怎麼樣，可是他這種笑，卻使她聽得心都碎了，也像是梧桐的葉子一樣，碎成了千千萬萬片。

這世上也許只有她才能真正了解蕭十一郎此刻的悲傷和痛苦，但她也知道，無論誰都不能爲他勉強留下沈璧君的，看見連城璧變成那麼樣一個人，無論誰心頭都不會沒有感觸。

這時小白也悄悄的走了進來，也在吃驚的看著蕭十一郎，他從來也沒有聽見過這樣的笑聲，他白生生的臉色已被嚇得發青，風四娘悄悄的擦乾了淚痕，已忍不住要走過去，想法子讓蕭十一郎不要再這麼樣笑下去，笑和哭雖然都是種發洩，但有時也同樣能令人精神崩潰，誰知蕭十一郎的笑聲已突然停頓，就跟他開始笑的時候同樣突然。

小白這才鬆了口氣，躬身道：「外面有人求見。」

有什麼人知道蕭十一郎已到了這裡？怎麼會知道的？來找他是爲了什麼？這本來也是件很費人疑猜的事，蕭十一郎卻連想都沒有想，他整個人都似已變成空的，什麼事都不願再想，只揮了揮手，道：「叫他進來！」

一個人在悲傷時，真正可怕的表現不是哭，不是笑，不是激動，而是痲木。

蕭十一郎呆呆的站在那棵梧桐樹下，彷彿又變成了個石頭人。

風四娘遠遠的看著他，眼睛裡充滿了關心和憂慮，她絕不能就這麼樣看著蕭十一郎消沉下去，但她卻又想不出任何法子去安慰他，也不知道要到什麼時候他才能恢復正常，這種打擊本就不是任何人所能承受的。

蕭十一郎若是也承受不起，若是從此就這麼樣消沉下去，那後果風四娘連想都不敢想。

她已看見連城璧變成了怎樣的一個人，她知道蕭十一郎也許會變得更可怕。

小院外已有個人走了進來，看來只不過是個規規矩矩，老老實實的少年人，也許還只能算是個孩子。

他的身材並不高，四肢骨骼都還沒有完全發育成長，臉上也還帶著孩子般的稚氣，但一雙眼睛卻尖銳而冷靜，甚至還帶著種說不出的殘酷之意。

蕭十一郎還是癡癡的站在那裡，好像根本不知道有這麼樣一個人來了。

這少年已走到他面前，看見蕭十一郎這種奇特的神情，他居然絲毫也沒有露出驚訝之態，只是規規矩矩的躬身一禮，道：「在下奉命特來拜見蕭莊主……」

蕭十一郎的臉突然扭曲，厲聲道：「我不是這裡的莊主，也不是蕭莊主，我是蕭十一郎，殺人不眨眼的大盜！」

這少年居然還是神色不變，等他說完了，才躬身道：「這裡有請柬一封，是在下奉命特來交給蕭大俠的，請蕭大俠過目之後，賜個回信。」

請帖竟是白的，就好像喪宅中發出的訃文一樣。

蕭十一郎的神情終於漸漸平靜，卻還是那種接近麻木般的平靜。

他慢慢的接過請帖，抽出來，用一雙呆滯空洞的眼睛，癡癡的看著。

突然間，他那張已接近麻木的臉，竟起了種說不出的奇特變化，那雙空洞呆滯的眼睛，也發出了光。

這張請帖就像是一根針，麻木了的人，本就需要一根尖針來重重刺他一下，才會清醒的。

風四娘的眼睛也亮了，忍不住問道：「請帖上具名的是誰？」

蕭十一郎道：「是七個人。」

風四娘皺眉道：「七個人？」

蕭十一郎點點頭，道：「第一個人是魚吃人。」

魚吃人，世上怎麼有這麼古怪，這麼可怕的名字。

但風四娘卻聽過這名字，已不禁聳然動容，道：「海上鯊王？」

蕭十一郎又點點頭：「除了『海上鯊王』外，還有誰會叫魚吃人？」

風四娘輕輕吐出口氣，又問：「還有另外六個人是誰？」

蕭十一郎道：「金菩薩，花如玉，『金弓銀丸斬虎刀，追雲捉月水上飄』厲青鋒，軒轅三缺，軒轅三成，還有那個人上人。」

風四娘又不禁吐出口氣，蕭十一郎所有的對頭，這次竟好像全都聚在一起了。

風四娘又忍不住又問：「這些人湊在一起，請你去幹什麼？」

蕭十一郎道：「特備酒一百八十罈，盼君前來痛飲。」這顯然是請柬上的話，他接著又唸下去：「美酒醉人，君來必醉，君若懼醉，不來也罷。」

風四娘嘆道：「你當然是不怕醉的。」

蕭十一郎淡淡道：「我也不怕死。」

風四娘明白他的意思，這請帖上也許本來是想寫：「君來必死，若是怕死，不來也罷。」

她又嘆了口氣，道：「所以你當然是非去不可的。」

蕭十一郎道：「非去不可。」

風四娘道：「那一百八十罈美酒，很可能就是一百八十個殺人的陷阱。」

蕭十一郎道：「我知道。」

風四娘道：「你還是要去？」

蕭十一郎的回答還是同樣的一句話：「非去不可。」

風四娘道：「他們請的是哪一天？」

蕭十一郎道：「明天晚上。」

風四娘道：「請在什麼地方？」

蕭十一郎道：「鯊王請客，當然是在船上。」

風四娘道：「船在哪裡？」

少年躬身道：「蕭大俠若是有意赴約，在下明日清晨，就備車來迎。」

蕭十一郎沒有回答這句話，卻轉過頭，盯著那少年，也問道：「船在哪裡？」

蕭十一郎道：「你備車來吧。」

少年再次躬身，似已準備走了，忽然又道：「在下並不是一個人來的。」

蕭十一郎道：「哦！」

少年道：「還有兩位，一路都跟在在下後面，卻不是在下的夥伴。」

蕭十一郎道：「那兩人是誰？」

少年道：「在下既不知道，也沒有看見。」

蕭十一郎道：「既然沒有看見，又怎知後面有人？」

少年道：「在下能感覺得到。」

蕭十一郎道：「感覺到什麼？」

少年道：「殺氣！」他慢慢的接著道：「那兩位前輩跟在在下身後，就宛如兩柄出鞘利劍，點住了在下的背脊穴道一樣。」

利器出鞘，必有殺氣，可是能感覺到這種無形殺氣的人，這世上並不太多。

這少年看來卻只不過是個孩子。

蕭十一郎凝視著他，忽然問道：「你是誰的門下？」

少年道：「家師姓魚。」

蕭十一郎道：「魚吃人？」

少年點點頭，臉上並沒有因爲這個奇怪可怕的名字，而露出絲毫不安之色。

蕭十一郎道：「你叫什麼名字？」

少年遲疑著，道：「在下也姓蕭。」

蕭十一郎道：「蕭什麼？」

少年面上竟似已露出了不安之色，他的名字難道比「魚吃人」還要奇怪，還要可怕？

「蕭什麼？」蕭十一郎卻又在追問，他顯然也已看出這少年的不安，也已對這問題發生了興趣。

少年又遲疑了半晌，終於垂下頭，道：「蕭十二郎。」

蕭十二郎，這少年居然叫蕭十二郎，蕭十一郎又笑了，大笑。

少年忽然又道：「這名字並不可笑。」

蕭十一郎道：「哦。」

少年道：「據在下所知，當今江湖中，叫十一郎的人，至少已有四位。」

蕭十一郎又不禁笑道：「有沒有叫十三郎的！」

少年道：「有。」

居然真的有。

少年道：「十三郎也有兩位，一位叫無情十三郎，另一位叫多情十三郎。」他自己居然也在笑，因爲這的確是件很有趣的事，甚至已接近滑稽，「除了十三郎外，江湖中還有蕭四郎，蕭七郎，蕭九郎，蕭十郎。」

請續看《火併蕭十一郎》下冊

古龍精品集 48

火併蕭十一郎（上）

作者：古龍
發行人：陳曉林
出版所：風雲時代出版股份有限公司
地址：10576台北市民生東路五段178號7樓之3
電話：(02) 2756-0949　　傳真：(02) 2765-3799
封面原圖：明人出警圖（原圖爲國立故宮博物館典藏）
封面影像處理：風雲編輯小組
執行主編：劉宇青
行銷企劃：林安莉
業務總監：張瑋鳳
出版日期：古龍80週年紀念版2019年1月
ISBN：978-986-146-536-4

風雲書網：http://www.eastbooks.com.tw
官方部落格：http://eastbooks.pixnet.net/blog
Facebook：http://www.facebook.com/h7560949
E-mail：h7560949@ms15.hinet.net
劃撥帳號：12043291
戶名：風雲時代出版股份有限公司

風雲發行所：33373桃園市龜山區公西村2鄰復興街304巷96號
電話：(03) 318-1378　　傳真：(03) 318-1378
法律顧問：永然法律事務所 李永然律師
　　　　　北辰著作權事務所 蕭雄淋律師

行政院新聞局局版台業字第3595號 營利事業統一編號22759935

定價：240元　

國家圖書館出版品預行編目資料

火併蕭十一郎／古龍作. -- 再版. -- 臺北市：
風雲時代, 2009.03
　冊；　公分
　ISBN: 978-986-146-536-4（上冊：平裝）. --
　ISBN: 978-986-146-537-1（下冊：平裝）. --
857.9　　　　　　　　　　　　98002404